扬州市文艺创作引导资金项目作品

倘若 流年不忘

（原名《边界》）

张兆珍 著

北京日报出版社

图书在版编目（CIP）数据

倘若流年不忘 / 张兆珍著 . — 北京 : 北京日报出
版社 , 2023.6
　　ISBN 978-7-5477-4630-1

　　Ⅰ . ①倘… Ⅱ . ①张… Ⅲ . ①长篇小说—中国—当代
Ⅳ . ① I247.5

中国国家版本馆 CIP 数据核字 (2023) 第 109444 号

倘若流年不忘

出版发行：北京日报出版社
地　　址：北京市东城区东单三条 8-16 号东方广场东配楼四层
邮　　编：100005
电　　话：发行部：（010）65255876
　　　　　总编室：（010）65252135
印　　刷：武汉鑫佳捷印务有限公司
经　　销：各地新华书店
版　　次：2023 年 6 月第 1 版
　　　　　2023 年 6 月第 1 次印刷
开　　本：889 毫米 ×1194 毫米　1/32
印　　张：8
字　　数：200 千字
定　　价：76.00 元

目录

CONTENTS

第一章　　　001

第二章　　　016

第三章　　　034

第四章　　　053

第五章　　　069

第六章　　　081

第七章　　　097

第八章　　　110

第九章　　　124

第十章　　　144

第十一章　　165

第十二章　　182

第十三章　　207

第十四章　　224

第十五章　　236

第一章

1

夕阳透过玻璃窗，落在宽大的舞蹈房内，橘黄色的光照耀着安碧凡娇美的身段。一身黑色的舞蹈服和高高束起的黑发，衬托着她洁白光滑的肌肤，显得愈发光亮。音乐在舞蹈房内回响，时而激荡澎湃，像湍急的河流从高处落下；时而悠扬舒缓，像轻柔的丝绸从肌肤滑过。安碧凡随着音乐，忽而旋转跳跃，忽而仰首凝视，忽而弯曲俯卧，那轻盈、柔韧的身姿似黑色的精灵。

春日傍晚的时光在这一刻变得愈加灵动了起来。

音乐由舒缓到低沉，渐渐地一曲终了。安碧凡俯身在地板上，双臂向前伸展着，脸紧贴着地板，额前的刘海已经被汗水浸湿，她喘息着、平复着，直到气息逐渐调匀后才缓缓地站起来。她站在宽大明亮的镜前，一边擦拭着汗珠一边端详着自己。嘴角处那一块伤疤，已经由酱红色变成深青色，像腌制的菜叶，她轻轻地摁了摁伤痕处，仍有些疼痛。她强忍着走到盥洗室，简单地冲了个热水澡，换上了便装，戴上口罩和墨镜，走出了舞蹈房。

暮色笼罩着城市，天空泛起淡淡的白色，像漂浮在水面上死鱼的肚子，而这种白色又渐渐地被夜晚城市的灯光冲淡，夜色似乎比城市的灯光来得迟缓些。正值下班时分，街道略显拥堵。安碧凡无奈地坐在车内，看着车外人来人往。城市的中心大道从北郊一直到南郊，很长，她漫无目的地驾驶车辆随着车流缓缓地向前方行驶着。街上的人们都有目标，或回家，或赶赴一场宴会，而安碧凡此时却不知归处，她不想回家，甚至有点愿意这么被堵在路上，哪怕堵得很晚。

手机响起，是妈妈的电话，问她在哪儿，今晚回哪儿。"回家。"安碧凡无精打采地回答。"回家？回滨洲花苑吗？"妈妈不确定地问。"回自己的家。"安碧凡有点生硬地回答妈妈，她按下键切断了与妈妈的通话。她迟疑了片刻掉转方向，向自己家驶去。

安碧凡的家，确切地说是她的娘家，在新江县城的老城区。通往她娘家的那条路叫状元路，很古老，因这条街上曾中过几个状元，所以名字叫得很文气。开发加速了城市发展的进程，但总有些历史的印记未被拆去，依旧保管在某个角落。古老的状元路不宽，很少有汽车驶进来，灯光照在被磨得锃亮的青石板路面上，像古董散发出异样的光亮。街道两旁的房屋都是平房，青砖黛瓦，斑驳的墙体，风蚀的门窗，像迟暮的老人。曾经的车水马龙和商贾云集之地已成了过往，繁华属于过去，这里已不是新江县城的商业中心，街道两旁的杂货店、浴室、理发店、寿衣店、酱醋店、铁匠店、煤球店，清一色的老旧，走在其中，仿佛回到了二十世纪七八十年代。这里的人，每天清晨从这条古老安静的街道走出去，傍晚又带着城市的忙碌和疲悆回家，周而复始，年复一年。

安碧凡是从小在这条街长大的，也可以说是被这条街上的两所学校看着长大的，一所是红星小学，一所是中专师范学校。小学毕业后，她走出这条街去了县一中读初中，可是初中毕业，没有考上高中的她，又回到这里读了师范。从安碧凡的家到小学，从小学再到师范学校，她不知走了多少遍，连每一家店门前空气中飘着的味道她都熟悉。这里的一草一木她都记得长在哪儿，甚至在这个季节的某处墙根下，一朵不起眼的野花开了，她都会知道。

状元路的北头有一个停车场，但是不大，运气好时有车位可停，运气不好时，安碧凡只好将车停在附近一家医院的停车场，不过是收费的。为此，安碧凡一直为停车而抱怨。车子停好后她还需步行一段路，经过十几户店铺才会到达娘家。

安碧凡的娘家并不在街道两旁的商铺中，而是在一条小巷子里，叫安家巷。巷子很窄，看上去屠弱苍老，行人经过倒是无碍，倘若推一辆自行车经过，会有点难行。安家巷里住着七八户人家，只有她家姓安。据说，以前这里曾住着几户姓安的人家，但在民国时迁走了，只有安碧凡的曾祖父一直住在这里。解放后，曾祖父留下的家产都交了公，到了她父亲这一辈仅剩下几间古色古香的平房。安碧凡六岁时，爸爸与妈妈离了婚。房子归安碧凡，安碧凡归妈妈。母女俩住在这儿，一住就是二十多年。

安碧凡到了家，顺手将包放在一旁，怅然地躺在了沙发上。她将口罩从脸上摘下来，狠狠地扔进垃圾桶内。妈妈张莉在厨房里忙着，见到安碧凡回来，她擦着湿漉漉的手走进客厅，见安碧凡闭目躺着，没有言语。母女之间的无声，并不尴尬，在一起久了，相安无事的相处方式，有时看似非常却也正常。张莉悄无声息又退回厨房。安碧凡实无睡意，打开手机，十几个未接电话和微信，都是来自丈夫阚子逸的，她懒得理会，生气地将手机放到一边，继续躺在沙发上闭目养神。

一张古色古香的四方桌和四张长条凳子，立在客厅多年，这是安家老祖宗留下的，桌面和桌角已磨得锃亮，但是没有一点儿破损。两盘热腾腾的饺子端上了桌，一盘是安碧凡喜爱的韭菜肉馅，一盘是张莉喜爱的药芹肉馅，就像母女二人的性格，食物也是有自己的脾性的。这么多年，母女二人只要吃饺子，张莉都是这么准备的。安碧凡没胃口，不像以前，一闻到韭菜肉馅的香味，手也不洗，筷子也不拿，直接用手送到嘴里，先吃两个解解馋。张莉硬拖着她从沙发上起来。笑容勉强地堆在她苍白而发黄的脸上，她微胖的上身系着一条墨绿色的围裙，齐耳的短发别在耳朵的后面，尽管被染成黑色，但发根处又长出新的白发。安碧凡不喜欢妈妈系墨绿色的围裙，感觉妈妈不是在家里像是在医院。可是张莉就喜欢用它，当了几十年的护士，见惯了绿色和白色。

安碧凡勉强吃了两三个饺子便放下筷子。她又拿起手机，再次看到阚子逸的几条微信，生气地将手机又丢在一边。张莉瞅了安碧凡两眼，那目光是安碧凡最熟悉不过的，这样的目光伴随着安碧凡从小长到大，一直在教育她、叮嘱她，而今天的安碧凡没有顺从这样的目光。"我洗澡去了。"安碧凡拿起手机径直走到她的房间。

当安碧凡洗完澡从卫生间出来时，张莉已经收拾完碗筷，此时院门外门铃响起。安碧凡心头一紧，她猜测定是阚子逸。安碧凡急忙折回自己的房间，反锁了房门。张莉打开院门，只见女婿阚子逸站在院门口。阚子逸见到丈母娘，一脸的歉意，乖顺得像犯了错的小学生，跟随着丈母娘走进了客厅，边走边问安碧凡在不在家。张莉朝房门口努了努嘴，示意他安碧凡正在她的房间里。

阚子逸面带愧色，带着求饶的口吻，站在房门口，求安碧凡开门，求她原谅他，前天晚上是他酒后犯浑，一时失了手打了她。他很后悔，求她饶恕他这一次，他保证以后再也不会动手。张莉开始责备女婿，女儿长这么大，自己连高声都没有对她吼过，更别说动手了。作为一个单身女人，既当爹又当妈将女儿拉扯大，嫁到阚家半年还没到，女婿竟然为一些捕风捉影的小事动手打了她，张莉十分生气。

张莉数落完女婿，面带愠色朝着房里的女儿嚷道："凡凡，开开门吧！给子逸一次改过的机会，今晚跟他回家去，免得你公婆说我们家没家教！"阚子逸被丈母娘数落得一句没敢回，听到丈母娘说"没家教"，心里自然明了，他顾不得丈母娘指桑骂槐，继续哀求安碧凡。

房间里的安碧凡，听到外面的数落声和求饶声，已不知如何是好，只好无奈地打开了房门。阚子逸一走进房间，便顺手将房门关上，从背后一把抱住了安碧凡，轻声地在她耳边说："对不起，我错了！凡凡，跟我回家吧！"安碧凡想挣脱他，可是她挣脱不了那有力的手臂，只能像只软弱无力的绵羊一样就擒，带着赌气、带着撒娇、带着委屈。泪水从她的脸上滑落下来，阚子逸带着歉意，捧起了她的脸，吻她的泪，吻她的唇。

当张莉看到小夫妻手牵手走出房门时，轻轻地舒了口气。浅浅的笑容挂在小夫妻二人的脸上，不再是先前那阴沉的模样，她不便再唠叨，默默送他们走出院门。看着小夫妻的背影消失在小巷的尽头，她深深地叹了口气，独自回到家，关上院门，熄了灯。

张莉走进卫生间，将安碧凡换下的衣服放入洗衣机，洗衣机开始嗡嗡作响。她怔怔地站在洗衣机旁边，想起这么多年，含辛茹苦将女儿养大，一直盼望着女儿早日成家，了却自己的心愿。如今女儿已结婚，嫁了一个不错的人家，邻居们羡慕不已。而对邻居们的羡慕，她总是假惺惺地谦逊一番，其实内心还是自鸣得意的。张莉是一名护士，退休一年多，因为没事干，闲得慌，在家附近的一个药店，谋了一份半日制的工作，上午在家烧饭洗衣做家务，下午去药店上几个小时的班，也算是消遣度日打发时间，日子过得平实而满足。

女儿和女婿闹了点不愉快，回到娘家，张莉那颗满足的心，便开始不安起来。

2

从状元路到滨洲花苑有一刻钟的车程，安碧凡的婆家就住在这里。

滨洲花苑是个独幢别墅群，依水而建，东面、南面环水，与西面、北面的街道形成合抱之势。这里草木森森，十分静谧，除了偶然经过的疾驶的汽车发出的声音，就只有鸟儿的叫声了。

一幢别墅的大门外立着一对石狮，虎视眈眈地盯着过往的行人，那凶煞的眼神显示着这座房子主人的威严，高大的门楼下悬挂着一对大红色的灯笼。阚子逸搂着安碧凡走进院门。院子很大，栅栏式院墙上开满了蔷薇花，高大的枇杷树上结满了枇杷，大盆小盆的花卉在夜色下飘来阵阵清香，西南角的水池里耸立着一座假山，流水从假山上缓缓而下，发出潺潺的声响，在这静谧的夜晚显得十分清脆。

走进宽敞明亮的客厅，一派中式的装饰风格呈现在眼前。

客厅的西侧放着一组宽大的棕红色红木沙发，上面雕刻着精美的图案，祥云、花鸟、蝙蝠、蝴蝶、福猴，蕴含寓意；东侧整齐地摆放着一组茶具，虽然干净，但看起来已很久没有用过，像风干的古物。正对着大门的墙上挂着一幅福寿图，长方形的红木条柜上放着一对绘着牡丹和孔雀图案的瓷瓶，瓷瓶的中间摆放着一尊观音菩萨像和一对香烛，那是这家女主人宗华特地从普陀山"请"回家的。

女主人宗华正坐在沙发上看电视，身旁还坐着一位年轻的姑娘，那是阚家的保姆郑小萍。宗华穿戴整齐，看来她还没有打算就寝，像是一直在等他们回来。大波浪花式发型，动感且自然地披在肩上，一对祖母绿耳钉和胸前那祖母绿吊坠，以及手腕上那只祖母绿手镯相得益彰，尽显富贵与华丽。安碧凡轻声地且礼貌地叫了声"妈"。宗华应了声，眼睛继续盯着电视机，超高清阔屏电视屏幕里正放着一部韩剧，她看得入神。

夫妻俩顺势坐在沙发上，心不在焉地陪着宗华一起看起韩剧。阚子逸问妈妈："爸爸呢？车子在家，人呢？"妈妈回答："他没回来，车子是驾驶员开回来的，他出差去了。这几天不会回来的。"

宗华见儿子、儿媳坐在客厅里陪她看电视，显得很勉强，便调小电视的音量，冷冷地对安碧凡说："回来就好！"扭头叫郑小萍回她房间去，郑小萍很知趣地离开。"小夫妻吵架是常事，不过以后别动不动就往娘家跑，别人还以为我们阚家有多欺负你！"宗华没好口气地对儿媳妇说道。她又朝着儿子狠狠地斥责道："以后吵架归吵架，君子动口不动手！整天在健身房，练了一身的坏毛病！"阚之逸见妈妈生他们的气，也生气地说："知道了，我们刚到家，你就别啰唆了！"他拉着安碧凡厌烦地离开客厅，生气地到二楼去了。

二楼是小夫妻的二人世界。一对大红喜字贴在窗户的玻璃上，色彩依旧鲜艳，恩爱而甜蜜的结婚照挂在床头的上方，大红色的床单和被褥，喜庆而吉祥，一切如新婚模样。

　　房门将世界隔在了外面之后，他开始亲吻、抚摸她，缠绵而悱恻，温柔而甜蜜。一番恩爱过后，安碧凡被降服在他的怀里。她轻轻地摸着自己还有点发青的嘴角，表情仍带着责备，阚之逸深情地忏悔。他轻轻抚摸她光滑洁白的肌肤，再次紧紧地将娇妻搂在怀里。这一夜，小夫妻间的矛盾已随着温存的爱意化为乌有。

　　第二天早晨，安碧凡如往常一样准时起床。她拉开落地窗帘，阳光满满地洒进了房间，明亮而温暖。窗外的蔷薇花开得正艳，生机勃勃地向栅栏的每一处伸展着，鲜艳的色彩就像新婚房里的色调一样的火艳。在这样一个早晨，节气以它的明艳、晴朗、温暖，与阚家大院深情交融。

　　此时阚子逸还在梦乡，"逸心健身会所"的总经理无须那么早上班。而安碧凡则不同，她是老师，虽说是音乐兼舞蹈老师，不像别的主课老师那样课时紧，但学校有规定，每天到岗签到，天天考勤，她必须遵守。

　　上午第三节课结束，安碧凡一走进办公室，便发现她的办公桌上放着阚子逸送来的一束玫瑰花，不大的办公室内飘着阵阵花香。

　　"今天是什么好日子？竟然还有人送花给你？"易雨涵意外地站在她的办公室门前，语气中带着羡慕。还没等安碧凡回话，易雨涵便一屁股坐在她对面的位置上，摇晃着转椅，神采奕奕，春风似乎还停留在她的脸上。对闺密的突然造访，安碧凡感到有点讶异。"我是陪电视台的记者到学校来采访的，电视台搞了一个专访节目，正好顺便过来看看你。"易雨涵一边解释一边在玫瑰花前狠狠地嗅了嗅，那表情像醉了一般。安碧凡微笑着从花篮中抽出一枝递给了她。

3

说起安碧凡和阚子逸的相识，还是易雨涵介绍的。一年前，安碧凡被易雨涵带进了逸心健身会所，当她们二人走进健身会所时，阚子逸正在运动器械上做动作训练。棱角分明的脸庞显得十分刚毅，向上翻翘的发型在运动中微微散开，他体格健壮，双臂肌肉凹凸有力，一身黑色的健身服衬托着他黝黑的皮肤，显得更加黑亮。

服务生走近阚子逸和他耳语了几句，他才停下训练。一见到易雨涵，便微笑着迎了过来。易雨涵说："你们家开了这么大的健身会所，都没请我光顾光顾，今天我是特地陪我的闺密过来的。"阚子逸与易雨涵是远亲，他们两家一直相交甚密。

阚子逸瞥了易雨涵身边的安碧凡一眼后，便开始打量着安碧凡。高挑的身材、垂顺的长发、白皙的脸庞、明亮的眼睛、长长的睫毛、含笑的嘴角，一个超凡脱俗的女孩站在他的面前，着实令他眼前一亮。安碧凡被他盯得有点不知所措，一时红了脸，垂下眼帘避开了他那灼热的目光。易雨涵在阚子逸的面前晃了晃手，打趣道："见到美女，不带这么久地盯着，过分了点儿！"阚子逸被易雨涵这么一说，不好意思地缓过神来。

宽敞明亮的总经理办公室内，一张宽大的办公桌立在中央，装饰橱内摆满了各种跑车模型和各式洋酒，一只野牛角和一个动物的头颅骨及一把猎枪挂在墙上，旁边一幅色彩斑斓的抽象画，令人浮想联翩。阚子逸热情地邀请两位美女沙发上就座，沙发前像树根一样的茶几，光滑油亮，一圈圈树的年轮清晰可见，淡淡的樟木香味令人神清气爽。

阚子逸亲自给两位美女泡茶，顺手拨打了一个电话。不一会儿，一位女服务员款款地走了进来，递给他两张健身卡。阚子逸分别将卡递给易雨涵和安碧凡。易雨涵满心欢喜，但是仍带着不满的口气说阚子逸偏心，她说是沾了安碧凡的光才会拥有这样的待遇。阚子逸哈哈地笑着，心领神会，没有反驳，起身领着两位美女参观他的健身会所。

会所很大，功能齐全，除了健身场所外，还有乒乓球、羽毛球训练场地，负一楼的保龄球馆更是豪华气派。当他们走到二楼瑜伽馆时，阚子逸详细地介绍了瑜伽馆的情况。"就在本月，会有泰国的瑜伽老师过来当教练。"他补充道。

"安小姐这么好的身材，是学舞蹈的吗？"阚子逸问道。

易雨涵继续调侃阚子逸说："马屁算是拍到点子上了。"安碧凡瞪了一眼易雨涵，两人会心一笑。

从那以后安碧凡便是逸心健身会所的常客，只要安碧凡来会所练瑜伽，阚子逸就会趁机单独约她吃饭、喝茶、看电影。

当安碧凡向易雨涵坦白她和阚子逸的恋情的时候，已经是他们相识几个月后的一天了。

易雨涵有点失望地说："这下你可完了！"

安碧凡不解。易雨涵说："他是天蝎座，你是双子座，双子座是天蝎座的情劫。"

安碧凡不屑地看了一眼易雨涵，说："迷信！"

"老实交代，你们到什么程度了？"易雨涵调皮地捏了捏安碧凡的鼻子。

"你肯定认为我们发展得太快，可是感情这东西，说不清，可能你没遇到像他那样的男人，面对他的爱，我真的无法拒绝！"

"你爱他吗？还是想尽快摆脱相远方的感情？"易雨涵说话一向是那么直截了当。

"爱他！"安碧凡肯定地回答。提起相远方，安碧凡立即奔拉下眼帘，没有正视易雨涵。

易雨涵发觉自己错了，她提到一个安碧凡不想提及的人。

4

安碧凡和相远方最后一次见面是学校开学的前一天。因为相远方即将去省城培训，培训结束后他将离开学校，去边远的乡镇支教。学校安排相远方去支教，名义上是为了解决相远方的职称问题。其实大家都知道，凭相远方的资历还轮不到他，校方这么做也是迫于各方面的压力，更重要的是有关相远方和安碧凡之间的传言。

在校园空旷的操场西侧，昏暗的灯光下，相远方自责地对安碧凡说，他很愧疚，因为他，让安碧凡背负了沉重的精神负担。他们曾经是最好的"黄金舞伴"，别人眼中的"金童玉女"，而现在安碧凡却成了别人眼中的"小三"。

安碧凡说："你走也好，免得被别人指指戳戳，我已经承受不了别人的闲言碎语。"相远方痛恨地说，他老婆就是一个泼妇，他迟早会离婚的，要结束他无爱的婚姻。那一次安碧凡在教室内被他老婆殴打，给安碧凡造成的伤害，他这一辈子都无法原谅自己。

短暂的告别，安碧凡决然离去的身影，留给相远方的是茫然和惆怅。相远方伫立在夜色中，眼前的一切都是那般浑浊，浑浊的灯光、浑浊的夜色，犹如他孤独迷茫的心。

相远方离开了学校，远离了学校老师们的视野，他和安碧凡那段所谓的暧昧关系也渐渐从一些老师们的饭后谈资中淡出。可是在大半年后，安碧凡再次成为这些人议论的话题，而这次议论的话题不是"小三"，而是她和阚子逸那隆重、盛大而豪华的婚礼。

"这年头女孩子现实得很，宁可坐在宝马车里哭，也不愿坐在自行车上笑。"

"有钱就能幸福吗？兰博基尼婚车有什么了不起的，能一辈子当床睡？都是有钱烧得慌！"

安碧凡嫁入了有钱人家，令这些人无比嫉妒，嫉妒到最后归于一声叹息："漂亮是女人的本钱！这年头，男人就喜欢女人漂亮的容貌，至于女人什么学历、什么工作、赚多少钱，他们是不会在乎的。"这些人一致认为安碧凡这么快嫁人，一是图阚家有钱，二是想尽快摆脱相远方老婆的骚扰。

其实，阚子逸和安碧凡能够这么快结婚，是阚子逸努力的结果。他和安碧凡的恋情一开始便遭到父母的强烈反对。在宗华的眼里，儿子风流倜傥，一表人才，多少达官贵人争着要与他们家攀亲，可是阚子逸就是看不上，不是嫌女孩不漂亮就是嫌脾气不好。宗华认为儿子定是被安碧凡的美貌所迷惑，她对美女从来都是怀有敌意的，认为漂亮的女人就是祸水，且安碧凡又生长在单亲家庭，宗华很不满意。

阚子逸的爸爸阚永明寄希望于未来的儿媳妇能够降服得了他的儿子，日后能为阚家把持住家业，可是儿子偏偏看上了安碧凡。他从一位朋友口中得知安碧凡作风不好，这个传言令阚永明在知情人面前有点抬不起头。他将此事告诉了宗华，夫妻二人铁了心地要制止儿子这段恋情。可是阚子逸却坚定地说他这辈子非安碧凡不娶。

阚子逸从小就桀骜不驯，没少让阚永明操心，到了青春叛逆期更像犟牛一般让他头疼，父子俩常常水火不容。上了大学后，他就像脱了缰的野马，更是放荡不羁，阚永明也是鞭长莫及。他无奈地对儿子说："只要你在外面别杀人放火吸毒，别干违法的事，你爱干吗就干吗吧。"大学毕业后，阚永明一心想让儿子到他的公司历练历练，将来也好子承父业，可是阚子逸不愿在他的眼皮底下工作，坚持要办健身会所。阚永明拗不过，只好由着他去了。

那一晚，阚子逸和几个哥们儿喝酒。哥们劝他，凭他的条件什么样的女孩娶不到，何必非安碧凡不娶，何苦因为她与父母关系闹僵，再说安碧凡也并不是他想象中的那般完美。阚子逸一听此话，眼睛揉不进沙子，借着酒性摔了酒瓶，当场翻脸，吓得哥们再不敢多说一句。

阚子逸窝了一肚子火回到家中。此时阚永明正坐在客厅的沙发上抽着烟，气氛显得有点凝重。阚子逸见父亲严肃的表情，勉强乖顺地坐在沙发上。一见到儿子酒气熏天的这副德行，阚永明就气不打一处来，厉声命令："从明天起，你必须与安碧凡做个了断，我和你妈是不会同意你们婚事的，否则你就不要再回这个家！"

"给个理由！"阚子逸毫不客气地对父亲说。

阚永明斥责说："无须太多理由，她跟你不配，她家跟我们家不配。还要我说得太明白吗？你有没有打听过，她的作风有问题！"

"你们不要道听途说！我爱她，我非她不娶！"阚子逸声音高了八度。阚永明也因为喝了酒，情急之下说了些要断绝父子关系之类的狠话。阚子逸情绪高涨，冲进厨房拿起水果刀，威胁道："少吓唬人！从小到大我没少被吓过！"话音刚落，手中的水果刀已狠狠地刺向自己的大腿。

宗华听到客厅不小的动静，连忙披衣从房间里走出来，一见到儿子的腿上鲜血直流，地面上也溅了鲜红的血，便痛骂阚永明："明知道儿子喝了酒还要惹他发急，有什么大不了的事不能等明天再说，非要弄得家里鸡犬不宁！"阚永明被宗华骂得一时无语，只好连夜将阚子逸送往医院。

5

安碧凡和阚子逸的婚礼是在这年的国庆节举办的。

一辆红色的兰博基尼车开道，长长的黑色宝马车队尾随其后，像一条红头黑身的巨龙，缓缓地由城东驶向城西，驶向那条古老的状元路。沉默的状元路在那个假日的上午沸腾了起来。走在街上的美丽的新娘、帅气的新郎，使整条街道都鲜亮了起来，引得街坊邻居和行人驻足观望。人们都在议论安家的女儿嫁给了有钱人家，那议论里夹杂着羡慕与祝福，也有嫉妒与诅咒。

张莉没有将女儿送到状元路上，她站在自家院子门口，目送着女婿挽着女儿走出安家巷而渐行渐远。家中只剩下了她一人，亲戚们都尾随着迎亲队伍到状元路上看热闹去了。落寞的情愫涌上她的心头，从未有过的孤独感使得她有点顾影自怜。一地的鞭炮纸屑，红色的礼花碎片，像泪珠飘落在地上，空气中弥漫着浓烈的火药味道，呛得她一阵咳嗽。她掏出面纸，擦擦眼角处的泪水，幸福、激动、伤感和丝丝不安交织在一个母亲的心头。

从安碧凡和阚子逸确定恋爱关系到结婚，张莉只去过阚家一次，那是两家一起商议儿女们的婚事。有关婚礼的筹备，张莉是插不上话的，在富足的阚家，她只有保持谦卑和低调。她对亲家说得最多的一句话是"一切由你们做主"。张莉和阚家唯一的分歧是她坚决不同意安碧凡的父亲安如祥参加女儿的婚礼。

安如祥和她早已离婚，夫妻间性格的差异没有随着时间的拉长而得到缓和，无休止的争吵和长时间的冷战，换来的是婚姻的结束。

她始终认为安如祥不配做安碧凡的父亲，他没资格参加女儿的婚礼。虽然他们离婚多年，而对安如祥的恨却永远根植在心里。对于亲家提出让安如祥参加女儿的婚礼，张莉一时接受不了。

在宗华眼里，儿子娶了个单亲家庭的女儿，意味着婚礼不圆满，婚礼上的一切都得成双成对，不能有所缺憾。她不愿意在儿子婚礼那天，让亲朋们看到亲家这边的尴尬。她生气地对张莉说："那些陈芝麻烂谷子的事就别提了，不为别的，就为祝福儿女，亲家母必须得忍一忍，顾全一下大局。"张莉被宗华说得无语回应。

婚礼是在这座城市最豪华的酒店举行的。那天为一对新人证婚的正是易雨涵的父亲易旭生。

第二章

1

当易雨涵收到安碧凡的微信时，已是上午十点多，她正慵懒地躺在自家的床上。安碧凡和阚子逸近距离的自拍照，带着夸张的笑脸，还摆出了剪刀手，映入她的眼帘。夫妻二人正在巴厘岛的旅途中。

易雨涵的妈妈赵月华，正在梳妆台前打扮自己。梳妆台上摆放着大大小小各式各样化妆品的瓶子。岁月对这个女人比较偏爱，她拥有一张令无数女人羡慕和嫉妒的脸。优越的家庭出身造就了她优雅而高贵的气质，紧致而洁白的皮肤十分通透，无瑕的脸上只有眼角处有一丝细纹。

化妆结束，她走出房间朝着隔壁房间还在睡觉的易雨涵嚷道："都什么时候了还不起床？"里面没有回应，她敲了敲房门，试着打开，房门却被反锁着。

女儿反锁房门的做法令赵月华有点反感。从小到大，女儿在她面前几乎没有什么秘密可言。女儿上学时，每天早晨她要到女儿的房间催她起床；夜晚临睡前，她常常蹑手蹑脚地走进女儿的房间，将瞌睡中女儿手中的书本轻轻地拿开，再帮她掖好被子才安心离开。女儿慢慢地长大，她已记不清从何时起，女儿开始反锁房门，这一切都不需要她再操心了。平时进入女儿的房间必须得先敲门，有一种她是学生而女儿是老师的感觉，进办公室前需叫一声"报告"方可进入。

易雨涵被赵月华强行从床上拉起来。中午他们全家要赴一场宴会。每到周日易雨涵哪儿也不想去，只想待在家里，可是对于父母的宴会她有时碍于情面又不得不勉强参加。

易雨涵蓬头垢面下了床，她瞄了一眼站在面前的妈妈。精致的装扮、高雅的气质，一副整装待发的模样。她娇嗔地对妈妈说："妈，拜托你别打扮得那么漂亮，人家总夸你是我姐，不知是夸你还是损我！"赵月华被女儿虽是责备其实是夸奖的话语说得心里美滋滋的。其实女儿的长相没有遗传赵月华的优点，尤其是皮肤遗传了她的爸爸，有点黑。这一点令易雨涵十分生气，总埋怨爸爸易旭生的基因不好。但是赵月华却经常安慰她说，皮肤黑也挺好的，夏天出门无须涂抹防晒霜。不过易雨涵的皮肤虽然有点黑，但属于那种干净透亮且细腻的肤质，赵月华经常称呼女儿为"黑美人"。母女二人经常在相互欣赏甚至相互吹捧中开心地过着每一天。

当易雨涵穿着 T 恤衫、牛仔裤、平跟鞋，头发绾了个髻高高地耸在头顶站在赵月华面前时，赵月华一脸的不满意。她几乎用央求的口吻说："能不能打扮得淑女一点儿？"

"不是所有的女人都适合当淑女的，我又没遗传你的好气质。哪像你气质优雅，衣服、皮包、首饰都是成套的，资产阶级腐朽思想在你身上比较严重！"易雨涵不屑地调侃赵月华。

女儿已经二十八岁，她的同龄人有的都已经有了孩子，可是她至今连个男朋友都没有，赵月华十分着急。她为宝贝女儿安排了多少次相亲，可是每一次相亲，易雨涵都以没有眼缘为理由告终。再后来一提到相亲，易雨涵就抵触，她总是以各种理由推托，赵月华很不满。关于相亲，赵月华自有她的理论，她奉劝易雨涵，不要排斥相亲这种交友方式，介绍人一般不会将两个根本不相配的人撮合在一起的，无论是家境、相貌还是工作等多方面，都是经过筛选后才会安排相互认识的。易雨涵相信这一点，这几年经人撮合认识的人当中，有公务员、医生、教师，也有富二代，条件都不错，他们都有一个共同的特点，就是家庭条件基本与她家相当，有的还略胜一筹。可是，易雨涵却从不为之心动。

赵月华在易雨涵面前唠叨："你们这一代年轻人总是不让父母省心，本该认真学习的时候偷偷谈恋爱，现在大学毕业了，工作了，有大把的时间，却执拗不谈，快三十的人了，不成家立业，就知道享乐，真是浪费大好年华！"

易雨涵反驳道："上中学的时候正处于青春发育期，荷尔蒙分泌最旺盛的时候，异性之间相互吸引那是人性最本质、最原始的欲望，本就应该谈情说爱，可是家长、学校反对，那是对人性的禁锢。过了二十五岁人的荷尔蒙分泌逐渐下降，异性之间的吸引力也趋于理性，再说工作压力那么大，哪有时间和精力谈情说爱？"

对于女儿的这些道理，尽管有些认同，但是赵月华依旧苦口婆心劝她："作为女人，结婚生子是人生必经的阶段，不结婚生子的女人不能称为女人，是不完美的人生。等你嫁了人，有了孩子，就知道一个做母亲的心情。"

易雨涵站在卫生间镜子前，满嘴的牙膏泡沫，口齿不清地问："你生了我，将我养这么大，给你添了那么多的麻烦，浪费你那么多的时间，有时还惹你生气，何苦呢？"

赵月华说："将你抚养成人是不容易，人这一辈子往往是苦大于乐，苦中作乐呗，在苦中寻找乐的过程就是人生。你以为不结婚、不生子，就比别人有更多快乐？"

易雨涵无语反驳。母女二人经常这样你一句我一句地辩论一番，结果不分上下，但是这样的争辩并不妨碍她们之间和谐的关系。

易雨涵和赵月华到达了酒店，母女二人被酒店服务生领进一间餐厅。餐厅内已经有人围在一张四方桌前打牌，见赵月华母女进来，他们连忙起身，其中一位五十多岁的男子风度翩翩地走上前来相迎。赵月华众星捧月般被请到牌桌前。

"阚总！"赵月华伸出她纤细洁白的手与她的公司大老板阚永明礼貌一握。易雨涵也礼貌地叫一声："阚叔叔好！"在场的其他人也相互寒暄一番，继续坐下来打牌。对易雨涵来说这样的应酬早已司空见惯，她知道别人对她们母女二人的尊重和礼让，多半是看在她爸爸的面子上。

易雨涵没有打牌，她选择在靠墙角的沙发上坐下。此时她见到一位年轻的男子坐在另一个角落，戴着一副眼镜，皮肤白皙，棱角分明，黑色的休闲服、牛仔裤、帆布鞋，清爽而干练。当他们相互对视的那一刹那，那男子的名字便从易雨涵的口中脱口而出："凌冰！"

赵月华在一旁打牌，见易雨涵和凌冰竟然早就相识，十分诧异。易雨涵连忙解释，她在上高中的时候，和凌冰、安碧凡，还有张皓轩，曾经一起郊游过。张皓轩是安碧凡爸爸后来娶的老婆的儿子，和凌冰是高中同学。那时凌冰还在美国读大学，回国度假的。在易雨涵的记忆中，那次郊游，凌冰的身边还有一位他的女同学，叫什么名字已记不清，只知道关系不错，也在美国读大学。

赵月华见女儿和凌冰早就认识，心里十分高兴，一边摸着牌，一边连声说两人有缘。易雨涵听赵月华这么一说，立即意识到这次宴会定是妈妈瞒着她安排的一次相亲。

当易旭生推门而入的时候，打牌的几个人便丢下手中的牌，谦逊地站了起来迎接。易旭生被请到主宾位置上就座。他四方脸，皮肤黝黑，头发向后梳拢，脸庞的皮肉因为发福而下垂，不大的眼睛透着犀利的目光。他的右手边坐着永明地产公司总裁阚永明，左手边坐着志高投资实业公司的总经理凌方志，也就是凌冰的父亲，主次宾客入座后，其他人客气礼让一番，也各自坐到位置上。易雨涵被安排和凌冰坐在一起，他们心照不宣地笑了笑。

饭桌上谈论的话题，多半是轻松随性的话题，他们偶尔也谈及时政，因为易旭生不参与深谈，大多浅尝辄止。每逢这样的局面，赵月华便成为桌上的主角，风韵不减当年的她在饭桌上谈笑风生、左右逢源。在赵月华的嘴里，在座的都是杰出人物。和赵月华相比，易旭生却不苟言笑，长年身在官场，从最底层一步一步到今天的位置，也练就了他一身的老到，农民出身的背景更铸就了他不张扬、不奢华的品格。

饭桌上有一个话题成为主线，断断续续的，像餐桌上的白酒，时不时被喝酒人想起来续杯，那就是易雨涵和凌冰。凌冰，一个刚刚留学归来的海归，人们眼中的天之骄子。易雨涵，新江县政府的工作人员，家庭条件优越且工作稳定的公务人员。郎才女貌、门当户对，那话外之音已经认定他们是绝配姻缘。易雨涵很快便收到凌冰发来的无奈表情，"今天的相亲，我也不知情"，她迅速地回过去。"那我们就继续装给他们看吧！"凌冰回道。

二人再次相视而笑。

自那日见面后一连数日，易雨涵并没有收到凌冰的任何信息。凭以往的相亲经验，一般都是在当日或者第二天，定会收到对方的信息，约她看电影或吃饭喝茶。易雨涵多半是拒绝，偶尔也会因为无聊，怀着恶作剧的心态去赴一次约会。她素面朝天、大大咧咧地出现在男生面前，像个假小子一般，毫不隐瞒自己独身的想法。每每如此，在以后的日子里，她不会再收到那些男生的约会邀请。赵月华十分着急，在她眼里，女儿要人品有人品，要模样有模样，要才学有才学，家庭条件更是无话可说。赵月华常劝易雨涵："在男人面前要示弱一点儿，装傻一点儿，撒娇一点儿，这样才会招人喜欢。"易雨涵嗤之以鼻："本姑娘长得就这副模样，生得就这副德性，不爱拉倒！"

赵月华只有无奈的叹息。

2

当易雨涵收到凌冰发来微信的时候，是在一个星期六的傍晚。那时易雨涵正在云南丽江一家客栈里，她已经请了公休假到云南旅游了，那时她正在整理这一天她所拍摄的照片。她喜欢摄影、旅游、写游记，常沉浸在自己的世界里做着自己喜欢的事。

"在哪儿？晚上有时间吗？"凌冰发来信息，并发过来一个挑逗的表情。

"我在丽江。"易雨涵回复。那边立即回过来一个无奈的表情。

"飞过来请我吃晚饭？"易雨涵也开始挑逗他。凌冰再次发过来一个无奈的表情后，那一晚便再无消息。易雨涵继续整理她的照片，看到安碧凡从巴厘岛发过来的他们夫妻二人秀恩爱的照片，她忍不住笑出了声，闺密二人一边在微信里聊天，一边分享美图美景。易雨涵又拿出笔记本电脑写下这天的游记，一直到很晚才睡去。

第二天，易雨涵一觉醒来，已是上午十点多。她拉开窗帘，映入眼帘的是对面客栈院墙上的三角梅，热烈而娇艳地绽放着，一簇簇的，花红得发紫，叶子绿得发亮。她兴奋地拿起相机伏在窗前，所入镜头之处皆是美景，竹篱笆、吊脚楼、小木桥、涓涓的流水、高大的芭蕉树。三角梅随性地开放在某一处，哪怕只有一朵依旧开放得那么明艳。植物如人一样，不同的环境、水土、气候，便会赋予不一样的禀性。

快到中午时分，易雨涵走出了客栈。她背着双肩包，手捧一杯咖啡，脖子上挂着相机，悠闲地走在丽江的街道上。小店里传来欢乐的手鼓音乐，她的脚步顿时轻盈起来，手中的快门也变得欢快起来。

"在哪儿？可否发个定位给我？"易雨涵的手机响起，是凌冰发来的信息。

易雨涵有点疑惑，迅速发了个定位过去，并且回复他："你不相信我在丽江吗？我正在丽江的四方街上。"

"待在那儿别走，我一会儿就过来。"当读到此条信息的时候，易雨涵有点蒙了，她认为凌冰和她开玩笑。她将信将疑地在一家手鼓店坐了下来。

就在这个普通而平常的中午时分，阳光无比灿烂，天空那般湛蓝，易雨涵和凌冰在丽江四方街上相遇了。站在易雨涵面前的是一位身高一米八左右的男人，穿着墨绿色的T恤，破旧的牛仔裤，一双黑白相间的休闲鞋，双肩包背在身后。而站在凌冰面前的，是一位身高一米六五左右的女人，一身鲜艳的民族服装，一顶乳白色的太阳帽，一对长长的具有民族风的耳坠在肩颈处晃荡。他们面对面地站着，在这幽长的古街上，相视而笑，一时竟不知说什么是好，只有手鼓店里欢快的《小宝贝》在循环播放着。

"就像狗血剧那样，来个浪漫的偶遇？给我一个惊喜？没想到从美国回来的人，也学会了这一出。"坐在一家中餐厅的二楼上，易雨涵一边给凌冰倒茶一边调侃地说，"你可知，我在旅行中是不喜欢被人打搅的。"

"如果真是这样，吃完这顿饭，我就在你眼前消失，我们各玩各的。"凌冰微笑着回答，"不过我自信我不是个讨人嫌的人，我可以帮你拍照，水平还不错！"

"本小姐给你一次机会吧！"易雨涵顽皮地说。那表情显然对凌冰的突然到来表示欢迎。

这个下午，他们二人就在丽江古街上漫无目的地闲逛。易雨涵对逛街充满了热情，凌冰总是乐呵呵地陪着她。他不善于言谈，说话的语句一般都不会很长。易雨涵喜欢这一类型，她很反感男人喋喋不休。

他们也会在所行之处停留下来拍拍照片。跑累了，便坐在一家咖啡店里，慢悠悠地坐着聊天。凌冰比易雨涵大四岁，在美国读的大学，原本不打算回国，但是在这一年春天他决定回国、回家乡，结束在异国他乡漂泊的日子。以前他一直认为继承父亲打下的江山是件可耻的事，他要靠自己的双手创造出属于自己的天地，可是在外漂泊久了，累了，只想回家，回到父母身边。从凌冰娓娓道来的交谈中，易雨涵感觉到一个成熟男人的淡定与豁达。也许真的如他所说，在外漂得越久，走得越远，越想回归到生命的原点。

夜色下的丽江古城，比白天热闹许多。霓虹闪烁、人头攒动，琳琅满目的商品在灯光下五彩纷呈。他们坐在一家酒吧里，一边喝着啤酒一边听歌手唱歌。喝着喝着凌冰兴致盎然，竟拖着易雨涵走上了舞台。凌冰弹吉他，易雨涵坐在一旁唱着，虽然是第一次合作，可是配合得却十分协调，《小宝贝》欢快的歌声，博得下面的客人阵阵的掌声。

　　夜色幽幽，晚风袭人，古城灯火阑珊，初夏的风吹拂在脸上有几分凉意。

　　"真好！"易雨涵由衷地说出一句。

　　"什么真好？是今晚的夜色吗？"凌冰问。

　　"有人在一起真好！"易雨涵发自肺腑地说，"谢谢你的陪伴！"

　　"有人陪伴固然重要，但与什么人在一起更重要！"凌冰看着远处的街灯，自鸣得意地说。

　　易雨涵扑哧一声笑了。见到易雨涵笑了，凌冰领悟到她的笑意，也笑着说："但愿我突然而至，没有打扰了你。"此时此刻快乐和甜蜜流淌在潺潺的河水里，滑落在锃亮的青石板上，飘荡在怀旧的歌声里。

　　第二天，他们开始了玉龙雪山之旅。漫山遍野的原始森林，层峦叠嶂，观光索道穿过高山、森林、云雾，令人眩晕，万丈深渊在他们的脚下滑过，而二人却十分兴奋，齐声朝着山谷高声叫喊，声音在山谷里回荡。"你是个很特别的女孩！"易雨涵被凌冰夸得更是有点飘飘然。

　　凌冰高原反应十分强烈，这是易雨涵没想到的。他们还没有走到三千米的高度，凌冰就开始心跳加速、嘴唇发紫、脸色发白。他们只好坐在木栈道上休息、吸氧。

　　"要不要立个遗嘱，交代点后事？"易雨涵顽皮地调侃他。

她这样说是想放松凌冰紧张的心情。凌冰躺在山坡上，闭上眼睛，深深地呼吸，低声地对易雨涵说："倘若我死了，你就将我埋在这里。"说完便呵呵地傻笑。他笑得有点勉强，从他苍白的脸色来看，他确实不舒服。

"要不我陪你一起下山吧？"易雨涵认真地劝说，并将她的氧气瓶塞给了他，"多吸一会儿氧气，也许会舒服一点儿。"

"是不是觉得我给你添麻烦了？我没忘记昨天的约定，我绝不打搅你，包括你做任何事情。"他摘下氧气瓶吸管，看着易雨涵认真地说，"你一个人上山去吧！我就在坡上多躺一会儿，我在这里等你，我能坚持！"

易雨涵仍不放心他，但是凌冰执意要求她上山。她只好再次背上行囊，独自前行。凌冰打开手机，《小宝贝》那欢快的旋律在他的耳边回响，在山谷中飘荡。

白茫茫的世纪冰川、薄纱般的山岚雾霭，蓝得纯粹的天空，在阳光下折射出五彩斑斓。站在4680米的高点上，易雨涵兴奋地拿起相机。这一切只有在快门按下的那一刻才不会失去，才会令她心安。

寒风迎面吹来，裹挟着丝丝冰雪飘落在易雨涵的脸上，她感到一阵阵寒意。"好些了吗？我已到达目的地。"易雨涵仍不放心山下的凌冰，她发过去一条信息。可是等了一会儿，却没有凌冰的回复，她开始不安起来。心想两个氧气瓶的量应该够用了吧？她暗自在心里嘀咕：一个大男人还不如一个小女子。

她不再贪恋眼前的美景，背起行囊，收起相机，决定快速下山。可是当她刚踏上第一个台阶正欲往坡下走时，远远地便看见一个熟悉的身影，正艰难地向上攀爬。她定睛再看，正是凌冰。她坐在原地，托着下巴，无奈地看着向她爬上来的那个倔强男人。"是你自己不要命的！可别怪我！"她高声朝着下面那个人喊着。那人似乎已经听到她的叫声，远远地向她挥挥手，继续向她爬来。

凌冰终于爬了上来，有气无力地躺在易雨涵的身旁，大口喘着气，仰望着深邃的苍穹，语气悠悠地说："今天你可以不用将我埋在这里了，多年后等我死了再说吧！"他嘿嘿地发出笑声。额头上的毛发已被汗水浸湿，开始凝结。他的手机仍在循环播放着那首《小宝贝》。"真好听！"他自言自语。易雨涵入神地看着躺在她身边的这个男人。白皙的肤色，线条分明的嘴唇，急促而起伏不匀的胸脯，有种异样的感觉，从她的心里慢慢滋生出来。

结束了玉龙雪山之旅后的那个下午，易雨涵和凌冰返回丽江古城。他们哪儿也没去，就坐在一家屋顶露天咖啡厅，喝着咖啡，聊着天儿，度过了一个闲散的下午时光。

这一天的游记，易雨涵只记下了那首《小宝贝》的歌词："期待着你的回来，我的小宝贝，期待着你的拥抱，我的小宝贝；多么想牵着你的手，躺在那小山坡，静静地听你诉说，你幸福的往事……"

3

易雨涵和凌冰在美丽的丽江游玩之时，安碧凡正躺在巴厘岛那宽大、清澈的海边泳池边的竹椅上。

海风裹挟着湿润的水汽，吹拂在安碧凡洁白的肌肤上；海浪卷着白色的浪花，一层一层翻涌过来，躺椅仿佛成了舟，在摇晃着；远方青黛色的小岛，层叠的山峰，朦朦胧胧，看上去像尊卧佛静默在海中。

泳池中，阚子逸自由地穿梭在水中。晶莹光亮的水花滑过他矫健的身躯，好似水里的鲸，偌大的泳池里流淌着的是自由、奔放、热烈，还有那么点野性。

"上来休息一会儿吧！游了那么久。"安碧凡朝水中的阚子逸喊着。阚子逸听到声音，一个鲸鱼翻身，一个猛子埋进水里，不见了身影。当安碧凡再见到他时，他已经趴在靠近她脚下的泳池边。阚子逸调皮地朝坐在椅子上的安碧凡泼水，安碧凡尖叫着坐了起来，在她的叫声中，阚子逸走上岸来，一边用浴巾擦拭身子，一边笑哈哈打趣她："你真没用，只游了那么一小会儿就游不动了，还亏你是跳舞的，体能太差了！"安碧凡埋怨道："我已很久不跳舞了，人都快废了，哪有力气游泳。"阚子逸俯身亲吻她，顺势躺在她身旁，狭窄的躺椅容不下两人。安碧凡娇嗔地怪道："讨厌！"阚子逸偏不理会，紧紧地将她搂在怀里。"为我跳一支舞吧！就在这儿。"阚子逸目光中充满了柔情。

安碧凡一听说阚子逸要求她跳舞，有点兴奋，这是她的男人第一次这么正式地请求。她从躺椅上起来，站在泳池边，盯着阚子逸的眼睛。阚子逸的目光随着温柔的海风，开始抚慰女人每一片肌肤和盈润饱满的身段。阳光舒展地照在她明亮而含笑的脸上，一切都变得灵动起来，腰肢、臂膀、手腕还有修长的手指，这一刻安碧凡像只孔雀，一曲未完，阚子逸走近安碧凡，深情地将她拥在怀中。"老婆你真的太美了！这一辈子你只为我一个人跳！"他的蜜语极其温柔。

"真不想回家，就想永远待在这儿。"阚子逸在耳边轻语。

安碧凡揪了揪阚子逸的鼻子："不工作，谁养你？喝西北风去？"

阚子逸若有所思。"喝海水。"说完二人哈哈大笑起来。

阚子逸继续说："只要你想，留在这里不是没有可能。我爸一个朋友，在这里投资了一家农场，前天去机场接我们的那个司机，就是他安排的，我爸也有意向打算在这里投资。我这次陪你来不仅是旅游，还带着任务来的。爸爸安排我先来了解一下这里的情况，我和我爸朋友约好了，今晚我们一起去会会他。"

阚子逸继续说："我爸这位朋友姓张，他是我姐夫的表叔，虽然我姐和我姐夫已离了婚，但是他和我爸关系一直很好。"

"那你得认真了解一下情况，给你爸一个满意的答复。免得他总说你成不了大事。"安碧凡认真地说。

阚子逸松开安碧凡。"你说得有理，是得认真做。如果项目做成，我们俩就一起过来，省得老头子总看我不顺眼。"

巴厘岛的夜色，是暧昧的。高大的热带植物，枝丫婆娑，本不明亮的街道显得更加昏暗。街上的游客，穿着裤衩，趿着拖鞋，悠然自得地享受着热带风光带给他们的惬意。安碧凡挽着阚子逸的臂膀，款款地走进一家富丽堂皇的酒店。

"张叔"名叫张广胜，也是新江县人，跟阚子逸的父亲是初中同学。得知阚永明的儿子、儿媳来巴厘岛，他丝毫没有懈怠。交通出行、酒店入住、景点观光——安排到位，让他们二人享受着贵宾的礼遇。

酒桌上，张广胜谈兴很浓。和阚永明那些年少往事，令他难以忘怀。早年他南下广州打工，发了迹后来到印尼做生意，涉及建筑、房地产领域，在印尼有自己的庄园。他一路打拼至今，吃了不少苦头，人在江湖，也做了不少身不由己的事。安碧凡和阚子逸坐在一旁洗耳恭听，张广胜谈论生意场上那些尔虞我诈的故事，令他们一惊一乍。

"这里，不像国内，这里的土地是可以自由买卖的，圈地不是难题，但是对于投资来说，项目是核心，项目没瞄准，效益达不到滚雪球效应，即便到最后不亏损，也是虎头蛇尾。"张广胜在两个年轻人面前，毫无保留地说着他的生意经。

安碧凡自嫁到阚家以来，对做生意并不感兴趣，有时在家中偶尔听到公爹谈论生意上的事情，她也从不多问，一副事不关己高高挂起的姿态。今天她第一次以阚家儿媳妇的身份谈论生意，并和她的丈夫对这个投资项目充满愿景，她感到新鲜，富有挑战。这一晚，她仿佛是名水手，独自掌起舵，有股大显身手的冲动。

4

欣悦酒吧里，光怪陆离的灯光忽明忽暗地闪烁着，男男女女三五成群地围坐在一起，或狂欢，或面对面喝酒，他们的表情随着五彩的灯光也变成了五颜六色，扑朔迷离。不大的舞台，高出地面只有一尺左右，红色的地毯上，一个男萨克斯手站在舞台上深情地演奏着。瘦高的身材、白色的 T 恤、破旧的牛仔裤、白色的礼帽，欧美风格的打扮几乎成了这类乐手的标配。时而悠扬、时而凝噎、时而婉转的音乐在酒吧里回荡着。

易雨涵走在狭窄、幽暗的通道里，拐弯抹角，终于在一个相对偏僻的角落里找到了凌冰。凌冰的面前已堆满了啤酒罐，高高地垒在一起，摆出了一座金字塔的造型。他的脸已经发红，目光也有点迷离，显然已喝得不少。

"怎么啦？受什么刺激了？"易雨涵看着凌冰一副失意的样子问道。

凌冰喝了一口，递给易雨涵一罐，对她说："我知道你会来的。"

易雨涵用力拉开啤酒罐的扣子，两人一口气干了一罐。"看在你在玉龙雪山那舍生忘死的精神，本姑娘愿意为你屈尊赴约。"

"你别把自己包裹得这么紧，你的外表有一个看似坚硬的壳，其实你有时也很脆弱。"凌冰紧盯着易雨涵的眼睛评价她。

易雨涵假装有点生气地说："这么晚叫我来，就是为了剥开我坚硬的外壳？"

凌冰忍不住地笑了起来，在酒精的作用下笑得有点放浪。"她结婚了，就在昨天！"他醉醺醺地计算着美国与中国之间的时差。

"她？结婚？与你有关系吗？"易雨涵反问道。

"没有。"凌冰苦笑一声。

"从心理学角度来分析，我猜测，定是她先劈腿的吧。"易雨涵很理性地分析，俨然像个心理医生。

"何以见得？"凌冰有点不服气。

"如果是你先劈腿，她结婚了，你大不了在心里祝福她，以弥补良心上对她的亏欠。倘若是她先劈的你，你本来就很痛苦，现在她结婚了，再次揭开你的伤疤。"

"算你狠！"凌冰有点偃旗息鼓。

他们再次喝酒。凌冰愤愤地说："她嫁给了一个老外，在美国。我和她三年的感情抵不上一个留居美国的理由。"

"我猜，你回国是赌气回来的吧？因为美国成了你的伤心地。"易雨涵依旧带着嘲讽的口吻。

"易雨涵，你什么都好，就是太理性了，看问题看得太明白。有些事情看破但别说破好吗？"凌冰用那双迷离的眼睛看着易雨涵，目光中带着诚意。

"本姑娘是心理师，帮你疗伤就得下些猛药。三年的感情算什么？不是所有的感情越长久就越浓厚，尤其是爱情，最耗不起的就是时间。"看着眼前帅气的阳光大男孩被情所伤，变得那般颓废，易雨涵的内心涌起了一股恻隐之情。她端起啤酒罐与他手中的相碰，"咕嘟咕嘟"一口气喝完，那动作豪爽得像个男儿。

凌冰用一种讨好的口吻问易雨涵："说说你心里真实的感觉，对我印象如何？"

易雨涵没有直接回答他，但是眼睛却直勾勾地看着他："怎么？想用一段新的感情来疗伤吗？"

"易雨涵，别这么刻薄好吗？哪怕是对我说个谎，也不会吗？"凌冰再次气馁。

易雨涵大笑了起来："你竟然也喜欢听甜言蜜语。说实话，你是一个正常的男人。"

"你不是一个正常的女人。"凌冰扑哧一下笑了起来，易雨涵也跟着哈哈大笑起来。那垒得高高的金字塔，在他们癫狂的行为中乱了一桌。这一晚他们喝了很多，也聊了很多，酒气弥漫在狭小的空间里，夹杂着孤独寂寞与放浪不羁。

第二天，当易雨涵一觉醒来的时候，已是上午十点多。周日是上帝赐予的日子，不睡个懒觉怎么对得起上帝，这是易雨涵为周日睡懒觉一贯的辩解。她躺在床上闭目养神，一点一滴地回忆昨晚的情景，她感到恍惚。多数人在酒多的情况下，从来不承认自己喝多，自认为言行正常，听不进旁人的劝阻，往往到了第二天醒来后才会意识到自己确实喝多了。酒后说过的话，做过的事，需要靠一点一滴地回忆才能记起。易雨涵深切体会到了这一点。她猛地一骨碌从床上坐了起来，她记起了和凌冰昨晚的约定，今天上午去他的公司。

城市的中心地段，一座有着欧美风情的房子吸引了易雨涵的眼球。阳光照射在这座风格独特的建筑物上，发出异样的光芒。她站在色彩斑斓的墙体前看得入神。

　　"我还以为你不会来的。昨晚你也喝得不少。"凌冰不知何时已站在她的身后，笑盈盈的，一脸的灿烂，和昨晚那个失意落魄的样子判若两人。

　　易雨涵说："怎么会不来呢？"她嘴上说得硬气，而脸上却露出羞涩的表情，她为差点儿忘了今天的约定而感到心虚。

　　室内的装饰与室外的风格却很迥异。凌冰很专业地从美术的角度介绍说："室外采用了未来主义的手法，而室内采用极简主义的手法。"易雨涵夸奖道："看来你对美术有研究。"

　　"研究谈不上，小时候父母逼着我学画画，可我调皮，坐不住，对画画入不了心，所以也就没再坚持下去。在大学里，我学的专业是电子商务，但选修的是美术。"凌冰解释道。

　　易雨涵说她很喜欢这样的风格。凌冰紧紧盯着易雨涵的眼睛说："其实艺术就像人与人之间的感觉，心若相通，无声似有声。说实话，是你给了我灵感。公司装修的风格和你一样，是未来主义和极简主义完美结合的。不要反驳我，我说得没错！"他说话的语气带着温柔式的武断。

　　易雨涵不但没有反驳，内心还产生一种异样的感觉。在她所结识的朋友当中，从来没有人这么评价她，而这种评价却是一针见血、入木三分，连易雨涵自己也没有这么深刻地认识自己。

　　凌冰继续领着易雨涵参观他的公司。这里原本是凌冰父亲公司旗下的一个家具店，由于市区交通拥堵，大宗物件进出极其不便，家具店早就搬到了城郊。父亲曾想开发这块地，无奈周边拆迁成本大，所以只好对外出租。

凌冰回国最初的几个月，一直在帮他的父亲打理他们家的连锁店。可是在父亲的羽翼下工作，终究不是他所要的状态，于是他还是决定干他的老本行。在美国，他和朋友曾小试牛刀，但在异国他乡打拼，无资金、无技术、无人脉，事业发展起色不大。去年他的母亲肾方面检查出了不治之症，母亲思儿心切，所以他决定回国发展。

　　对于凌冰要创办的电子商务公司，也正中凌方志的心意，他正想拓展互联网业务，父子俩一拍即合。凌方志不仅将这个地段的房子让出来给儿子做办公用房，又拿出一部分资金投资入股。

　　凌冰告诉易雨涵，公司目前主要是在帮助他父亲的连锁店做线上销售，但公司长远规划是开发电子游戏，由于目前技术和人力资源不足，现阶段以销售电子产品来拓展市场、积累资金。看着凌冰信心十足的样子，听着他对未来的规划和经营理念，易雨涵对眼前这位同龄人由衷地产生了敬佩之情。

第三章

1

易雨涵开着车，行驶在回家的路上。橘黄色的灯光，透过浓密的香樟树，无力地照在街道上，显得有点疲惫。夜晚下的街道犹如人一样，有的在霓虹里宣泄，有的在寂静里沉沦，其实是一样的寂寞和孤独。

此时她的手机突然响起，是一个陌生的座机号码，易雨涵感到有点诧异，但是她还是按下了接听键。"易雨涵……"那边传来一个女人哽咽的哭泣声。易雨涵听出了那个熟悉的声音，急切地问："安碧凡，你怎么了？你现在在哪儿？"电话那端是安碧凡的哭泣声和断断续续的诉说声，易雨涵毫不犹豫地掉转方向，朝着安碧凡所处的位置急速驶去。

公共站台的椅子上，暗淡的灯光下，坐着一个年轻的女人。头发散着，双手抱着肩，脸埋在臂弯里。易雨涵飞快地奔过去，一下子搂抱住她的肩。"怎么啦？这么晚了你怎么一个人在这儿？"安碧凡抬起头，眼角处有明显的瘀青，她无助地伏在易雨涵的肩膀上哭泣。易雨涵脱下她的外套，给她披上，她料定安碧凡是从家里出来，定是发生了争吵。"先到我家去，回家慢慢说。"易雨涵不容分说地挽着安碧凡坐进她的车内。

车子驶进了城市花园小区，缓缓地停靠在一幢复式楼房前。易雨涵挽扶着安碧凡走进家中。"我爸妈这两天出差，家里就我一人。"易雨涵打开灯，室内顿时灯火通明。

安碧凡被易雨涵扶到沙发上，一汪眼泪含在无辜的眼睛里，对易雨涵诉说："我不知道相远方为什么突然会发信息给我，我们早就不联系了。"

易雨涵望着安碧凡那受伤的眼角，递给她一条湿湿的毛巾。"毛巾是冰过的，冷敷一下会好点儿。"并生气地问，"先回答我，是阚子逸打的你？"

安碧凡点了点头，泪水溢出了眼眶。"他怎么可以动手打人！"易雨涵愤愤不平，"就因为相远方联系你了？"在易雨涵的追问下，安碧凡哭诉着她的遭遇。

这日晚，阚子逸带着满身的酒气回到家中，安碧凡已吃过晚饭正在沐浴。当她洗完澡回到卧室，便发觉阚子逸手里拿着她的手机，质问她："这是怎么回事？"安碧凡走近他看了看手机信息。一个微信名为"在远方"的人发了一条信息给她："好久不联系了，你好吗？好想你！"看到此信息，安碧凡心里也有点发慌，她知道这个微信网名叫"在远方"人就是相远方。她只好撒谎，说已经记不得"在远方"这个人是谁了。可是阚子逸就是不信，他坚信这个与安碧凡好久不联系的微信好友，定和安碧凡有着说不清道不明的暧昧关系。猜疑和解释，质问和申辩，一声高过一声，一浪高过一浪，手机被摔在了地板上，发出尖锐的碎石般的声音。拉扯、厮打，拳头如雨点般落在安碧凡的身上，最终在宗华和郑小萍的劝阻下才停了下来。

安碧凡像只受伤的惊弓之鸟不顾一切地冲出了家门。

"他这是家暴！"易雨涵扯着嗓子说。安碧凡此时已经没有泪水，头埋在臂弯里。她的左手臂也受了伤，红肿得厉害。易雨涵继续帮她冷敷。安碧凡疲惫地躺了下来。"我真的很久没有与相远方联系了，不知道他为何要发信息给我。"安碧凡像是自言自语。易雨涵听着安碧凡的话，一个疑问突然蹦了出来。"你手机没设密码吗？阚子逸又是如何能看到你的手机信息呢？"安碧凡说，她的手机密码阚子逸是知道的。易雨涵静静地看着侧躺着的安碧凡，那般楚楚可怜样，竟一时无语。

此时，易雨涵的手机突然响起，她一看竟是阚子逸。愤怒中，易雨涵的责骂和怒吼隔着手机屏传送了过去，手机那一边的阚子逸被骂得狗血淋头，无回旋余地，连声求饶，苦苦拜托，也难以抚平易雨涵气愤的心绪。

翌日，安碧凡请假，一连几天都住在易雨涵家疗伤。她没有回安家巷娘家去，她不愿让妈妈再为她担惊受怕。

这天下班，易雨涵回到家，从包里拿出一个盒子递给安碧凡，是一部新款的手机。

"阚子逸给你买的，托我带给你。"易雨涵没好声地说。阚子逸已到易雨涵单位找过她，他坚持要来看望安碧凡，要当面道歉，但被易雨涵回绝了。"再次提醒你，对于他这种动手动脚的坏毛病，只有零容忍！"易雨涵毫不客气地提醒安碧凡。安碧凡坐在梳妆台前看着自己的脸，脸上的伤已经无恙，但是她的左手臂还是疼痛，活动不能自如。

"亲爱的，明天是你的生日，打算怎么过？"易雨涵搂着镜前的安碧凡，亲密地问。

安碧凡对易雨涵说："我还是回我妈那儿去，每年生日都是和她一起度过的，今年仍不例外。"

易雨涵看着镜中安碧凡苍白的脸，叹息道："这次你无论如何不能轻易地饶恕他，倘若你不下狠心将他这种行为扼杀在萌芽状态，你将后患无穷！"

当安碧凡跨入娘家门时，张莉立即惊喜地迎了出来，像是看到失而复得的宝贝一般。她接连问了几遍："这两天到哪儿去了？手机也不接。"

安碧凡搪塞着说："跟易雨涵去了外地同学那儿玩了两天，手机也坏了。"

张莉说："前天，子逸来过，我问他你怎么没来，他说你和易雨涵出去玩了。他匆匆地来，又匆匆地走了。"张莉反问了一句："你们没吵架吧？"安碧凡摇了摇头说："瞎操心！"她对妈妈说了谎，她不想在妈妈面前提起那一晚令她心痛的一幕，也不想谈及相远方这个人，更不能让妈妈知道此时她还受着伤。

午饭时分，张莉烧了几道安碧凡平时最喜爱吃的菜。安碧凡却无食欲，不过在妈妈面前她装作胃口很好的样子。张莉告诉安碧凡："子逸那天来家，说要给你办个'交生日'宴。"

"什么'交生日'？我的生日，干吗要他家给我办？"安碧凡生气地说。张莉已从女儿的表情和行为中判断出，她心情不太好。

"你嫁到婆家是第一年，虽说是小生日，按风俗婆家应该给你办'交生日'宴的。"张莉语气肯定地解释，"我跟子逸说了，不要大操大办，摆几桌酒就行了。"

因为规矩和风俗，阚家要给她庆生，此时的安碧凡一点儿也不领情。她现在最不想见的就是阚子逸，也不想见她婆婆。那一晚，当阚子逸挥舞着拳头打在她身上的时候，婆婆虽在一旁竭力阻拦，口口声声骂儿子浑蛋，但有一句话却深深地刺伤了她。她责备阚子逸早干什么去了，婚前昏了头，早知不是什么正经的人，干吗拼了命地要娶！话听在耳里，却刺在了心里。在婆婆的心目中，她早就不是什么正经的人，尽管进了这个家门，但是婆婆却依旧瞧不起她。

张莉没理会安碧凡的态度，自顾自地说道："听说，酒店早就订好了。"

安碧凡悻悻地回自己的房间。一阵孤独和落寞涌上心头。在妈妈面前她曾是知无不言、言无不尽，尽情地撒娇和使小性子的女儿，如今她只能将痛苦和烦恼深埋在心里。

安碧凡昏沉沉地睡了一个午觉，一觉醒来发觉已经暮色四合。她从包里掏出了手机盒子，犹豫了片刻还是拆开。一部手机带着崭新的气息，静静地躺在精美的盒子里，等待主人的开启。

当新的号码拨到同事那边时，那边先是疑惑，得知她换了手机号码后，便是一堆牢骚话。怪安碧凡太不够意思，不打一声招呼就请假，这两天舞蹈排练已经停了下来，没有了安碧凡这个台柱子，元旦比赛想拿冠军是不可能了。对方是和安碧凡一起跳舞的女老师，责备到最后才想起来问安碧凡是不是怀孕了，还是生了什么病。安碧凡搪塞着说，得了眩晕症摔了一跤，胳膊受了伤，一时不能参加排练。一听说安碧凡暂时不能参加排练，那位女老师嘟嘟囔囔又牢骚了几句，才挂了电话。

就在安碧凡放下手机闭目养神的片刻，手机信息提示声不停地响起，阚子逸的道歉和求饶以及赌咒发誓的话语像子弹一般一连串地发了过来。安碧凡就像躲避子弹一样地将手机再次关掉，生气地用被子蒙住了脸。

此刻安碧凡想起了爸爸。以前过生日，爸爸总是想方设法提前为她庆生，因为生日当天，她和爸爸妈妈三个人是不可能同桌而餐的。今年与往年不一样了，她嫁人了，爸爸不再约她吃饭、逛街、购物，但她相信爸爸肯定没忘记她的生日，只是手机坏了，没收到爸爸的祝福而已。她拨打过去，可是爸爸那边已关机，她猜测爸爸可能在手术室。

一想起结婚那天，爸爸郑重地叮嘱阚子逸，希望他给安碧凡一生的幸福。她清楚地记得，那天爸爸说这句话的时候，眼眶是湿润的。

此时此刻安碧凡的鼻子再次发酸。

2

夜幕降临，张莉催促安碧凡早点穿衣打扮去酒店，别让阚家亲友等得太久。安碧凡坐在房间里发呆，她身上的伤和痛已经愈合，可是她心里的伤痛却仍在滴血。这个生日，她只想和爸妈在一起，可是在人情世故面前，这个夜晚她又不得不强颜欢笑去面对。

当安碧凡和张莉赶到酒店二楼宴会厅时，宾客们已陆续赶来。淡紫色的纱幔、鲜艳的玫瑰花、五彩的气球，宴会厅充满温馨和浪漫的氛围。安碧凡大幅彩色生活照宛若明星一般镶嵌在舞台的中央，美丽、端庄、气质超然。这样的布局以及这么隆重的氛围是安碧凡始料未及的。

阚子逸一见到安碧凡母女，便迈着矫健的步伐从人群中迎了过来。藏青色的西服、白色的立领衬衫，时尚感超强的发型衬托着古铜式的肤色，刚刚剃过胡须的下颚清爽利索，一个神采奕奕的成功商务男士站在母女二人面前。他上前挽住了安碧凡的胳膊，春风得意地向亲朋打招呼，并温柔地将安碧凡公主一般送至餐桌旁，替她扶椅，待她就座，一派绅士风度。"生日快乐！"他轻吻了她的额头，"对不起！都是我的错，一定要高兴起来，给我一个面子！"他在她耳边轻语。接着又高声地说："寿星，今天你什么事都别做，一切有我！"一张张微笑的脸和一双双羡慕的眼神齐刷刷地投过来。在觥筹交错中，在声声祝福中，安碧凡已经没有理由再板着一副脸，此时的笑容必须要有，必须和她的男人共同展示，共同接受祝福，接受这样的风光与体面。

有一个人没有到场，令安碧凡有点失望，那就是她的爸爸。安如祥因为一台手术要做没能赶来。而另一个男人的到来，又令安碧凡感到意外和惊喜。

只见那男人端着酒杯笑盈盈地走了过来，站在安碧凡的面前，微黑的脸，平头，一身休闲服，挺拔而俊朗。安碧凡惊喜地叫了一声："皓轩哥！"此刻，一阵涟漪在安碧凡内心荡漾，但她立即又调整了心绪，思绪又回到现实中来。

"生日快乐！"张皓轩微笑着祝贺，"很抱歉！你们的婚礼我没能赶上，祝福你们！"他举起酒杯碰了碰安碧凡夫妇的酒杯。他直面阚子逸打趣道："没欺负我妹妹吧？"笑意中又包含审视的目光。"如果让我知道你欺负我的妹妹，别怪我手下不留情哎！"张皓轩的这句无心的玩笑话，令安碧凡和阚子逸一时陷入了尴尬。

张皓轩是安如祥再婚妻子的儿子，新江县公安局刑警队员。安碧凡和张皓轩从小就认识，在安碧凡爸爸和妈妈离婚之前，他们偶尔会到爸妈的医院里玩，偶尔也会相遇在爸妈们相聚的餐桌上。读师范那一年的暑假，张莉因单位组织外出培训，二十多天不在家，安碧凡只好暂住爸爸那一边。那时张皓轩正在上军校，暑假也在家。父母之间的矛盾，丝毫没有影响两个孩子，他们以兄妹相称，相处得十分和睦、融洽。一个英姿飒爽，一个美丽大方，两人相处久了，那种朦胧的情愫悄悄地潜入他们的心里。但这种星星之火还未形成燎原之势，就被张莉汹涌的洪流冲灭。她痛骂安如祥不安好心。从此安碧凡再也没住进爸爸家，即使偶尔有事也是匆匆地去，匆匆地回。张皓轩军校毕业后被分配在省武警总队，他们一直未谋面。直至这一年，他从部队转业到新江县公安局。

宗华依旧是一丝不苟的装扮，衣服、皮鞋、皮包搭配得浑然一体，细腻而润滑的粉底遮掩不住她脸上的皱纹，也掩藏不住她内心的不悦。一壶烧不开的水吊在她的心里，只听见声音却不见蒸腾的热气。她显得不那么热情，尽管偶尔也笑呵呵地与亲朋招呼，但松弛的皮肤撑不住无力的笑容。一想到儿子儿媳结婚以来家中总是硝烟不断，有股不祥之气总笼罩在她的心头，令她感到不安。她将这一切归咎于儿子当初不听他们的劝阻非得要娶安碧凡。现在矛盾开始凸现。安碧凡一生气，一连几天家也不归，娘家也不去，跟他们玩失踪，哪像个出入大户人家儿媳妇的样子，一点儿也不成熟，日后还指望她来当阚家这个家，不调教如何胜任得了。凭宗华的性子，这个所谓的"交生日"宴，她是不打算操办的，她想给安碧凡来一个"下马威"，让她懂得一些规矩，可是她终究拗不过儿子。她恨铁不成钢，儿子在老婆面前没有定力，喜怒无常。不高兴就打打骂骂，一高兴恨不得将老婆是捧在手心里怕跌了，含在嘴里怕化了。

此时宗华的身旁坐着她的外孙子乐乐。女儿阚子妧比阚子逸大七岁，离异，一直单身。宗华疼爱外孙，不停地为他夹菜，无微不至地照顾。她那种喜爱之情溢于言表，明眼人都看得出，她特别喜欢孩子。

阚永明是最后一个来到餐厅的。他西装革履，一身打扮显得很商务化，也很刻板。他一脸的歉意，礼貌客套地与大家打招呼，那礼节似乎还没有从公司会议的惯性中走出来。亲朋们随着他保持的惯性，也公务礼节般纷纷站起来，有的则走上前来主动握手。他们像是主人，而阚永明却成了贵宾。安碧凡坐在一旁冷眼观看，亲戚关系其实是社会关系的一部分，当夹杂着利益关系的时候，亲戚不仅仅是亲戚，更多是扮演了社会中人的角色。

在大家切蛋糕、吹蜡烛、唱生日歌的欢乐氛围中，阚永明接了一个电话，象征性吃了点蛋糕，便与众人打招呼，说公司有事又急匆匆地离开宴会厅。

这个夜晚，安碧凡和阚子逸重归于好，在阚子逸真诚的忏悔声和信誓旦旦中，安碧凡顿时心软，抱着他泪流满面。

3

阚永明闭目仰靠在椅子上，被染过的稀疏头发向后梳拢着，尽管黑亮但也遮挡不住耳鬓处露出的花白，丘壑一样的川字纹在两眉之间，蕴藏着深不可测的秘密。

他刚刚送走拆迁公司的一拨人。一想到"城北一号"地块在拆迁过程中遇到的种种麻烦事，他就头疼。几万平方米的民房如蚂蚁啃骨头一样啃了下来，目前只有一家化工厂从中作梗。化工厂老板蔡源竟然开口要价一个亿。一想到这个数字，阚永明不禁冷笑了一声。

不知何时，他的肩头有一双温柔的手在轻轻地帮他按摩，他的肩胛骨处在这柔软的双手按捏下感到一阵酸爽。阚永明睁开眼，微笑着抚摸这双细腻光滑的手，轻吻了一下。轻声问："何时进来的？我竟然不知道。"

"昨晚没睡好吗？"她的声音极其温存。"没睡好。昨晚离开你之后，回家躺在床上就再也没睡着。"他看着眼前年轻漂亮的美人，本就洁白的脸又涂着一层粉底，更加粉嫩而白透，睫毛刷得又长又黑，大大的眼睛扑闪扑闪地看着他，嘴唇饱满且红润，丰满的双乳在他的眼前一起一伏，虽隔着衣衫，轮廓却依稀可见，他的内心再次涌起一股强烈的欲望。阚永明笑嘻嘻地将她一把拉坐在自己的怀里。

昨晚，阚永明以公司有事为由，匆匆离开安碧凡的生日宴会。其实他并没有去公司，因为这个晚上有一个女人在等他，那人就是蔡明明。她的生日恰巧与安碧凡同一日。阚永明只好两头兼顾，人虽在安碧凡的生日宴会上，心心念念的却是蔡明明，他答应她在这个晚上要与她共度良宵。

蔡明明是去年到永明地产公司上班的，介绍人正是化工厂老板蔡源。蔡明明原先在一个规模不大的会计师事务所上班，拿着微薄的工资。她一心想跳槽，便找到了与她有点转折亲的表叔蔡源。在一次酒宴上经蔡源引见认识了阚永明。阚永明见蔡明明年轻漂亮，又是学财务的，借着酒兴当场承诺，永明地产公司愿意聘她。起初蔡源对此事并未抱多大希望，他没有想到阚永明这般爽快地答应了。蔡源转念又一想，此事之所以办得这么顺利，正因为当下他和阚永明之间的微妙关系。在利益驱动下，蔡明明想到永明地产公司上班这等小事也就是顺水人情的事了。

蔡明明顺利地进入永明地产公司财务科当了一名出纳。她非池中之物。在公司的走廊、电梯、餐厅等处，只要有接近公司一号人物阚永明的机会，她都不会放过。她只用了半年的时间，便成功地进入阚永明的视线，并渐渐地走到他的身边。

那一晚是她长这么大以来第一次与一个已婚男人单独过生日。在这之前，她曾先后和她的两位前男友一起度过，而这一次和以前的感觉却不一样。新鲜、刺激、富有挑战，像坐过山车一样，令她心乱神迷和心惊肉跳。她曾无数次幻想这样的情景，像电视剧里那样，被一个男人爱着、宠着，有鲜花、美酒和礼物。可是她又常常打消这样的幻想，总觉得那一切都是小说里写的，电视里放的，但她却又不甘心，坚信她的美貌会给她带来一切好运。从小到大，她一直以此为傲。上学的时候，她常常遭班上几个女生的嫉妒和排挤，但早已习惯了，她不屑与那些长相平平又煞有介事的女生相处，因为她身边从不乏追求者。男生们总青睐于她，会乐此不疲地围绕在她身边，讨好她，向她献殷勤。她骄傲地就像她丰满的双乳一样，坚挺地昂首走在男生们面前。

当她收到阚永明约她共进晚餐，要为她庆生的信息时，便兴奋不已。从收到这条信息开始，她就心不在焉，身体和灵魂都在游走。心里的那只蝴蝶，飞到了约会时的情景，晚上该穿什么衣服，用什么色号的口红，喷什么样的香水。于是她决定放弃中午休息的时间，赶回公寓冲了个澡，她要令她的周身充满香气。在穿衣镜前试穿了几套衣服，都没有令她满意的，她恨不得立即去商城买一套新的。可是时间已来不及，最终她只好勉强选择了前不久刚买的那件粉色套裙，这件套裙最令她满意的是能凸显她的身材，尤其是开得很低的前胸处，有一串亮晶晶的配饰，令人炫目。

蔡明明按照阚永明发给她的地址，去了郊外一个叫"安然居"的会所。她在等出租车之前，还从包里再次拿出香水，在手腕及耳后部喷洒了一点儿。她不安地在会所一个包间里等候她的大老板的到来，足足等了一个多小时，都不见人影，她有点气馁。可是她又不敢发信息催他。骄傲的女人在此刻信心有点受挫，她无聊地走进洗手间，补了补妆后再次坐回沙发上玩着手机，焦灼不安地等着。

而当她听到一阵熟悉又有点陌生的脚步声重重地向包间走来时，她的心狂跳不已。在男人面前她从来没有这么紧张过，可是这一次，她既紧张兴奋，又有点陶醉。正如她所期待的一样，鲜花、美酒、礼物，还有悦耳的赞美之词，在这一晚她想有的都有了。不仅这些，还有一件她隐隐担心的事发生了，虽说和男人发生性关系不是第一次，但是与阚永明老辣、娴熟的性爱经验相比，她还是显得十分羞涩、笨拙和紧张。

蔡明明离开阚永明的办公室不久，赵月华拿着一份报表坐在阚永明的对面。有一股她熟悉的香水味隐隐约约飘荡在空中，这种香水味也无数次在财务科的办公室里飘散着，每一次当蔡明明经过她的身旁时，就是这种香水的味道。敏感的赵月华看了看阚永明，那心知肚明的笑意，倒让她的老板有点不自在。

他们言归正传。二人为蔡源狮子大开口而感到气愤。"城北一号"地段拆迁受了阻，就是因为蔡源从中作梗，从而影响了整个开发进度。

"要一个亿，他这是痴人说梦吧！"赵月华脸上的表情，比阚永明显得略平静些，"要不要找个中间人，做做蔡源的思想工作，劝他见好就收。"

"我正有此想法。他提出一个亿，只是为了提高一下价码，若能有让步的想法，一切都好说；倘若一根筋拗到底，到那时就别怪我不客气！"阚永明狠狠地掐掉手中的烟蒂。"你那个老同学跟他是发小，是不是先请他从中斡旋斡旋？"阚永明看了一眼赵月华。

提起赵月华的老同学李亮，复杂的情愫涌上心头。李亮不仅是赵月华的高中同学，还是她的初恋，而这段美好的感情却因为门第悬殊遭到赵月华父母的反对。那年赵月华没有考上大学，因为父亲的关系进了国营化工厂当了一名会计，而家在农村的李亮却因高考落榜，在乡镇一所中学复读，复读了两年后才考上省金融学院，第二次落榜后，他们就分手了。多年之后，当他们再次相遇时，已是李亮刚从外地调至新江县城，那时他已经是利安商业银行的行长了。

赵月华并没有遵从阚永明的建议去找李亮，虽说李亮和蔡源是发小，关系很铁，但她不想将李亮拖到这趟浑水里来。这么多年，当蔡源和阚永明之间有点不愉快时，都是赵月华从中做老好人。这一次，她依旧走女人路线，并叫上了蔡明明。

这晚，蔡明明依旧打扮得如时装模特一般，当她走进茶楼时，赵月华和蔡源早已就座。蔡明明一声声"蔡叔叔"叫着，那甜甜的、嗲嗲的叫声直教人心里发酥。凭女人的直觉，赵月华发觉蔡源和蔡明明的亲戚关系并不很近，也就是为了套个近乎，搭了这么一层关系而已。

蔡源并没有因为老朋友赵月华和他这个所谓的侄女出面，在赔偿款方面有让步的意思。他在赵月华的面前毫不避讳地说出他对阚永明的不满："当初阚永明是如何发迹的你我心里都很清楚。我吃了多大的亏？你和阚永明不要昧了良心。原来化工厂的包袱，是我顾全大局挑了大梁，到目前为止还有退休的老职工找我。阚永明抓住政府要征地这个关节点彻底甩掉了包袱，摇身一变成了房地产开发商，背地里他落了多少好处，旁人不知难道你赵月华不知？当初我们是好朋友、是合作伙伴，我们都在帮他；而后来呢，他发迹了，将过去与他共患难的朋友抛到一边去了。"

二十世纪八十年代末期，阚永明、蔡源、赵月华三个人一起进的化工厂。九十年代末，阚永明和蔡源都已是副厂长，赵月华是财务科长。企业改制后，阚永明承包了位于市中心的主厂区，蔡源承包了城北郊一个分厂。人的命运有时就是说不清，同一个起点，不同人会走出不同的路。阚永明在后来发展的道路上一次次地抢抓机遇，在市中心主厂区那地块被政府征用后，他金蝉脱壳，从一个实体经营者迅速转变为房地产开发商。从二十一世纪初开始，他的生意就像滚雪球一样越做越大。而蔡源呢，长期以来，他一直坚持走原化工厂的产品经营和销售路子，经营状况一年不如一年，面对昔日合作伙伴发了大财，蔡源内心是嫉妒的。

蔡源点燃一根烟，深深地吸了一口说："前几年，在我走投无路的情况下，想让他拉我一把，他做得那么绝，一分钱没借我，我就靠这个厂子的租金过日子。现在要拆迁，租金也没了，还要时不时防着原先化工厂那些老职工的纠缠。这块地是不值一个亿，但是跟他姓阚的多要一点儿并不为过。我好不容易挨到今日，就是等有人开发这块地，没料到遇到阚永明这个大财主了，新账旧账一起算了，要一个亿算是便宜他了！"蔡源的情绪显得十分激动。

蔡明明睁着一双大眼睛，扑闪着她长长的睫毛，听着蔡源一通牢骚怪话，才知道她这个远房表叔和她的情人之间还有这么一节恩怨。她一会儿给叔叔倒水，一会儿又给叔叔点烟，百般讨好献媚，都无济于事。

赵月华有点同情蔡源。他们这一代人从学校毕业至今，经历了太多，大锅饭、铁饭碗彻底被打破，物竞天择，适者生存，在激烈的市场竞争中，这一规律被诠释得淋漓尽致。当初她之所以选择在阚永明的公司当财务科长，看重的是阚永明有过人的胆识和闯劲。

4

赵月华在蔡源面前碰了一鼻子的灰，很气馁，但为了公司的利益，她只好勉为其难地在第二天下午约了李亮。

她叫了一辆出租车，驶向约定的地点。赵月华下了出租车，沿着市河向南步行。青砖黛瓦、小桥流水、垂柳花木、小巷人家，妇人蹲在家门口的码头上，面前有洗不完的抹布拖把锅碗瓢盆；老人们则坐在小亭子里下棋、打牌、聊天儿、拉二胡、唱戏曲，在悠闲自得中延缓衰老的进程；月季花钻出院墙的花棱，丝瓜、葫芦、红红的串椒吊在半空中；小河的水潺潺地流着，发出清脆的声音。

"被这里的景色迷住了吧？"一个声音从赵月华的头顶传来。她循声仰头看去，只见李亮站在眼前这户人家二楼的露天阳台上远远地看着她。"老远就看到你从那边款款走来，正谓，'你站在桥上看风景，看风景的人在楼上看你。明月装饰了你的窗子，你装饰了别人的梦'。"李亮诗兴大发，背诵了此句耳熟能详的诗。

"从哪里上去？"赵月华见到李亮那般怡然自得，心里有点发急，她一时找不到酒家的大门去路。

"你顺着小河走，向右边拐，见到一个长走廊，沿着长廊再往里走，便到了，上二楼。"李亮高声说道。赵月华不再言语，按照李亮的指示向前寻去。

这是一家民宿，依水而居，曲院回廊，房间、餐厅、院落，小巧而雅致。花草、树木被修剪得错落有致，真可谓是移步易景。长廊的尽头便是主家。门不大，两扇对开的门上贴着鲜红的对联，客厅是纯中式的布局，四周的墙壁上张贴着字画，室内檀香缭绕，富有禅意。

赵月华走上二楼，李亮便笑盈盈地迎了上来。"本想下楼迎接，风景太美，不想打扰你独自欣赏。"李亮的目光迎接着赵月华从走廊那头看过来，像沉静的溪水，涓涓地从她的身上泼洒，尽管没那般奔放，但已将欢喜巧妙地传递给了她。"真不错！"赵月华由衷地夸赞，"这家民宿何时开的？我竟然不知道！"

"一个朋友开的，一个月前刚营业。"李亮扶着赵月华往室内走去。面前的李亮穿着一件黄白相间的条纹T恤，乳黄色的裤子，浅棕色的皮鞋，梳剪得有型的头发，虽已年过半百，但岁月在他的脸上并未留下过多的痕迹，只是眼角处有几条鱼尾纹，更增添了男人的成熟感。赵月华看着李亮挺拔的身材，腹部竟没有一点儿将军肚，她不由得将李亮与丈夫易旭生比较起来。易旭生中等身材，已经发福，方面大耳，粗短的脖子，发福的将军肚，这一切似乎骄傲地告知世人他有一副官相。当年赵月华的父母反对她和李亮恋爱是因为门第悬殊，其实易旭生也出身农村，比赵月华还大了五岁，之所以她父母同意这门婚事，是因为那时的易旭生是赵月华姨父的下属，姨父见易旭生为人沉稳老实、勤奋低调，很有眼头见识，料定他将来在仕途上定有建树。事实也正如大家所愿，易旭生从一个小科员一步一步走到今天，没有辜负一家人的期待。

餐厅不大，仅一男一女，两人在小餐桌前坐定。洁白的餐布中间，立着一只白色的长颈花瓶，细细的脖子，硬币大小的口径，插着一朵浅紫色的勿忘我，花朵格外低调，有初恋般淡淡的忧伤。李亮温柔的眼神，像月光在赵月华洁白通透的脸上开始抚摸，眉毛、眼睛、嘴唇、胸脯，一个空档都没放过。赵月华的眼睛闪着光亮，笑意深长，也非常节制地释放着内心的爱意以及荡漾在内心的激动。李亮给她倒酒，倒酒的姿势很绅士，倒得很浅，有着爱怜的意味。高脚酒杯有着水晶材质的质感，灯光从头顶落下来，落在酒杯上，杯中的一线红酒被映得清晰，像女人的唇线。杯与杯相碰，像隔着餐桌亲吻了一下，很甜蜜。

"想约你出来叙叙旧比登天还难，领导夫人就是架子大！"李亮埋怨道。

"这么说有意思吗？"赵月华声音极其温存，一点儿没有怪嗔的意思。

"没意思。"李亮端起酒杯，和赵月华对碰了一下，"每次和你见面，都是和一大帮人在一起，只能敷衍应付一下场面，满腹的心里话想对你说，却无从说起！"她和李亮因为工作的关系也没少打交道，同学之间也常聚会，但是单独和他在一起吃饭、约会，从未有过。李亮刚回新江的那段日子，曾多次约赵月华出来单独聊聊，赵月华一次都没有赴约，并不是她没有时间，而是因为她不想和李亮有这样的开始。感情这个东西就像水里的野草，只要有一点儿水分、阳光便会恣意地生长。赵月华不想给她内心深处那份情感以任何的滋养。

"我一辈子也忘不了复读那两年，是我人生最低迷、最痛苦的时候，高考的压力是一回事，可是对你的思念却无时不在！你就是我遥远的信念。"李亮目光里有一团火，灼灼的。

"都过去了，就别提了！"赵月华无奈地说。

"那一年，我收到你给我的分手信后，真是万念俱灰，学也不想上了，在家待了二十多天，我爸妈还以为我压力大，不想参加高考，后来还是班主任跑到我家，做我的思想工作，我才重新鼓起信心和勇气重返校园。"李亮傻笑着说。

"对不起！"赵月华端起酒杯，将杯中酒一饮而尽。

"这么多年，我对你的感情从来没有变过。以前你是我遥远的信念；后来考上大学，走上工作岗位，你就是我遥远的念想，可是你早已成婚。你知道吗？我同意调到新江县工作，最重要的一个原因是这座城里有你！"李亮满怀深情地说，"因为一个人，来到一座城。"

一阵沉默之后，二人再次举杯而尽。"都过了半百之年，孩子也都到了谈婚论嫁之年，还谈什么儿女情长？"赵月华伤感地说。赵月华不会忘记那一天，分别二十多年的恋人，再次重逢，往事如烟，旧情难却，百感交集。在接下来的日子里，每一次她都能从李亮的目光里读懂些什么，可是她深深地知道有些感情不可以再拥有，有些人不可以重新再爱，有些故事不可以重新开始。

"不谈了。知道你过得很幸福，老公又是人上之人，哪里还记得起我这个当年老同学的痴心妄想？谈你的正题吧。"李亮一干而尽，说话的语气有点酸溜溜的。赵月华只好言归正传，说明了来意。

"我那个发小，有时就是脑筋转不过弯儿，也不能这么狮子大开口，那块地值一个亿？痴人说梦吧！"李亮发表了他对蔡源的不满。

赵月华说："昨天我已经找过他了，也将阚总的想法告诉他，大家都让一步，事情总不能这么僵着。可是他拗得很，还说了许多的狠话、牢骚话。"

"好吧，过两天我劝劝他，不过我是看在老同学你的面子上才帮这个忙的，说实在话，我那个发小虽然有点过分，但人品要比阚永明强得多，阚永明……"李亮欲言又止。赵月华心里明白，李亮有点看不惯阚永明的财大气粗，一般人阚永明是不会放在眼里的。但是跟李亮之间由于利益上相互合作，对他还算以礼相待。

"他的眼里只认得钱！在他的眼里别人也只认得钱。没有情义可言。"李亮这样评价阚永明，"月华，我劝你，阚永明和蔡源之间，你就别蹚浑水了，你拿你的薪水，他们打他们的官司，男人之间的争斗，往往是没有硝烟的战争。女人，最好远离！"

过去的同学，昔日的恋人，一边喝酒、一边聊天，公与私，情和义，利益和真爱掺杂在一起，就像此时窗外的月光，忽明亮，忽朦胧。

第四章

1

　　百货大厦旁的一家甜饼屋内，安碧凡和易雨涵面对面地坐着。

　　"这家店的甜饼最近红得很呢！"易雨涵尝了一口甜饼，嘴里发出"嗞嗞"的声响，顺滑的奶油从喉咙滑到身体里，那甜美的味道似乎已通过她的表情溢了出来。"现在约你出来聚一聚，真是难得！"易雨涵的语气带有点埋怨的意味。

　　安碧凡笑着说："珍惜吧！能陪你出来已经不容易了。我家那位太黏人，他见不到我，心就慌，出来和你在一起玩已经网开一面了。"

　　"亲爱的，你累不累？"易雨涵托着双腮直勾勾地看着安碧凡，若有所思地说，"我曾经读过一篇关于婚姻与家庭方面的文章，说的是男人和女人婚前婚后的区别。在事业、爱好、交友等方面，男人在婚后大多是做加法，而女人则是做减法，女人生活的重心会发生明显变化。"

　　易雨涵继续说道："许多女人在婚后，将家庭以及孩子摆到第一位，而将事业摆在次位；朋友圈逐步缩小，什么男同事、男同学几乎不再来往；柴米油盐、锅碗瓢盆、婆婆妈妈杂事一堆，至于兴趣爱好，几乎没时间兼顾。你说女人结了婚，为了家庭、为了孩子是不是放弃太多？"面对易雨涵的问话，安碧凡沉默了。易雨涵意识到自己说中闺密的痛处，便安慰道："我不是说你，我说的是社会普遍现象。"

安碧凡说："你说得一点儿没错，现实就是如此。就拿我来说吧，老公天天黏着我，婆婆整天给我洗脑，要以家庭为重。我现在别说和男同学、男性朋友们交往了，连手机里他们的电话号码我都删掉了。对于我工作与否，婆家根本不在乎，他们更希望我回家当全职太太，在家相夫教子呢。钱锺书说过，'婚姻是一座围城，城外的人想进去，城里的人想出来'，说得一点儿也不错。"安碧凡面前的甜饼只吃了一点儿，她显然没有易雨涵的好胃口。"其实婚姻并不可怕，可怕的是结婚后发现自己离不起、逃不得，只能在这场婚姻里耗着，耗得没有一丝力气和勇气去抗争，这才可怕和可悲。"

婚后的生活，对于安碧凡来说，既是单纯的又是复杂的。单纯得只有单位和家两点一线的日常生活，无关紧要的社交，安碧凡都是拒绝的。她又感到生活是复杂的，不再是婚前的无所顾忌和我行我素，她的言行要顾及婆家人的感受。丈夫不喜欢她和别的男人有过多的交往，更不喜欢她和男舞伴一起跳舞，在他的眼里舞蹈圈子里那些男人都是"娘炮"。安碧凡为此与他争辩过，她说舞蹈是艺术，说他是职业偏见，而争辩的最终结果是以安碧凡失败而告终。她只好妥协，不再和那些他眼中所谓的"渣男"交往，她甚至删掉了手机里男舞伴们的电话号码和微信。

易雨涵有点泄气地说："算了吧！你是'城里人'，老老实实待着吧。我是'城外人'，是否进去，我得慎重考虑考虑。"

易雨涵为了调节安碧凡低落的情绪，笑哈哈地说："我爸见我不找男朋友，已经气得无话可说，他说作为一个女人，总得为人类的繁衍做点贡献吧！他已经将婚姻问题上升到人类繁衍和存亡这一高度上来了。"

"可是，现实就是如此。"安碧凡重复说了这么一句，"当下，一个女人倘若不结婚，也未必能达到她想要的理想状态。不婚族在当下还属于小众，并不为世人所接受。你这么坚持不结婚，在你父母眼里至少没尽到孝。你和凌冰，难道就没有可能？凌冰应该算是一个不错的结婚人选，无论是长相、人品，还是家境都不错。"

易雨涵耸了耸肩说道："在亲友眼里，如果我不与凌冰结婚简直是脑子进水。我就是心里不甘，恋爱时再美好的感情也禁不住婚后那些鸡毛蒜皮的事破坏。"

"你太理想主义了！其实，谁不是被华丽的外衣所遮掩，脱去外衣，都一样。"

闺密二人就这样一边交心一边吃着美食，不知不觉一个多小时过去。此时安碧凡收到阚子逸的微信，她拉着易雨涵一起入了手机镜头，自拍了一张照片发了过去。阚之逸随即回了信息过来，叫安碧凡发个定位给他，说一会儿过来接她。

易雨涵羡慕地说："结了婚有人惦记也不错！"

安碧凡无奈地说："说心里话，他这么黏着我，我真感到心烦！"

此时，在她的右前方，一个熟悉的身影进入安碧凡的视线。当安碧凡与那个人的目光相遇时，她的内心一阵紧张。只见相远方已端着手中的饮料，笑盈盈地向她们这边走来，一屁股坐在易雨涵的身边。他穿着一件黑色的风衣，面色比以前略显得黑了点，皮肤也失去了以往的光泽，本就健美的身段比以前发福了些。

"有阵子不见！两位美女依旧那般迷人。"相远方调侃道。

"你从哪儿冒出来的？"易雨涵问道。

相远方一边回答易雨涵的问话，一边瞅了一眼安碧凡。安碧凡的目光在游离，她不停地瞟着店门口，她有点心虚，此时倘若阚子逸突然闯进来，发现相远方在此定会心生误会。相远方看出了安碧凡心不在焉的样子，对她说道："嫁入豪门了，都没请我喝喜酒，在此我以饮料当酒敬你一杯。"相远方一厢情愿地和安碧凡的饮料杯碰了一下，将杯中的饮料一饮而尽。

相远方的突然出现着实令安碧凡十分不安。她和相远方过去的传言，已经引起阚子逸的猜疑。对于不谙世事刚刚走上社会的她，被外界当成"小三"，这一不光彩的往事，令安碧凡苦恼不已。两年前，相远方提出和他老婆离婚，却将安碧凡推到了风口浪尖，她曾被相远方的老婆当众羞辱，"小三""狐狸精"这些不堪的话语令安碧凡无地自容。相远方面对老婆的耍泼刁难、亲人的强烈反对、好友的好心劝阻，特别是他当领导的岳父的干预，离婚的事只好搁浅。学校只好将相远方安排去边远乡镇支教，用意已明。

安碧凡拿起包欲起身告辞。她不想在此多停留片刻，过去的事已经尘封，她想逃走，她要离开眼前这位让她感到不安的男人。

正当她离开座位的时候，阚子逸已经走了进来。一身休闲的打扮，很酷的时尚发型，黝黑但不失俊朗的面容，一副纨绔和倜傥的模样。相远方与之相比，倒显得有点柔弱，柔弱中还带着点书卷气。

"吃好了吗？"阚子逸问她们，语气显得很轻松。

易雨涵责备阚子逸说："她正打算提前走呢！我们闺密现在难得聚一次，你也要横刀夺爱。"

阚子逸已经注意到了坐在易雨涵身边的相远方，表情顿时凝结。相远方主动伸出手来，见阚子逸并没有伸手的意思，又尴尬地缩了回去。"你不是有人陪嘛！"阚子逸笑了笑，依旧故作欢愉，与易雨涵打了招呼，便牵着安碧凡的手离开了甜饼屋。离开了甜饼屋，阚子逸生气地松开了他的女人，大步向停车场走去。他的脚步发所出的重重的声响，在告诉安碧凡一个事实，他在生气。生气的理由是他的女人定是瞒着他在与别的男人约会。

"我和他真的是碰巧遇上的。"安碧凡解释。

"骗谁？婚前那些烂七烂八的事，我睁一只眼闭一只眼，不计前嫌，你倒好，还跟那人藕断丝连！"阚子逸气愤地说。

"不是你想象的那样，我和他之间一清二白，你不要疑神疑鬼！"

"我疑神疑鬼？无风不起浪，请你不要那么贱！"

一番争吵和辩解，安碧凡已被阚子逸的高声怒吼和咄咄逼人的气势压倒，她有口难辩又深感委屈，只好坐在车内任凭泪水流淌。情绪异常激动的阚子逸，发疯似的开着车，风驰电掣般向郊外驶去。车速和他的情绪经过一段时间的车程后，都渐渐平复了下来。阚子逸将车辆停在一座桥上，默默地走下车。安碧凡坐在车内看着不远处的丈夫，夹在手中的香烟在夜色下忽明忽暗。

过了一会儿，阚子逸移步向车子走来，打开车门，拉着安碧凡下了车。阚子逸深情地紧紧地拥抱了女人，痛苦地央求："凡凡，你真的不要欺骗我，我最接受不了的就是被女人欺骗，我曾经被女人欺骗过！"他捧着她的脸，深情地亲吻她的眼、唇。安碧凡哭泣着，承诺她不会欺骗他。阚子逸像是举行仪式一般，向着远方的河水发誓："此生我绝不负你，你也不要负我，如果谁负了谁，我们就一起死，死在这里！"

安碧凡被阚子逸的誓言感动着。一阵凉风吹过，她汗毛直立，紧紧地依偎在阚子逸的怀里，久久没有松开。

2

这日，安碧凡下班回到家，和宗华、郑小萍一起包饺子。以前在娘家她只管挑什么馅的、什么味的，现在必须学着做。宗华自有她的一套理论，不是她见不得人闲着，为了阚家的将来，她要教会儿媳妇操持家务。她说，父母一天天地变老，护着儿女们一时，但护佑不了一辈子，将来的一切得由你们自力更生。

宗华一边包饺子一边对安碧凡说："一个女人，少交友、少应酬、少跳舞，下班乖乖地回家不是坏事。女人结了婚，就该以家庭为重，赚钱是男人的事，持家是女人的事。常言说，女人干得好不如嫁得好。阚家在社会上还是有点地位和影响力的，身为阚家的儿媳妇，说话做事要掂量身份。"婆婆的话语是带着杀伤力的，安碧凡只好缄口不语。

"宗姨说的话挺在理的。"郑小萍一边熟练地包着饺子，一边插话说道。安碧凡听到郑小萍和宗华一个鼻孔出气，心中自然不悦。但碍于婆婆的面，不好当面反驳。打狗还得看主人面，安碧凡深知这个道理。安碧凡自嫁到婆家来，深谙宗华和郑小萍的主仆关系非同一般，亲密的程度甚至超过她和婆婆之间的关系。有时宗华脾气一上来，对郑小萍大呼小叫的，郑小萍也不敢反驳，忍气吞声、逆来顺受；宗华有什么头疼脑热的，也都是郑小萍在她跟前伺候。宗华有时对她虽苛刻了点，但是只要心情高兴，还是舍得在她身上花点小钱，也经常送她东西，诸如化妆品、包包、衣服、首饰之类的东西，当然多半都是宗华用过的或者不想用的。

郑小萍虽是家中保姆，但安碧凡从来不使唤她。她并不喜欢郑小萍，直觉告诉她，郑小萍在伪装。她的忠诚、她的乖顺、她的勤劳只属于她的主人，并不属于她。

郑小萍的家和宗华的母亲家是同一个村的。郑小萍的妈妈死得早，她是爸爸一手带大的，后来爸爸娶了后妈，跟后妈又生了个儿子，从此她就失去父亲的宠爱。郑小萍在爸爸的打骂和后妈的冷漠之中度过了童年和少年时光。她初中毕业没有考上高中，只身一人到城里打工。一次偶然的机会，宗华在一家饭店就餐恰巧在那里见到了郑小萍。见她一个女孩子孤身一人在外，拿着微薄的工钱，宗华动了恻隐之心，便有意让她到她家当保姆，郑小萍也就欣然答应了，这一待就是七年。

"人常说，妻贤夫祸少。子逸有时就像个长不大的孩子，他不给家里惹事就算谢天谢地。他脾气倔，你多忍让着他点、包容着他点，别跟他硬顶。一家人相安无事，平平安安过日子就好。"听着婆婆的训导，安碧凡只顾包着饺子，依旧一言不发。

宗华继续唠叨："你嫁到我们家，你那些小闺密还不是羡慕死了。易雨涵这个丫头，你别学她，她单纯得很，那套所谓女人独立的理论是根本行不通的。女人再有本事还得靠着男人！"这些话语安碧凡几乎天天听到，就像屋檐下流淌着的雨水，一点一滴地往安碧凡的内心渗透。宗华将她这些自成一体的理论统统归结到一点，为他们夫妻好，为了这个家好。

宗华在安碧凡面前显得特别慈善，说话的语气十分平和，没有了以往的挑剔和刻薄。身为人母、人妻，她也有一肚子苦水。

当年宗华嫁给阚永明的时候，他只是个穷小子，她父母坚决反对，可是她偏要嫁给他。婚后他们白手起家，阚永明在外打拼，她在家操持家务，既要照顾公婆又要照顾两个孩子，但是她毫无怨言。随着阚永明的身份、地位变了，他的心也变了，一个叫陈月娇的女人扰乱了她平静的生活，公司的人私底下都戏称那个女人为"阿娇"。宗华痛彻心扉地意识到，婚姻有时并不是以女人的贤惠和宽容而取胜。宗华接受不了这样的事实，她大吵大闹，寻死觅活，但都无济于事，阚永明竟为了外面那个女人要和她离婚。

宗华死活不同意离婚。她以为只要她坚守婚姻的堡垒，那个女人就会不战而退，她坚信没有女人愿意无名无分地和一个男人过到老。可是宗华错了。阚永明整日不回家，宗华无数次以泪洗面，独守空房。

她咽不下这口气，想到法庭上告阚永明，可是她又于心不忍。将丈夫绳之以法，于她、于孩子、于这个家又有什么好处？隐忍是她唯一的选择。

好在阚永明父母伸张正义。她的婆婆曾当着宗华的面发誓，阚家只认她这个儿媳妇，只认阚子逸是阚家孙子，只要老太太活着一天，决不允许阚永明离婚。即便将来她死了也要立下这个遗嘱。婆婆的态度给了宗华活下去的勇气和信心。

后来的一件事却改变了宗华艰难的处境。

那一年阚永明过得极其不顺。一场车祸险些送了命，脑部严重受伤，身上也多处骨折，在医院躺了一个多月。那段日子是宗华在医院毫无怨言整日整夜地陪护他。那一年阚永明的生意也举步维艰，商品房销售不畅，资金难以回笼，他整日躲避讨薪要债的，大年三十都不敢回家过年，是宗华守住家、护着孩子，照顾双亲。

阚永明后来请人算了命，算命先生神奇地算出了他婚外有情人，会招来杀身之祸，他能有今天全靠他结发妻子的"旺夫命"带来的，倘若再对他的结发妻子不闻不问，还会有更大的血光之灾，可能会家破人亡。这一番话语吓坏了阚永明，却救了宗华。

从此阚永明经常回家，对宗华的态度极其友善，还将一个分公司的法人一职给了宗华担任。这一挂名的职务意味着宗华拥有公司相当一部分股份，每年她都会得到相当丰厚的利润分成。说也奇怪，自从阚永明将他人生的天平倾向宗华和这个家后，阚永明的生意是越做越大。

从此，宗华心安理得地过着相夫教子、衣食无忧的日子，随着年龄的增长，孩子逐渐成人，宗华的心胸更加豁达。她已经不在乎丈夫在外面有什么风流韵事，只要丈夫心系这个家就足够了，她心里明白，她是阚永明的合法妻子、阚子逸的母亲，这个不可替代的身份，维系着她在世人眼中不可撼动的地位。

3

安碧凡将包好的饺子一部分放到锅里煮，另一部分放进了冰箱里。郑小萍欲要帮忙，宗华制止道："让她学着做点吧。"郑小萍会意主人的用意，闪到一旁去了。不一会儿，饺子熟了，吃着自己亲手包的香喷喷的饺子，安碧凡有一种成就感，她连忙拿起手机，拍了几张照片发到了朋友圈。朋友圈里不少的点赞，易雨涵大赞她华丽转型，成了贤妻良母。宗华很满意安碧凡今天的表现，夸赞道："味道不错，火候也掌握得不错，作为女人这些事情都要学着做些，有句话说得好，要想管住男人的心，就得伺候好男人的胃。"安碧凡心里暗自嘲笑，她没有反驳。

正当安碧凡还沉浸在朋友圈里赞扬声中，此时她却意外接到健身会所老王的电话，让她赶紧去医院，他说阚子逸受伤了。安碧凡正想问怎么回事，那边却急匆匆挂了电话。

安碧凡和宗华急匆匆地向医院赶去。医院清创室内，医生正处理着阚子逸的伤口，鲜红的血浸透了白色的纱布和医药棉。宗华和安碧凡见此情景，都惊慌了起来。宗华立在一旁，一声声"乖乖"心疼地轻唤着。安碧凡走到阚子逸的身旁欲安抚他，阚子逸一下子紧握住了她的手。他的额头缝了几针，疼痛令他难以忍受。

从老王的口中得知，这天晚上有几个年轻人到会所健身，为了争一个跑步机，发生了争执，工作人员在一旁劝阻未果，于是叫来阚子逸。起初阚子逸是充当和事佬劝架，后来不知怎的，两个人竟动起了手，那个客户根本不是阚子逸的对手，被打伤了，场面一时难以控制，只好报了警。

宗华关切地问："那个被打伤的人呢？"

"在抢救呢！"老王神色严肃地说。

"抢救？"宗华感到惊愕，嘴里念念有词："我的小祖宗，别给我再惹出什么事来！"宗华双手合十，声音带着点哀求。她将老王拉到一旁，吩咐他赶紧打电话告知阚永明。

阚子逸做了一番检查被推到病房输液的时候，已是深夜。宗华见他的头上缠着纱布，脸部微肿，衣领处还沾着血渍。宗华既心疼又埋怨道："都快三十岁的人了，还控制不了自己的性子。做生意的人，对客户的好言恶语都得听得进，怎么能动手打人？现在那人躺在医院里，我们是有理也说不清，那人还不得狠狠敲我们的竹杠！"

安碧凡看到阚子逸脸上痛苦和不耐烦的表情，劝婆婆早点回家。宗华生气地和老王一起离开了医院。

单人病房里只剩下安碧凡和阚子逸。婆婆唠叨的那些话也正是她想说的，可是见阚子逸这般痛苦，她只好三缄其口。阚子逸见病房没人，将安碧凡拉到她的怀里。安碧凡推开了他，呢喃地说这是在医院。他这才松开她的手，央求道："别离开我！"此时的阚子逸就像个犯了错的孩子一样，胆怯、紧张，又显得懦弱。

宗华和老王回到家时，阚永明正生气地坐在家里的沙发上抽着烟，额头上堆积着深邃的山川。老王面带愧色，立在一旁，连声抱歉说没能制止住阚子逸，他说阚子逸那个脾气一上来，真是九牛二虎都拉不回来，好在被打的那个客户已苏醒过来。

老王已跟随阚永明多年，对阚永明是忠心耿耿。阚永明就是看重老王这点，才将他安排在会所，帮着他照应总给他惹事的儿子，没想到是防不胜防。

阚永明生气地对老王说："这个孽子！一天到晚净给我闯祸，快三十岁的人了，在生意场上也混了几年了，还这么意气用事！一个报警电话就可以解决的事，他竟然自己动手打人，传出去他的健身会所还开不开？"

"好在伤者已没有生命危险，公安局那边依你的吩咐，也已经打过招呼了。医药费、误工费、营养费我们照付。只要是钱能解决的事，都不是什么大问题，过段时间就会没事了。"老王说道，"据说现场有人用手机拍了视频，我们调了监控查过了，是会所的客户。我私底下跟这些客户打过招呼了，给他们的年卡额外充了值，送他们一个季度的服务费，请他们不要将视频发到网上去，避免给公司带来负面影响。医院那边，也安排了护工，二十四小时照料那个伤者。"

阚永明点了点头。"你再安排人去了解一下伤者的身份和背景。"阚永明又骂道："孽子！几年前给我惹了事，这才安稳几年？"阚永明生气地将烟头狠狠地掐在烟灰缸里。

宗华阴沉着脸坐在一旁沉默无语。她狠狠地瞪了一眼丈夫，用手指了指隔壁，提醒他小萍在，说话别让她听到。阚永明这才住口。

老王在阚永明耳边轻语，阚永明露出惊讶的表情问："确认？"老王点点头。阚永明深思片刻，和老王耳语了几句后，老王便离去了。宗华见他们二人神秘的样子，忍不住追问，阚永明只好不再保密。

阚永明深深地吸了口气说："被打的那个人是凡凡学校的老师，就是跟她有过绯闻的那个人。"

宗华一听此言，毫不隐藏自己对儿媳妇的不满情绪。"当初，他就是不听话，拼了命要娶她，现在好了，整天疑神疑鬼，还动手打了人！实指望娶个老婆回来收住他的心，谁知道娶个惹是生非的回家！"

"别废话了！自己儿子自己管不住还怪别人，说这些屁话还有什么用！"阚永明责备道。

阚永明走出了家门，跨进他的宝马车扬长而去。

宗华无奈地看着车子渐行渐远。她深深地叹息，失落的心犹如空中的风筝，线攥在手里，却无法掌控，任由着它在空中乱飞，眼看它摇摇欲坠。

4

阚子逸留院观察，全身也做了检查，除了额头缝了几针，其他并无大碍。医生劝其出院，但是阚永明却要求儿子继续在病房里待着。对外谎称被打成了脑震荡，需要一段时间治疗，这样惺惺作态当然是做给伤者看的。阚子逸知道自己闯了祸，只好遵从父命。

这一天，张皓轩和他的同事身穿警服走进了病房。他公事公办地询问阚子逸当晚发生的情况，他的同事在一旁做着笔录。阚子逸借着与张皓轩沾亲带故，一个劲儿地讨好，可是张皓轩并不理会他这一套，严肃地批评教育了阚子逸。那一本正经的样子像在审犯人一样，令阚子逸心里不爽。

公事办完，张皓轩和他的同事起身告辞。安碧凡送他们走出病房。张皓轩趁机对安碧凡说，相远方要起诉阚子逸，要她好好劝劝阚子逸别那么嚣张，这次事件阚子逸负全责，事情的经过监控录像记录得很清楚。

安碧凡再次回到病房，见阚子逸阴沉着脸，她知道他在生张皓轩的气。她削了一个苹果递给他，他不接，态度冷冷的。

"好在这个案子是皓轩哥负责，总归是亲戚，多少会手下留情的。"安碧凡安慰道。

"拉倒吧！假正经！"阚子逸气愤地说。

安碧凡为张皓轩解释道："不是这样的，他是希望你好的。"

阚子逸更加不服气地说："他巴不得我蹲监狱呢！"

安碧凡见他的态度一点儿也没有服输的样子，继续劝道："这件事毕竟是我们负全责。"安碧凡特地用了"我们"而不是"你"，已经考虑到阚子逸的感受，也表明她的态度，他们夫妻是一体的。

阚子逸已经控制不住情绪，一手打翻了床头柜上的水果盘，将手中的电视遥控器狠狠地摔了出去，高声对安碧凡嚷道："你在帮谁说话？我负全责？是张皓轩说的吧？他说了顶个屁用？你这个女人胳膊肘到底往哪拐？帮别的男人说你老公的不是，那个姓相的，就在八楼病房躺着，你心疼了是不是？去呀！去服侍他吧！"

安碧凡见阙子逸这般不讲理，气得发抖，一时无语。此时她只有忍耐，她不能再与他高声辩解，她知道争执到最后将会是怎样的局面。每一次争吵的结果不是她认错就是她受伤，她已经没有力气再与他争吵了，她只有选择逃避和忍让。此时护士以及隔壁病房的人听到这边的摔打和吵闹声，立即走了进来劝架。

安碧凡生气地走出了病房。她站在医院走廊的尽头，独自默默地流着泪。这几天，她的内心五味杂陈，紧张、担心、牵挂、责备、埋怨。相远方就躺在八楼病房，她曾站在病房外，隔着门玻璃远远地看望过他，可是她终究没有走进去，她连进去道歉的勇气都没有。因为病房内，相远方的老婆，那个曾经薅住她头发的女人，一直都在。

她站在医院的走廊上，将窗户打开一道缝，冷风吹着她的脸，风吹干了她的泪水。她知道阙子逸为何会动手，为何发脾气，为何要生气。

自结婚以来，阙子逸的醋意和疑心就像运动竞赛场上裁判手中黄牌，稍不留神就会掏出来亮一下，安碧凡被这种不公正的警示，弄得心烦意乱，她的怒火常在心中燃烧，可是火苗刚刚燃起，又被裁判亮了一次红牌。只要安碧凡像运动员一样，乖乖地听从裁判，生活的秩序就会按规矩进行着。

安碧凡已经意识到问题的严重性。不过为了维护和稳定他们刚刚建立起的婚姻，她努力在规则下行事，为了表明她的忠诚，手机不再设密码，杜绝无端的交际和应酬。朋友们都说她嫁入豪门，变得傲气，安碧凡听到此话，心里只有苦笑。

当张皓轩穿着警服，英姿飒爽地走进病房的那一刻，一种说不清的情愫滑过内心，这份情愫在她少女时候曾经有过，那是纯真的，在她的内心深处永远珍藏着，容不得半点玷污。而丈夫就像野蛮的铁骑，踏进她心灵深处的花园里，将那片洁白的小花践踏得片叶不留，毫无生机。

不知何时，一只厚重的手放在她的肩上，她一惊。阚子逸不知何时站在了她的身后，缠绕在头上的白纱布已换成了一个小方块粘在额头上。

"对不起！是我不对。"他用央求的口吻对安碧凡说，"我一刻也不想待在病房了！这里太压抑、太憋屈了！我想回家去。"

不容安碧凡分说，他牵着她的手下了电梯。她想挣脱他的手离他而去，可是她没有，在他的面前，她就是一只温顺的羔羊。

宗华见到夫妻二人从医院回到家，感到很意外。两个小祖宗竟然擅自回家，宗华有点生气。她不忍心责怪还受着伤的儿子，怨气无端地发到安碧凡的身上："你说你有什么用，也不劝阻他，任由他的性子胡来。"在医院的委屈还没有消除，回来又遭婆婆的埋怨，她独自坐在房间里恘气。

儿子既已偷着回来，宗华只好作罢。她吩咐小萍将已煲好的老鸡汤放在锅里温着。正在她生闷气的时候，夫妻二人穿着睡衣，一前一后悠闲自得地下了楼。看样子他们都洗了澡，头发还有点湿。

闻到厨房里飘着鸡汤的香味，阚子逸已经馋得慌，他一屁股坐在餐桌前，朝着妈妈嚷道："我肚子饿了。"

宗华生气地说："自己盛去，我伺候不了你们！"

安碧凡知趣地下了厨房，她给宗华也盛了一碗。可是宗华没有坐到餐桌上来。安碧凡见她拉着脸，知道她在生气。"妈，你也来喝一碗吧！"她讨好地朝婆婆说。

"喝不下，被你们都气饱了！"宗华见儿子一边喝汤，还一边讨好地喂安碧凡喝汤，更是不屑，便朝着儿子嚷道，"吃完赶紧回医院躺着去！"

"我不回去！"阚子逸顶了一句，"刚回来就催命似的。"

"你不回去，医院那位躺着的，还不趁机拿捏我们一把？你装也要装得伤得不轻的样子，你就是按捺不住，几天都挨不下来！"宗华又朝着安碧凡生气地说，"你也不好好劝劝他，他脑子被打糊涂了，你也糊涂了？"安碧凡红了脸。她想为自己申辩几句，可是也不好火上浇油，只能忍气吞声。

此时，阚永明也回到了家，见儿子儿媳都在家中也感到意外。还没等他开口问，宗华便一五一十地将情况告诉了他。

"胡闹！"阚永明生气地说，"伤者那边传话过来了，除了医药费，开口要一百万赔偿费。"

"一百万？就是把他打死，也不值赔这么多！"阚子逸高声叫嚷。

"你没理瞎嚷什么？不赔钱，他就告你！你愿意坐牢去？今天那个姓相的老婆，泼妇！竟然跑到我的办公室去胡闹！"阚永明生气地说，"公司正忙着上市，社会信誉很重要，关键时刻你净给我捅娄子！泼妇有时间跟我们耗，我们没时间陪她玩，今后我们家生意还做不做？闹得满城风雨，公司还上不上市？我这张老脸还要不要？"

阚永明声音明显高了八度。阚子逸欲为自己开脱，安碧凡见公公十分生气，连忙用眼色制止了他。此时的安碧凡像犯了错的小学生，低着头，只顾无声地喝着碗里的汤。

这一次事件，全家人都心照不宣，真正的肇事起因是因谁而起，大家心知肚明。

第五章

1

这一年的元旦比以往显得要冷些。天阴沉了多日，像有一股积压已久的郁闷之气要迸发出来。天要下雪了。

舞蹈协会举办的迎新年舞蹈比赛，安碧凡没有参加。艺术馆内宽敞的舞台上，闪亮的灯光、绚烂的舞景、盛装的演员，这一切对于安碧凡来说是那般熟悉。音乐缓缓响起，聚光灯下一对男女演员，迈着轻盈的步伐走向舞台。缠绵悱恻的音乐在空气中流动，缓缓地流进了安碧凡体内，那一刻，她感觉自己的身体在飘浮，灵魂在舞动，她仿佛成了舞者，来到舞台中央，挥动着手臂，舞动着身姿；渐渐地她成了一棵树，一棵慢慢向天空生长着的树，倏尔又变成了一只鸟，一只自由翱翔着的鸟。

一阵阵热烈的掌声一次次将安碧凡从舞蹈的世界里拉回到现实。她不是舞者，只是观众，她已离开舞台太久，掌声、鲜花、荣誉不再属于她。一阵失落顿时涌上了心头。接下来的几位歌手客串表演，安碧凡无心再看下去，她离开了观众席。

安碧凡独自漫步在艺术馆的林荫小道上。寒风吹着她的脸，针刺似的，她裹紧了围巾一步步向前走着。路灯昏暗，夜色幽幽，周遭一片寂静。她隐隐约约感觉到身后有人在跟着她，她下意识地扭头回望，并无他人，小路旁边的树木光秃秃的枝丫在灯光下清晰可见。安碧凡加快了步伐向前走，却与迎面而来的一个人撞了个满怀，着实令她吓了一跳。

　　"是我。别怕！"一个熟悉的声音在安碧凡的耳边响起，原来是相远方。她怦怦乱跳的心才渐渐安定下来。

　　"你怎么在这儿？"安碧凡从害怕到惊讶。

　　原来，相远方也在舞蹈比赛的观众席中，恰巧就坐在离安碧凡身后不远的位置。自从看到安碧凡坐在他的前方，相远方的目光一直在安碧凡和舞台之间切换，随着灯光忽明忽暗，随着观众的掌声潮起潮落，她的一举一动都没有离开他的视线，他像是看透了她内心的喜与悲、忧与伤。

　　自从在甜饼屋偶遇安碧凡，直觉告诉他，她那双美丽的眼睛里，多了一份忧伤。而阚子逸对他的一阵暴打和妻子向阚家无理的索要，将他再次从理想的、单纯的情感寄托中唤回到无情的现实中来。

　　出身农民家庭的相远方，从艰苦贫困的环境中走了出来，考上了艺校，当上了教师，娶了一个出身于干部家庭的城市姑娘，这对于相远方来说，是质变，是乡村到城市、贫穷到富足的跨越。全家人都看好他，看好这段婚姻，都指望他一人得道，鸡犬升天。而几年的婚姻生活却令相远方大失所望。城乡差别、环境不同、家庭出身的迥异，使得他与妻子三观不一，矛盾不断。争吵、打骂、冷战、分居，周而复始，成了婚姻的全部。他曾经选择沉默，选择顺服，顺服于强势霸道的妻子以及她的家族。顺服的日子是风平浪静的，而付出的是相远方的自由独立和人格自尊。

　　他也曾无数次努力挽救过他的婚姻，可是不平等的阶层观念、流淌在妻子血液里的对他家人的鄙视，令他不得不"揭竿而起"。妻子仅在结婚那一年和他回乡下老家，陪他的父母过了唯一的一次春节，后来再也没回去过，他的父母及家人也很少能跨进他的家门。这令相远方内心感到无比愧疚和缺失。在他妻子的眼里，他的亲人们都很脏、很穷，也很势利。当有一次，他的妻子将他父母在他家仅睡过一晚的床单扔掉的那一刻，相远方的自尊心受到极大的侮辱，他可以忍受自己被压迫、被歧视，但他决不能忍受自己的父母被歧视和羞辱。在和他妻子大吵之后，他终于提出了离婚。随着离婚拉锯战的开始，他的婚姻已是苟延残喘。

2

　　"安碧凡，这次舞蹈比赛你怎么没有参加？"相远方不解地问。昏暗的灯光下，安碧凡看着眼前的相远方，她看不清他的表情，他的面部轮廓显得模糊，她曾经十分熟悉的身姿也显得有点陌生，而他的声音依旧那般熟悉。

　　"不想再跳舞了。"安碧凡回答。

　　"不！你骗我，也骗你自己！"相远方有点激动，"你最喜爱舞蹈，谁要是阻挡你跳舞就好比折你的翅膀！"

　　安碧凡神情黯然地回答："早已折了翅膀，不想飞了，也飞不动了。"

　　"那次事情，我一直想当面跟你解释，我老婆向阚家索要那么多的赔偿，并非我所愿！对她的这种行为我是坚决反对，可是她就是不依，还扬言说，要将我和你的事说到阚家公司去，我……"相远方的语气显得十分诚恳。

安碧凡连忙解释："那件事就别再提了！你被打，我心里十分愧疚，都是因为我，才……对于阚家能够同意拿出那么多钱给你老婆，也是本着相安无事才会这么做，你也不要过于纠结。你能恢复如初，一切安好，我心才安！"

相远方继续说："过去都是我做得不够好，让你受到了非议！但是我不能骗我自己，我是真心喜欢你的！"

安碧凡冷笑了一声，那笑声夹着冷风飘过去，犹如一块坚硬的冰凌击痛相远方的内心。她打断了他的话说："别再说了，一切都过去了！"

安碧凡开始感到不安。当相远方站在她面前那一刻起，她就感觉身后有一双眼睛在盯着她，那双眼睛是那般犀利和凶猛，令她不寒而栗，她忍不住打了个激灵。"我该回家了！"她的眼前浮现出那一晚的情景，在那座无名桥上，阚子逸指着淙淙的河水发誓："此生我绝不负你，你也不要负我，如果谁负了谁，我们就一起死。死在这里！"

安碧凡匆匆离去，留给相远方的是一个孤寂的背影。"安碧凡，如果有一天你想跳舞了，回到我的身边来，我陪你跳！"相远方那忧郁的声音从她的身后远远地传来。那一刻有一股暖流缓缓地从她的后背淌过并漫过了她的全身。

当安碧凡离开了艺术馆驱车行驶在宽阔的马路上时，她提着的一颗心才渐渐地平静下来。这一晚和相远方的偶遇，对别人来说再正常不过的事，可是对于安碧凡来说不能有，一次也不能有。她和相远方之间这种说不清道不明的关系就像挥之不去的阴影，笼罩在她和她的丈夫之间，有时就像一把利剑一样握在丈夫的手中。一个陌生的电话，一个莫名的短信，一次没有原因的迟归，都会令阚子逸猜疑，接下来便是盘问和翻查她的手机，令安碧凡身心疲惫。

有一次，师范同学聚会，安碧凡没有参加。那一晚一位男生打来电话，责怪安碧凡有了老公就忘了同学，那男生在电话里笑着打趣安碧凡，她这位校花没有出场，班上的男生们都想死她了。就是这段最平常不过的男女同学之间的调侃，被睡在一旁的阚子逸听得清清楚楚。而接下来的漫漫长夜便是安碧凡的噩梦，盘问、查看手机、羞辱和恶毒的话语令她心力交瘁；厮打、纠缠、肢体上的冲突令她万分恐惧。她害怕夜晚，害怕他盘问的语气和凶煞的眼神，她想逃离，可是一次次的离家出走已经是家常便饭。而每一次争吵和殴打之后，便是阚子逸声泪俱下的忏悔和求饶，在安碧凡一次次的退让和隐忍之后，便可以过上一段太平的生活，阚子逸依旧对她是百依百顺，恩爱得如同新婚。

宗华常常在一旁推波助澜，总是将小夫妻之间每一次的冲突都怪罪于安碧凡的不听话、不乖巧。她劝安碧凡不要一而再再而三地惹她儿子生气，要安分守己做阚家的少奶奶，那些不三不四的人最好不交往，那些无关紧要的社交最好推掉。安碧凡在他们母子二人的软硬兼施下，成了一只囚鸟，虽有着美丽的羽毛和清脆的嗓音，却失去了自由。

当然她也有令外人羡慕和光鲜的一面，那就是她以阚家儿媳妇的身份出现在以阚家为中心的交际上。那时，她穿戴的是名牌，坐的是豪车，玩的是高消费，挂在她脸上的笑容，足以令在场的人倾倒，她的美貌和气质也给阚家的脸面增光添彩。安碧凡深深知道，阚家的亲朋、阚家的荣耀、阚家的人际关系，她必须全身心地去融入、去维系。一切以夫家为重心，这是她作为阚家未来当家女主人必须做的。一个小门小户人家的出身且单亲家庭成长的女孩，复杂的父母和兄妹关系，再普通不过的小学老师，还有那一段被人非议的"小三"过往，这一切的一切，她必须做个告别。

3

可是令安碧凡没有想到的是，就在这个夜晚，她和相远方偶然的一次见面，却又是她的一次噩梦开始。

安碧凡回到家，偌大的家十分安静。郑小萍睡眼惺忪地告诉安碧凡，宗姨、阚叔今晚不回来，他们到邻县一个朋友家吃喜酒去了。

安碧凡走上二楼，洗漱完毕，半躺在床上，她一边看手机一边等丈夫回来。

子时未到，阚子逸醉醺醺地回到家。安碧凡一见到他的醉态和脸上的表情，就预感到一种凶险和不祥，犹如风平浪静的海面下有暗流涌动。她本能地紧张地从床上起来，小心翼翼地伺候阚子逸休息。阚子逸却猝不及防地狠狠地一挥手臂，她毫无设防地被打了个趔趄，没有站稳便一屁股坐在了地板上。她很委屈，但不敢声张，凭以往的经验，此时最好别招惹他。

"舞会好看吗？"阚子逸语气显得很平和，而这种平和好像家长教训孩子之前那般阴阳怪气，看似无比慈祥，而手却高高举起。

安碧凡简洁地回答："还可以。"她压根儿不想跟他聊什么舞蹈，所谓话不投机半句多，她只想他早点安睡。可是阚子逸毫不顾及她的感受，拿起了她的手机。安碧凡知道他的病态心理又发作了。翻看手机的结果，令安碧凡大为震惊，就在两三个小时之前,她和相远方在艺术馆交谈的内容全部暴露无遗。他竟然在她的手机上安装了窃听软件。

任凭安碧凡如何解释、如何求饶,无休止的盘问和纠缠,暴风骤雨般的拳打脚踢,极其恶毒的谩骂和羞辱,就在这漫长的深夜里进行着、发生着。她想打求救电话,可是手机已被摔坏,她想逃离这一切,可是房门已被锁死。里面的她出不去,外面的小萍也进不来。眼前只有阚子逸那张狰狞的脸,那吐着恶毒语言的嘴似乎要将她吞噬。她感觉不到疼痛,身体在漂浮,灵魂在游走,眼前只有无边的黑暗,她找不着方向,找不到家,找不到亲人。没有一丝力气挣扎的她想到了死,她只想消失,消失在这无尽的黑夜里。

此时房门外响起一阵疯狂的撞击声音,一个男人在外高声叫嚷:"开门!再不开门,就别怪我不客气了!"那剧烈的声响已经要将房门震裂。安碧凡在地板上呻吟,她隐隐约约听到一个熟悉的声音。可是她无力呼喊,也无力站起来。

门被打开,一阵骚动和推搡过后,安碧凡被那个男人迅速抱起来。"凡凡!是爸爸,爸爸带你回家。"一听到是爸爸的声音,她的身心彻底放松了下来。没有疼痛,没有恐惧,没有知觉,她软弱无力地躺在爸爸的怀里,像睡熟了一般。

安碧凡被送往医院。清创、检查,一阵忙碌过后,她被安置在住院部。她感到极度的疲惫,可是疼痛又使得她从昏睡中一次次醒来。"手臂骨折,多处软组织受伤,没有伤及内脏已是万幸。"安如祥如实地告知女儿的伤情,也告知她昨晚是保姆拨打了他的电话。

安如祥气愤地骂道:"这个畜牲!"

"爸,我要离婚!"这是安碧凡对爸爸说的第一句话。

"我支持你!这段时间你哪儿也别去了,等出院后就住在爸爸家里安心养伤，看谁还敢欺负你！"安如祥宽慰女儿。听到爸爸坚定有力的话语，安碧凡热泪盈眶。这一刻，她仿佛又回到了儿时，每每在她受了委屈后，爸爸总是对她说："有老爸在，看谁还敢欺负你！"可是这种感觉，在很长一段岁月里缺失了。

几天过后，安碧凡被安如祥接到了他家。张莉坚持要女儿住回安家巷，安如祥坚决反对。理由是安碧凡住她那儿不安全。

安碧凡躺在父亲家的床上。冬日的阳光透过窗户照在被褥上，温暖和安详随着光线落进了她的内心。她环视着房间内的一切，目光从对面的墙上滑过，落在一把吉他和一个拉力器上，安静中又彰显着活力。继而目光又落在书桌上的一个相框，相框里的人穿着军装，对着她微笑，那笑容融化在暖阳里。她欲坐起来伸手去拿，可是疼痛又制止了她的举动。

此时，房门被轻轻地打开，安如祥穿着一身居家便服，趿着棉拖鞋走了进来。花白的头发有点稀疏和凌乱，略显弯曲的后背像一位老者。他来到女儿的床边，慈爱地摸了摸她的额头，轻声地说："这段时间你安心养伤，什么事也别想。张皓轩到外地出差了，这段日子不会回来的，你就安心睡在他的房间。即使他回来，让他睡客厅里的沙发，他皮糙肉厚的不碍事。"

安碧凡眼睛湿润了。

其实安如祥的内心无比难受。女儿的泪水颗颗浸在他的心里，流过内心之后是一片盐碱，咸咸的、涩涩的、苦苦的。

自从安如祥和张莉离了婚，他一直觉得对女儿有亏欠。女儿还小的时候，他常将女儿接到他家小住几天。他十分珍惜和女儿相聚的日子，女儿想吃什么，想要什么，只要他能做得到的他都会满足。女儿婚后这些日子，他和女儿单独相处的日子就更少了。孩子迟早要离开父母，这是必然的规律，安如祥只有这样安慰自己。

别人羡慕他的女儿嫁入阚家，他总是一笑了之。门当户对的婚姻理论虽老套了点，但自有道理，两个家庭仅是经济上的悬殊还可以迁就，倘若在家庭文化、处事方法、社会关系上差异较大，婚姻也不一定如人所愿。但他坚信，这些差异，就像人体器官移植，排异是存在的，随着时间的流逝有可能得到契合。可是令这位父亲没想到的是，女儿在阚家竟屡遭不幸。

安如祥将饭菜端进房间，轻轻地将安碧凡扶起来。安碧凡要自己动手，安如祥却坚持一口一口喂她。"多喝点骨头汤，是王姨起早炖的。"王姨名叫王丽娟，是安如祥的现任妻子。

安碧凡问："王姨呢？"

"她在医院呢，最近医院比较忙，白天一般不回家。"安如祥用面巾纸擦了擦溢在女儿嘴角的汤水。安碧凡喝了几口，推开汤勺，不想再喝。

她此时想到了妈妈，不免又伤感起来，眼睛一红。她预料妈妈这几天也不得安生。按以往的惯例，阚子逸必定会在自知犯了错之后后悔不已，定会发疯地去找她，第一个去的必定是妈妈家，然后去学校，或者向朋友打听。凭安碧凡对他的了解，哪怕挖地三尺他也要找到她。

4

这日，安碧凡依旧一个人在房间里休息。夕阳斜照在这个小小的房间内，发出暗淡无力的光芒。她看着窗外发呆，高耸的水杉树上，稀稀落落的枯叶顽强地挂在树枝上，在寒风中瑟瑟发抖。

手机已被摔坏，她任何电话和信息也收不到，如今的她几乎与世隔绝。除了身上的疼痛时不时地提醒她在这之前发生了什么，她真想就这么一个人长久地待下去，什么事也不用做，什么人也可以不见。

　　此时，她听到客厅门外有声响，是钥匙插进锁孔里开门的声音，接着是重重的关门声。想必是爸爸回来了，她支撑着身体坐了起来。

　　"我可以进去吗？"不是爸爸的声音。安碧凡整了整衣衫应了一声，房门被打开，张皓轩一手提着行李箱风尘仆仆地站在门口。

　　两人相视而笑。房门口的张皓轩见到他的床上半躺着的安碧凡，喜笑颜开，那灿烂的笑容像春天一般。

　　"这段日子天天在外办案，案子办得很顺利，所以提前回来了！"张皓轩将行李箱放在角落。"你还好吗？"张皓轩关切地问。从他的言谈中可以判断，他虽在外办案，有关安碧凡的近况他是知情的。安碧凡点了点头，没有言语。

　　"你先躺着，我去冲个澡，几天没换衣服，身上定是发臭了。"张皓轩有点不好意思地闻了闻衣袖，顺手关上了房门走了出去。

　　望着张皓轩离去的背影，安碧凡昏沉沉的头脑顿觉清醒了许多，人也精神了起来，身上的疼痛似乎也减轻了许多。她支撑着身体，从床上起来。房间里没有镜子，她用手梳拢一下头发，缓缓地移步到了客厅。

　　她坐在沙发上，环视客厅中的一切，客厅被王丽娟收拾得有条不紊。自从安碧凡住进这个家后，王丽娟一直无微不至地照顾她，吃药打针、端茶倒水、洗漱等事务，王丽娟都毫无怨言，这令安碧凡十分过意不去。王丽娟安慰她，现在她就是安碧凡的专职护士。安碧凡打心眼儿里很喜欢她这个后妈，尽管这个女人不招她妈妈待见。

小时候，每次到爸爸家小住，王丽娟对安碧凡都很友善，有什么好东西，只要张皓轩有的，安碧凡也会有，更多的时候，她都是要求张皓轩让着安碧凡。如果不是顾虑妈妈，安碧凡很喜欢和爸爸他们一家住一起。在这个家里，她可以享受着爸爸无原则的宠爱，可以和皓轩哥哥玩，皓轩哥哥也总是让着任性的她。

那年暑假，就在这个房间里，皓轩哥哥曾经像老师一样给她讲解高等数学题。她就想听到他的声音，喜欢看到他的笑容，那灿烂笑容一次次地将她的心融化。她无心再做那些令人讨厌的数学题，她跳起了舞，观众只有一人。那一刻她像只精灵，而那唯一的忠实的观众却将全部的激情和掌声给了她。

当张皓轩穿着宽松的便衣走出卫生间，笑盈盈地站在安碧凡面前时，她这才勒住自己的思绪。

"恢复得还好吗？"刚沐浴过的张皓轩，干净、清爽，剃须刀刮过的下巴有点发白。他坐在沙发上削苹果，果皮一点一点地从果肉上被削开，长长的，呈现螺旋状。

"真厉害！"安碧凡接过削好的苹果夸赞道。

"以前在部队，跟战友们常常比赛削苹果。"张皓轩微笑着说，"怎么样？住得习惯吗？"安碧凡点点头。

"别骗我了，肯定不习惯的。"张皓轩直截了当地说，"其实我一直想一个人单住的，可是没票子，等我有了钱，先交个首付，至少能有个属于自己的天地。这么大了还跟父母住一起，并不是我想要的。"张皓轩起身从他的行李包里拿出一个盒子，"小米盒子，可以将电视机联网，可以看电影、追剧，免得你在家无聊。"他一边说一边安装着。

傍晚时分，安如祥、王丽娟都下了班。见张皓轩回了家，王丽娟自然高兴。连忙走进厨房，安如祥也跟着她一起下了厨房。他们一家终于聚齐，一起吃着晚饭。王丽娟是个性情开朗的人，看起来要比实际年龄还要年轻，圆圆的脸上还有一对酒窝，笑起来很甜美，她的声音也甜美。

饭桌上他们谈论各自感兴趣的话题，尤其是王丽娟将医院的所见所闻一一说给大家听。而大家对于安碧凡的遭遇，却心照不宣，缄口不提。

第六章

1

　　就在安碧凡在爸爸家养伤的这段日子，易雨涵和凌冰已去了美国。凌冰在旧金山曾经和朋友合伙做过生意，后来因为资金困难，又因母亲生病回了国，生意上的事也就转让给了他美国的朋友，这次来旧金山应朋友所约，补一些过户的手续。

　　易雨涵和凌冰漫步在旧金山的街头，她快乐得像个小女孩，边走边和凌冰顽皮地嬉闹着。凌冰看着眼前的易雨涵，戴着一顶圆边的帽子，穿着棕色羊毛连衣裙，橘黄色的围巾随意地披在肩上，是那般明艳、青春和富有朝气。

　　凌冰喜欢易雨涵，喜欢她的特立独行、坦荡率真。他们常常在一起交流，无论是对一本书、一场电影、一件事的看法或一个人的评价，他们都能达成共识，产生共鸣。他想也许这正是人们常说的"三观"一致吧。易雨涵对他却有点若即若离，他知道她需要一个过程，一个水到渠成至情至深的过程。

　　他们走进一家咖啡屋，一边喝着咖啡，一边交谈着。

"安碧凡和阚子逸要离婚了。"易雨涵失望地将这个消息告诉了凌冰，"夫妻之间，当一方常常以爱的名义伤害对方，来束缚对方的自由和思想，你说这是爱还是伤害呢？是幸还是不幸呢？"

　　凌冰耸了耸肩，没有言语。易雨涵有点沮丧地说："相知、相慕的男女朋友，倘若不结婚，也许会成为永远的知己，永远的朋友，而当以婚姻的形式来固化和约束，存在于彼此之间那份美好、默契最终被俗事所冲散，化为乌有，有的甚至成为陌路或者变为仇人。你说有什么意思？"

　　凌冰知道，这是易雨涵心里一个结。他认真地回答："这是个社会学问题。男性和女性作为一个独立的生命个体，在婚姻和家庭中应该是平等的，但是男女结合不仅是两个人之间的结合，更是两个家庭的结合，双方在家庭教育、生长环境、生活习惯以及家庭文化等诸多方面都会存在差异，而这些差异需要一个融合的过程，夫妻之间需要融合，两个家庭之间也需要融合。当然，融合需要一个过程，有的很长，有的很短。"

　　易雨涵沉思道："我曾读过一篇文章，绝大部分人认为婚姻是爱情发展的需要，爱情发展到一定的时候需要以婚姻的形式加以巩固和维系。其实我不这么认为，爱情就是爱情，婚姻其实是家庭的需要，是社会的需要，是人作为生产力的需要。"

　　"你在这方面的思考就是比常人理解得透彻一点儿。"凌冰笑哈哈地试探着易雨涵，"如果……我们两个人结合，磨合的过程是长还是短？"

　　"打住，别以为陪你来一趟旧金山，就指望我将终身托付给你！"易雨涵瞪了凌冰一眼，那目光依旧温柔如水。

　　临街对面的一辆车上，一个男人在向凌冰打手势。凌冰向他挥手示意，便和易雨涵一起离开咖啡屋。"David！"凌冰隔着街叫着车内那个人。一位身高一米八左右，长脸，单眼皮，下腮留着一圈胡须，欧美风打扮的男人从车里走了出来。

"我的朋友，徐卫维，我的大学同学。David 是他的英文名字。"凌冰牵着易雨涵的手，一边向那男人走去，一边简单地向易雨涵介绍他的情况。

David 给了凌冰一个大大的拥抱，同样的拥抱也送给素昧平生的易雨涵。

"事情办得怎么样？"徐卫维先看了一眼易雨涵，转头问凌冰。

"已经办妥了，就是一些手续上的事情。既然已经全权交给 Kate，就要为他负责。当初我离开美国时太匆忙，有些事情没有考虑周全，来这一趟也是应该的。"他们坐上徐卫维的车。

凌冰坐在副驾驶的座位上，徐卫维边开车边和他交谈着。易雨涵坐在后排隔着车窗欣赏沿路的风景，并未插话。他们之间的事情，她一个局外人，听听就好了。

徐卫维通过后视镜瞟了一眼易雨涵，继续对凌冰说："女朋友长得不错，很中国式的女孩！"

"专心开你的车！"凌冰打断他的话，他不允许徐卫维当面评价易雨涵。

"想必你已知晓，郭心怡与她那个男友结婚了。"徐卫维毫不避讳提及郭心怡，他说话处事的风格非常直率。凌冰沉默。他没有接着徐卫维的话题再追问下去。易雨涵依旧假装没有听他们的交谈。她心知肚明，那个叫郭心怡的女孩就是凌冰的前女友。

徐卫维当司机，凌冰当导游，易雨涵玩得很开心。一连几天，她不仅领略到异国的风情和人文景观，也知晓凌冰在出国留学期间的经历和一些故事。

郭心怡也是新江县人，只不过她从高中开始就来美国就读，大学时和凌冰同校，他们相恋了三年。后来凌冰要回国，她要留美，他们只有分手。郭心怡的母亲和凌冰的母亲曾在一个系统上班，关系甚密，不过她父母离了婚。她父亲去了成都做生意，母亲重组了家庭。这也是她不想回国的原因。

易雨涵也向凌冰袒露，她曾有过初恋。高三那年，在备战高考那段紧张的日子，她和班上一个男生恋爱了，当然恋爱是秘密进行的。那段日子是忙碌的、甜蜜的，那段短暂的恋情陪她度过了人生中难忘的岁月。后来男生落榜了，易雨涵考上大学，再后来的日子那男生主动提出分手。随着时空的阻隔，心也慢慢有了隔阂，从此二人也就断了联系。

大学几年，少有男生向她抛橄榄枝。男生们说她高冷，说她个性太强，太有主见，很难驾驭，听到这些她都一笑了之。同宿舍的女同学个个身边都有了男友，唯独她孤身一人，可是她并不觉得孤独。她冷眼旁观，看着朋友们如何从初恋时的甜蜜，到热恋时的难舍难分甚至发展到搬出校园和男友同居，再后来便是争吵不断而最终分手的过程。易雨涵异常冷静，她给自己定了铁则，男朋友宁缺毋滥。

离开旧金山前的一天，易雨涵十分大方地答应凌冰，陪他去见一见那个叫郭心怡的女孩。听说她病了。

见到郭心怡时，她正躺在医院的病床上，她得了肺炎。眼前这个女孩，锥子脸，大眼睛，脸色有点苍白。不由得令易雨涵想起那一年，她、安碧凡、张皓轩以及凌冰一起郊游时的情景，凌冰身边那个女孩，正是眼前的郭心怡。在短暂的交流中便能看出，长期在国外，离开父母太久已形成了非常独立的个性。郭心怡见到凌冰和易雨涵，脸上游过一丝的尴尬，不过这表情也只是一刹那。

"怎么会得了肺炎？生病了咋没人照顾你？"凌冰问郭心怡，他的语气一半是关心，一半是试探。

"在哪同样会生病，也不见得就有人照应。"郭心怡有气无力地说。二人的谈话方式以及语气里所透出的那种默契，易雨涵看得很清楚。那是两个最熟悉不过的人之间的谈话方式，无须解释，无须多言，更无须外人明白。

郭心怡十分淡定地说："什么时候不想在外面待了，再回去也不迟！"她那口吻有一种在美国背水一战、破釜沉舟的气势和决心。

郭心怡看了一眼易雨涵，转脸对凌冰说："女友不错！"

凌冰顺势搂着易雨涵表示默认。易雨涵觉得好笑，但是她还是顾及他的面子，也顺势依偎在凌冰的怀里看了一眼郭心怡，她的目光和易雨涵短暂地相撞，那目光里有一种酸涩的味道。

2

从旧金山一回到国内的家，还未来得及倒时差，易雨涵就直奔安家巷安碧凡妈妈那里。从她妈妈口中得知了安碧凡的近况，她因养伤一直住在她父亲家里。

"本想将凡凡接回家来住，可是那个浑蛋隔三岔五地来找她，我哪里招架得住他死皮赖脸的求饶，还是住在她爸那边好，我怕我万一哪天心一软又要劝她回阚家。"张莉叹息道，"凡凡已经下定决心要和阚子逸离婚，唉！结婚还没两年，真是作孽！"

易雨涵生气地对张莉说："阿姨！你也别难过，阚子逸这种状况，已经不是第一次对凡凡动手了，他这是家暴，对于家暴，只有零容忍！"

张莉表示赞成，愤懑地说："凡凡从小到大，我没动过她一个指头，谁知道嫁给这么一个人面兽心的人！"

易雨涵离开张莉后，径直来到安碧凡父亲的家。开门的不是别人，正是安碧凡。经过一段时间的休养，安碧凡身上的伤已基本痊愈，只是精神大不如以前，脸上没有一点儿血色。她穿着睡衣，趿着拖鞋，头发蓬乱，跟以前判若两人。见到易雨涵只是浅浅地一笑。易雨涵见到安碧凡如此状况，心里也特别难受，她搂着安碧凡坐下，不知如何安慰是好。

"雨涵，我真受不了了！"安碧凡依偎在易雨涵的怀中。

易雨涵拍了拍她的后背安慰道："一切都会好起来的。"

"他现在隔三岔五地到我爸家，有时在门口无休止地敲门，有时在小区楼下大声喊叫，弄得左右四邻人尽皆知，真是丢尽了脸。我现在都不敢出门，生怕一出门就碰到他。我怕听到他的声音，怕看到他的人。现在我整夜整夜睡不着，都快要疯了！"安碧凡继续说着，"我已经转告过他了，坚决和他离婚！可是他也撂下了狠话，坚决不同意，除非他死了。看来只有法庭上见了。"

"我支持你！"易雨涵将安碧凡搂得更紧了。她心里感到一阵悲凉，当初那个隆重而盛大的婚礼场面还历历在目，犹如那晚天空中绽放的礼花，热烈奔放过后，是一地的碎片。"你也别怕，你住在你爸家是最安全的，再说了还有个警察哥哥保护你呢！"

安碧凡说："张皓轩已经警告过他了，如果再来骚扰，他就铐了他！所以这两天才消停了些。"

"你和凌冰在美国玩得怎样？很开心吧！"安碧凡关心地

问，"常听人说，女人嫁人，是二次投胎，以前我认为这句话说得有点过，总认为自己是命运的主宰，可是未必如此。"易雨涵见安碧凡如此消极和低沉，也就不再多提她和凌冰在美国期间的那些花絮。她只有一个劲儿地安慰和开导安碧凡。

两个闺密，就这样相互依偎、相互安慰，度过了一个短暂的下午。

3

窗外大雪纷飞，雪花一片一片落在了屋顶、树丫、地上，落在了行人的头上。只下了半天的雪，地面上已经堆积得很厚，大地上的一切发酵一般变得臃肿起来。

安碧凡站在窗前看着外面银色的世界，不禁伤感起来，无论雪再白、再厚，再怎么遮掩，它终将会融化，大地上一切的肮脏和丑陋仍将暴露无遗。她已经很久没有走出这个小小的房间，走出这个并不属于她的天地了。

客厅有开门声打断了安碧凡的思绪，安碧凡判断不是爸爸，是张皓轩。爸爸一般不会这么早回来。

张皓轩敲门走了进来，头发上还粘着雪花。他笑盈盈地对安碧凡说："外面好大的雪！"

安碧凡勉强笑了笑，问道："你今晚不值夜班吗？"

"一连值了几个晚上的班了，今天轮到我休息。怎么样，你睡得好吗？"张皓轩知道安碧凡失眠，关切地问，"你的脸色还是不太好，你也不能总闷在家里，要不我陪你出去走一走？"

张皓轩笑哈哈地继续对安碧凡说："记得小时候，你最喜欢下雪天了。我们还一起打过雪仗堆过雪人，记得吗？"

安碧凡点点头。张皓轩顺手将他脖子上的围巾解了下来，给安碧凡围上，又走到客厅衣架边取了他的大衣给安碧凡披上，用命令式的口吻对她说："走吧！外出透透气，哥哥陪你。"

他们心照不宣地沿着街道向西走去。雪还在下着，脚下发出嘎吱的声响，雪花落在他们的身上、头上、睫毛上。起初二人只顾走路，谁也没有开口，最终还是张皓轩打破了沉默。

"凡凡，你这样下去也不是个事儿，你要勇敢地去面对。他那样对你，你早就应该报警，我们公安会及时出警，帮你调查取证并进行伤情鉴定，我们会出具告诫书或者你申请人身保护令，这些都是可以保护你的。"

安碧凡叹息地说道："我并不想走到那一步，我是真心真意想和他过一辈子的。他总是怀疑我外面有别人，一开始我认为他是在乎我才会如此的，所以我忍让，我坚信时间会证明我对他是忠诚的。"

"可是，结果呢？"张皓轩反问道，他已经掩饰不住内心的气愤，"对这样的人，你就不应该心存幻想！"

"难道我刚结婚就离婚不成？"安碧凡委屈的眼睛蒙上一汪水，口中的热气在嘴边散开，很快就消失得无踪影。

"我一直在努力，努力维护我们夫妻之间的关系，令他不高兴的事我可以不做，令他怀疑的人我尽量不接触。我每天一下班就回家，拒绝和所有男同学、男性朋友来往，他要查看我的手机就让他看好了，心里没鬼，也不怕他查问。我以为我的忍耐和坚持会让一切慢慢变得好起来的。"安碧凡激动地说着。

"可是，结果呢？"张皓轩的反问显得咄咄逼人。

"是的，结果呢？他一而再再而三地伤害我、羞辱我。我真的坚持不下去了！"安碧凡伤心地诉说着。

张皓轩坚定地说：“所以，接下来的日子，你要勇敢地去面对。你身体如果没什么大碍，就应该去上班，总不能这样躲着他。”

“可是我……听易雨涵说，他几乎每天都去学校找我，我不知道见到他又将会是怎样的情形。”安碧凡有点无助地说。

“兵来将挡，水来土掩。总是躲着也不是个事儿，你只要铁了心跟他离婚！”张皓轩一个劲儿地给安碧凡以力量和信心。

他们肩并肩地向前方走着。路的尽头是一座八角的有飞檐的休息亭，这个亭子有个好听的名字，叫“沐风亭”。他们站在亭子中间，石凳上已经堆满了雪，他们无法坐下来。寒风吹在脸上，冷飕飕的，眼前的松树枝被雪压得低低的，耷拉着就像一个人在低眉垂泪。

那一年，那一晚，安碧凡从家里溜出来，就是为了见他的皓轩哥最后一面。那一晚，就在这个亭子的石凳上，他们坐在一起，畅谈未来，久久没有分离。可是一别多年，如今已物是人非，此时此刻他们的内心百感交集。

此时不远处传来一阵阵悠远的诵经声，是从不远处的寺庙里传来的。在这苍茫的飞雪中，寒意裹挟着余音直逼两人的内心，他们呆立着，默默地聆听了很久。

安碧凡不由得想起那一年，他们几个人一起郊游时的情景。那个下午他们误闯进了这座寺庙，诵经声令他们在疯玩中安静了下来。张皓轩说，在佛祖面前不能放肆，于是几个年轻人装模作样地跪在佛前，拜了几拜。一个僧人，手拨念珠，眼睛盯着几个年轻人，自言自语起来：“阿弥陀佛，缘起缘灭皆因果，阿弥陀佛……”他们几个人真真切切地听到了这句话，吐了吐舌头，面面相觑，不知所云地离开。

这个晚上，安碧凡、安如祥、张皓轩还有王丽娟四个人一起吃了晚饭。饭桌上，安碧凡对他们全家宣布，明天她打算去上班了，以后她要回安家巷去住。安如祥听到这个决定却不同意，她却坚定地说，她已经不是小孩子了，自己的事，自己去面对，自己来决定。

他们都沉默了。橘黄色的灯光下，只有他们四人吃饭夹菜的声音。

4

雪后初霁，白茫茫的大地在阳光下发出耀眼的光芒。校园里道路两旁的草木，被大雪覆盖着，一垄一垄连成了片。当安碧凡穿着羽绒服，戴着帽子，系着围巾，只露出两只眼睛，走进办公室时，同事们差一点儿没认出她来。

这段时间安碧凡请假在家，同事们起初并不知情，以为只是病了，后来阚子逸总是到学校去找她，他们的猜测得到了证实。她和阚子逸要离婚的事也就不胫而走。安碧凡再一次成为同事的饭后谈资，大家就像观看一场电影抑或是阅读一本书后分享心得体会，"红颜薄命"是交流之后给出的最终结论。安碧凡知道她会面临这一切，面对别人的议论，哪怕嘲笑，她已经做足了心理准备。

这一天上午第二节课下课的时候，安碧凡担心的事终于发生了。

当她从教室里出来，经过一段长长的走廊，往办公室方向走时，阚子逸已经站在教师办公室门口等候了。阚子逸见到安碧凡便迫不及待地走上前来，拉住安碧凡的手求她回家，他求饶，一切都是他的错，他骂自己不是人，猪狗不如。对于他这一做派，安碧凡已经无动于衷，她的心就像悬吊在屋檐下的冰凌一样，冰凉的、通透的、坚硬的。她冷冷地说："离婚吧！没什么好说的了。"可是阚子逸不依，依旧苦苦哀求。

因为是雪天，课间操暂停，孩子们只好在教室、走廊上嬉戏打闹。阚子逸突然扑通一声跪在走廊的地面上，地面因行人的踩踏而变得湿湿的，他全然不顾。学生们顿时围观成一团，安碧凡一时不知所措，她和阚子逸已被围得水泄不通。她感到心慌和害怕。至于阚子逸向她求饶些什么，已被学生们的嬉笑声淹没，她一句话也没有听进去，学生们哄笑声清脆而响亮，在走廊上空回旋。她的脑袋被像潮水般的哄笑声吵得要裂开似的疼。

她奋力甩开了阚子逸的手，拨开人群疾步向外冲去。她不知道往哪个方向逃，只想尽快逃离。冰凌从屋檐下断裂，摔了下来，一地的碎冰，踩在脚下，发出尖锐的声响，犹如芒刺一般穿透脚底直刺向心脏。阳光照在洁白的雪地上，眼前白得刺眼、白得苍茫、白得空洞；突然她感觉眼前又是那般黑，无尽的黑，她无法辨别方向，身体越来越沉，脚步越来越重，宛如迈进了无底的深渊，她只得任凭身体慢慢地沉沦下去。

不知过了多久，当她睁开双眼时，眼前仍是一片洁白，白的墙、白的床单、白的灯光，这一切既熟悉又陌生。眼睛上方吊着一塑料袋药水，里面的药液不急不慢地一滴一滴往下滴着。她动了动手臂，左手有点沉重，手背有点麻酥酥的感觉。"凡凡，你醒了？醒了就好！"是妈妈的声音。见安碧凡已经醒来，张莉连忙贴近过来。

"我怎么了？怎么会在医院？"安碧凡一脸的茫然。她只记得被阚子逸追赶，自己是往学校操场奔去的，那时她只感觉到心慌气短、腿脚发软，眼前发黑，然后就晕了过去。

"你昏倒了，医生说你是低血糖。"张莉接着说。安碧凡的眼前开始浮现出一张张脸庞——爸爸、阚子逸、宗华。

"真是太大意了，有了身孕，你还那样对她！"宗华生气地对阚子逸说道，又转过头语气十分温和地对安碧凡说，"医生说你怀孕了，有点贫血，以后要多增加营养。"宗华既埋怨又心疼地对安碧凡说："以后别再提减肥了，这也不吃，那也不吃，我是坚决不同意的！"

宗华接着说："从今往后，你不是一个人而是两个人，自己的身子要当心。"

张莉轻握女儿的手，心疼地看着她的脸，没有言语。她的表情已明显掩饰不住内心的不悦。

张莉对宗华说："这段时间凡凡住到我家去，谁也别打扰她了！"

宗华看了看儿子又看了看安碧凡。安碧凡的脸侧向了另一边，没有理会两个妈妈说的话。宗华从她儿子的目光中读懂了儿子的心意。"还是回家住吧，亲家母，你放心！我向你保证，这次我绝不会让凡凡有任何闪失的！"宗华语气很坚定也很凶狠，而这种凶狠是冲着阚子逸说的。阚子逸此时很乖顺地立在一旁，脸上充满了愧疚。

安碧凡自醒来后，她只和爸妈的目光对视了一会儿，其他人她都没看一眼，尤其是阚子逸，她完全可以推断出他此刻脸上的表情，一定是惭愧的、可怜的、无地自容的，她不想看到他那张脸。

她看着张莉语气坚定地说："妈，我要离婚！"张莉一时无语。

阚子逸不顾一切地走上前来，跪在了病床前，紧紧抓住安碧凡的手。"凡凡，别离开我，我错了！我不是人！我保证今后一个指头都不会再碰你！你打我吧！看在我们还未出世的孩子分儿上，求你了，别离开我！"阚子逸松开安碧凡的手，当着她父母的面，疯狂地扇自己的脸，而且出手很重。

安碧凡的情绪激动了起来，她抑制不住自己愤怒的情绪，歇斯底里地叫喊着："出去！都给我出去！"她的叫声惊动了护士。护士连忙按住她的左手，帮她稳定好针位，劝在场的每一位亲属先出去，说病人需要安静。宗华拖着阚子逸走出了病房。张莉心疼地看着女儿，最后一个离开。

安碧凡此时悲愤交加，她的心有种撕裂般的痛，她只有一个念头，坚决离婚。过了好久，她渐渐地平息了情绪，默默地望着输液瓶中的药水一滴滴地往下滴着。她没有了泪水，没有了思绪，就像一具僵硬的尸体，毫无生气地躺在那里。怀孕这个事实带给她的不是即将初为人母的惊喜和幸福，而是失望和沮丧。

病房的门悄悄地被推开，护士走了进来，拔掉她手上的针头并告知她输液已经结束，她才缓过神来。

这一晚是张莉陪着安碧凡在医院度过的。张莉端来一碗安碧凡最喜欢吃的馄饨，她只勉强地吃了一点儿。张莉看着女儿如此这般，心疼的泪水溢出了眼眶。

安碧凡要与阚子逸离婚，张莉并没有反对，可是她一想到女儿肚子里的孩子，不由得叹息。最后她还是无奈地劝女儿，是否看在未出世孩子的分儿上从长计议。在她看来，夫妻关系能长久地维系，绝大部分是因为孩子，有了孩子，婚姻就会稳定。安碧凡却对妈妈提出了质疑："当年你有了我，还不是坚持要和爸爸离婚？"

"唉！当年我也年轻气盛，听不进别人的劝说，非得和你爸爸离婚不可。其实这么多年，我也后悔过。当时要是忍一忍，至少为了你，也要忍一忍，也不至于在离婚后日子过得那么难。"这是张莉第一次在女儿面前说自己后悔离婚。她脸上的表情倒是很淡定，提到安碧凡的爸爸也不再像提及仇人似的，像是在谈论别人的故事。

"当年我就是性格太要强，不知道退让，你爸不回家，在医院值班，我整天疑神疑鬼，其实，我和他的感情还是有的，我们一家三口还是一体的。可是当年我就是年轻，不经事。离婚之后，自己的苦楚没法对别人说。"张莉握着女儿的手，继续说，"妈妈之所以没有再婚，就是看到身边许多再婚的家庭，日子过得还不如离婚以前，那些再婚的，跟原配家庭关系根本断不了，剪不断、理还乱，所以我决心不再嫁人。"

张莉的心情是复杂的。当她得知女儿再次被女婿打，气愤至极，但当女儿真的决心要和女婿离婚，现又怀有身孕，张莉的内心又矛盾起来。自己离过婚，真心不想女儿再步自己的后尘，被别人戳脊梁骨。可是女婿一而再再而三地这样对待女儿，她又恨之入骨。

"一切得由你自己拿定主意，无论你作出什么样的决定，妈妈都支持你！"这是张莉唠叨一晚，作出的最后结论。

5

三日后的一个上午，安碧凡在医生的同意下出院，她是被阚家的车子接回阚家的。

为她开车的不是别人，正是她的公爹阚永明，陪着安碧凡坐在后排的是婆婆宗华。阚子逸没来接，不是他不想来，而是阚永明夫妇不允许他来添乱。按理说安碧凡出院这样的小事不应该由阚永明亲自出马，但是他还是决定亲自来接儿媳妇回家，就是为了向亲家公、亲家母表明他们的诚意。儿子再次犯浑，令阚永明夫妇自觉理亏。先是宗华登门向张莉当面致歉，可是张莉一点儿面子也没给她，毫不留情地痛骂了女婿一番，还坚定地说，女儿要离婚谁也劝不了。阚永明由于事务缠身，只好电话联系了安如祥，在电话里也是低三下四，好话说尽。可是安如祥却请求阚永明给他女儿一条活路，说话的语气极其中肯甚至带着央求，他们不求女儿大富大贵，只求平平安安过一辈子。还没等阚永明再开口解释，安如祥就毫不客气地挂断了电话。虽然是电话联络，安如祥犹如给阚永明一个耳光，态度是那般坚定和决绝。

阚永明只好亲自到医院，当着安如祥的面再三保证，类似情况绝不会再发生。见阚永明夫妇如此有诚意，安如祥和张莉只好妥协，无奈地劝说女儿回到阚家养胎。

怀孕的过程对于安碧凡来说十分艰辛，她妊娠反应十分强烈，而且还患有妊娠焦虑症。医生建议在家休养保胎。自回到这个家，她就没有和阚子逸同床共枕过，她不想回到那个令她噩梦不断的房间，她更不想睡在一个令她惧怕的男人身边。她坚持一个人睡在一楼的客房。宗华也同意了她的要求，她也担心她那个毛手毛脚的儿子会对她未来的孙子有什么伤害。

阚家人十分重视安碧凡怀的这一胎。宗华对安碧凡更是关爱有加，生怕她有什么闪失，一日三餐她常常亲自下厨，好吃好喝地供着，安碧凡过着衣来伸手饭来张口犹如皇后般的生活。营养搭配是医生开的方子，宗华那句"不能亏了她的孙子"已经说了无数遍。

每一次的孕期检查，胎儿一切正常，当安碧凡通过胎心监听清晰地听到她肚子里的孩子心跳时，她惊喜无比，她流泪了。一个与她血肉相连的生命，在她的体内一天天地长大，她彻底断了做人流的想法。

从此安碧凡的情绪渐渐地稳定下来，闲来无事，她开始阅读有关育儿的文章，也开始在网上购买各种婴儿用品，当她专注于这些事务时，心情就感到轻松和愉悦。

安碧凡怀孕的日子里，阚子逸表现得异常温顺，很少在外应酬、交际。虽然安碧凡没给他好脸色看，但他依然厚着脸皮百般讨好卖乖，将安碧凡当作宝贝捧在手心里，对安碧凡百依百顺。

立春了，气温虽然有点低，但冰雪开始消融，万物开始复苏，那些长在花盆里冒出新芽的青草，那株长在院子的梅花，还有含苞待放的杜鹃，都在悄然告诉这家人，春天来了。

第七章

1

时间是治愈伤痛最好的良药，在医生的建议下，安碧凡又回到学校上班了。医生说上班也许利于安碧凡缓解焦虑症状。事实也是如此，白天她与师生们聊聊天、说说话，分散了她的注意力。随着胎儿一天天在肚子里健康成长，她的心情和身体状况，随着时间的流逝逐渐调整了过来，睡眠有了很大的改善，饭量也增加了起来。

这日，安碧凡下班正欲开车回家，突然一个声音在身后叫住了她，一个陌生男子满面笑容地站在她的车旁。她感到有点面熟，但似乎又不认识此人。“我是阚子逸的姐夫，阚子妧的前夫，张骏潇。”陌生男子主动自报家门。安碧凡恍然记起来，曾在阚子逸的相册中见过他的姐夫照片。

安碧凡勉强笑了笑，问他有什么事。

张骏潇厚着脸皮，坐进了安碧凡的车内，说：“其实，我们见过面的，那天在医院候诊时，我就坐在你旁边，还跟你说过话的，后来阚子逸来了，我就走了，没打扰你。"

安碧凡猛然想起那天在医院做孕检，阚子逸忙着排队挂号，她身边是坐着一个陌生男子，主动与她搭话，当时她想看清那张陌生的脸，可是一副大大的墨镜和长檐遮阳帽遮住了他大半个脸。

就在这天的下班时分，就在安碧凡的车上，阚子妡的前夫张骏潇告诉了安碧凡一个不为她所知的秘密。阚子妡的儿子乐乐不是抱养的，而是阚子逸和另一个女人所生的孩子。这一消息令安碧凡大吃一惊，犹如一块巨石掉进平静的水面，在安碧凡的内心掀起狂澜。

张骏潇说，他和阚子妡婚后一直没有孩子，那几年他们去过国内多家知名医院检查过，最后确诊阚子妡不能孕育。后来他和阚子妡离婚，原因是他有了婚外情，但是张骏潇承认他只是一时图个新鲜才会出轨，他对阚子妡还是有感情的，也不想走到离婚的地步，但是阚子妡对张骏潇的出轨就是不依不饶。就在张骏潇和阚子妡刚办理离婚手续不久，阚子妡竟然抱养了一个刚满月的男婴回来。起初张骏潇对这个跟他毫无血缘关系的孩子并不上心，可是在后来的几年里，他越来越怀疑这个抱养的孩子有点可疑，于是他开始了解、打探。

"阚子逸上大学的时候曾谈过一个女朋友，叫苏安。大四那年，阚子逸曾将苏安带回阚家。起初，阚永明夫妇对儿子谈的女朋友并不上心，他们认为大学时谈恋爱，就跟小孩玩过家家一样不当真的。但是那年暑假，当他们看到苏安已经明显隆起的腹部后，开始慌了，责令儿子妥善处理此事。但因为胎儿月份有点大，医院拒绝做人流手术。后来，苏安就离开了阚家。没过几个月，阚子妡就抱回来一个男婴。从时间上推测，我越来越觉得乐乐的身世可疑。"张骏潇讲述这段故事的时候，就像讲述一部电影、一部电视剧；他又像是一位侦探，案情经过他的侦破，有了新的发现，他无比兴奋。乐乐定是阚子逸和苏安所生。这是张骏潇给出的他自认为是铁定的结论。

"阚子逸并没有和苏安有美好的姻缘，因为没过多久，苏安在一次车祸中意外身亡。"张骏潇说话的语气已趋于平缓，平缓中带着点失望。而安碧凡听到这个结局，她内心的震撼还在延续，她不愿相信张骏潇的推测、判断或是臆想。她本能地从维护婆家的利益角度，责备张骏潇胡说八道，信口雌黄。而张骏潇却满怀信心地说："我说的一切，我会证明给你看的。"而且，他依旧自以为是地站在安碧凡的角度劝道："阚子逸是个性情不定的人，我是为你着想才提醒你，趁早离开阚家，离阚子逸越远越好。"

张骏潇的这一番说辞，扰乱了安碧凡那颗刚刚安稳和平静的心。

2

周日下午安碧凡闲来无事，她思虑再三，决定去一趟永明公司。

公司大门前站立着两个身穿制服的保安。见车内一个年轻漂亮的女人竟然说要找公司的大老板，他们将信将疑，问清了身份后，立即恭敬地打开了大门。

阚永明刚接待完几个客商，意外见到安碧凡挺着大肚子站在办公室门前。儿媳妇从来不关心阚家生意上的事情，更不用说到他办公室来了，他感到很诧异。

"你怎么来了？"阚永明从他的座椅上站起来并迎了出

来，和安碧凡一起坐到沙发上。她隆起的腹部使得她走起路来显得有点蹒跚。看着她这副体态，阚永明的父爱之情油然而生，说话的语气显得特别慈爱。"找我有什么事？还是出了什么事？有了身孕还乱跑，有事打个电话不就完了？"阚永明关爱中带着点责备。他看着安碧凡那双大眼睛，闪着清澈的光芒，白皙的脸因为怀了身孕显得更加苍白。

安碧凡嫁到阚家以来，虽说和儿子摩擦不断，但是阚永明对安碧凡的为人和性格还是比较满意的，不像宗华一直用挑剔的眼光看她。在他的心里安碧凡是一个有素质的姑娘，没有不良嗜好，性情也温柔，嫁到阚家一直安分守己，他坚信儿媳妇并没有做出什么出格的事情来，只不过是他的混账儿子疑神疑鬼。安碧凡的身上有一种脱俗的气质，对金钱一点儿不上心，手脚也不大，从不追求高消费。不像他的儿子花钱如流水，还经常犯浑，搞得全家不得安宁。

"爸，有一件事情一直梗在我心里，本想不提，可是压在我心里又让我寝食难安。"安碧凡的语气显得不平静起来。

"什么事？"阚永明严肃地问。

"爸，乐乐不是大姐从福利院领回来的吧？乐乐是不是子逸和别的女人生的孩子？"阚永明听到安碧凡这么一问，大吃一惊。但是他还是装作若无其事的样子问："你怎么会有这种奇怪的想法？还是谁在你面前嚼舌头？"

安碧凡有点迟疑，她不想供出张骏潇，吞吞吐吐地说："我越来越觉得，乐乐长得有点像子逸，抱来的孩子哪有这么像的？"

阚永明哈哈大笑起来。"像子逸？你怎么不说像子妧？虽说不是亲生的，一家人在一起待久了，就越来越像了。别人都说我和子逸妈妈有夫妻相，也许这就是缘分吧！说明乐乐与我们阚家有缘。"阚永明起身为安碧凡倒了一杯白开水，放到茶几上，轻轻地拍了拍她的肩，认真地说，"不要胡思乱想了，你安心地将肚子里的孩子生出来，你就是我们家的大功臣，其他的事你别管。"阚永明一边安慰，一边电话联系他的驾驶员要送安碧凡回家，还一再叮嘱她以后就别再开车了，有事让驾驶员接送她。

送走了安碧凡，阚永明陷入了沉思，他想起安碧凡刚才那副楚楚可怜的样子，内心顿生疑虑。

带着这个疑虑，阚永明在第二日约见了一个人。此人不是别人，正是张骏潇。

张骏潇应邀来到风雅居茶楼。茶楼坐落在城市河畔，经过一条狭窄的甬道，一座古色古香的四合院呈现在眼前。天井像一面镜子悬挂在上空，蓝天白云似乎也静止了一般，沿着天井四周的走廊，便看见一间间的茶舍。室内是清一色的棕红色的中式家具，古朴而典雅，满屋子的檀香缭绕，更增添了几分禅意。张骏潇坐在茶几边把玩着小巧而精致的茶具，一边研究着每一个茶具的用途，一边等着阚永明到来。这时一位身着绛红色旗袍的服务小姐，款款地走了过来，用极其温柔的声音问他需要什么服务，他点了一壶铁观音。正在他研究茶具入神时，身后有了沙沙的脚步声，阚永明从里屋走了出来。只见他上身穿一件深蓝色的暗花唐装，下身穿一条黑色的绸缎裤子，一双黑色的圆口布鞋，走路不徐不疾，那自在的模样像是从自家房间走出来的一般。

"这里不会是阚家开的茶楼吧？"张骏潇试探着问道。

阚永明没有正面回答。

"阚总！"一个女人的声音从后面的里屋传了出来，随即便走出来一位中年妇人。一件绛红色的暗花唐装夹袄，一条黑色的宽松加厚裤裙，头发微烫，松垮地扎在脑后，一副古典美人的装扮。妇人见到张骏潇先是愣了一下，但又立即反应了过来，微笑着说："小张也在，好久不见了！"

张骏潇调侃道："都不知怎么称呼你为好！"

"嘴还是这么贫！"妇人本想和阚永明有话要说，见张骏潇在，只好打了一声招呼，又进了里屋。

"原来这里是陈总的茶楼。"张骏潇轻轻地啜了一口茶，语气有点酸酸的。

"后悔离开子妧了？"阚永明冷冷地问，语气中带着点嘲讽。他宽阔的额头发着光亮，严肃的表情透着威严。其实这个问题他并没有要求张骏潇回答。

"离开子妧这几年日子不好过吧？要知道阚家的女人是有旺夫命的。"

张骏潇喝着茶，他没有正视阚永明的眼睛，他有点紧张，此时他无论作何回答，都觉得是站在索桥上，险情重重。他小心地说："人在穷途末路时靠的就是信念，我知道就是'阚家的女人是有旺夫命'这个信念支撑着您老永远不离不弃我曾经的岳母大人。可是人各有命，我的命没有您这么好，比不上您对我岳母大人那样衷情。"

阚永明知道张骏潇的话外之音。他"嗯"一声，没有辩解。此时张骏潇的心里也是五味杂陈。想当年，他是穷小子一个，无金钱、无地位、无背景，就是因为给阚永明开了一年的车，深得他的器重和厚爱。他经常有机会送阚子妧出入，人长得帅，头脑灵活，所以获得了阚子妧的芳心。当初若不是阚子妧非要嫁给他，阚永明和宗华是不会同意这门婚事的。结婚后，为了阚子妧能怀上孩子，阚家花了不少钱，四处求医，可是结果却令人失望。

与阚子妧离了婚，张骏潇的事业一落千丈。他不再是阚永明的乘龙快婿，更不是未来永明公司的接班人，所以在别人面前不再像以前那般呼风得风，唤雨得雨，无论是金钱还是地位都大不如以前。张骏潇离开永明公司，与几个朋友合伙做了一段时间的生意，但是做得极不顺利。生意场上的人现实得很，再说合伙做生意很少有善终的，因为利益的原因，几个合伙人最终散伙，张骏潇是赔了夫人又折兵。没有了资金的他只好帮别人推销家用电器、烟酒，赚点小钱糊口度日。这几年他的感情生活也是不尽如人意。后来虽和几个女人交往过，但没有一个愿意和他成家的。他见阚子妧一直单身未再嫁，便想复婚。他找过阚子妧，当面忏悔并说出了自己的想法，但遭到了阚子妧的拒绝。

张骏潇语气又变得诚恳和谦卑。“当初是我犯浑，是我对不起子妧，不过一日夫妻百日恩，离开了子妧我是很后悔。这几年，子妧一直单身未嫁，我也单身未娶，您是看着我长大的，我对子妧的心，从来没变过。”

阚永明前阵子已经从宗华口里得知张骏潇想复婚一事，只是子妧一时还没同意，所以他并没有上心。今天张骏潇再次谈及此事，不得不引起阚永明的重视。

“我是想复婚的，可是子妧她……还不原谅我，请您老做做子妧的思想工作。您放心，我定会对子妧好的，我会将乐乐当作亲生儿子看待的。”张骏潇诚恳地说。

张骏潇前半句说得阚永明心里有点发软，可是一提到乐乐，再一次触碰到阚永明的底线，他强压心中的怒火，对他说：“倘若你再拿乐乐的身世，到其他人面前说三道四，想复婚，门儿都没有！”

张骏潇有点后悔，此时不应该提乐乐的事，心想，老家伙就是精明，洞察秋毫。但他依旧厚着脸皮，笑嘻嘻地说："乐乐的亲生父母是谁，我会和你们一样，守口如瓶。再说我和子妧若复婚了，乐乐就是我的儿子了。"张骏潇边说边给阚永明杯中斟茶，态度很谦卑。

"嗯！"阚永明冷笑了一声，"如意算盘打得不错！早知今日又何必当初？我劝你还是死了这份心吧，子妧对你早已没了感情！"

阚永明从来就没有看错人，以前他喜欢张骏潇的原因就是因为他聪明，后来他讨厌他的原因还是因为他总耍小聪明。子妧一直未嫁，性格又那般强势，至今也未重建家庭，成了阚永明的一桩心事，倘若和张骏潇能够再续前缘，何尝不是件好事。但是张骏潇竟然到安碧凡面前搬弄是非，令阚永明十分恼火，他必须给他点警醒，不要聪明反被聪明误。

3

阚永明和张骏潇就这样不欢而散。不愉快的结局令张骏潇十分气馁，他本以为提及复婚一事，阚永明不会那般反对；也许是因为他私下找过安碧凡，触碰到阚永明的底线了。张骏潇有点后悔了，他应该在老家伙面前服个软，求个饶，认个屄，结果也许会好一点儿。

他一边抽着烟一边往停车场方向走去。刚打开车门，正准备上车，不远处一辆白色的保时捷轿车内有人叫他。他循声望去，只见陈月娇远远地向他打招呼。他又关上车门，掐掉烟头，大步向陈月娇走去。

陈月娇笑盈盈地示意他上车。保时捷车内空调的温度有点高，陈月娇只穿着一件深咖色的单薄毛衫，她那件唐装夹袄已经脱掉，放在了副驾驶的座位上。她顺手将夹袄扔到后座，"坐吧！和阚总谈得不愉快吗？"她脸上的表情极其和善，像一位大姐。张骏潇耸了耸肩表示无奈。

这个四十刚出头的女人身上，依然散发着青春的气息。柔美的身段，丰满的胸，无瑕的脸，精致的眉毛，浓密的睫毛，鲜润的嘴唇，修长的指甲上抹着一朵朵小巧而精美的花朵，给这个女人烙上"精致"二字。

"外面佳人多的是，怎么还心念阚子妧这样一个徐娘半老之人？"陈月娇挖苦道，"我美容店里的小姑娘多的是，给你介绍一个，怎样？"

"唉！谢谢陈总一番好意，我心领了。倒不是非阚子妧就找不到别的女人，但是人必须面对现实，离开永明公司这几年，我也想通了、看透了。作为男人在社会上总得有个安身立命之地吧。而且对于子妧，我也不是没有感情。"张骏潇在陈月娇面前已经完全失去一个男人雄强的一面，变得极其温顺，就像一个孤立无助的小弟一样。陈月娇见此情景，一股恻隐之情油然而生，轻轻地拍了拍他的肩，说："你果真有此意，为什么不先跟我通个气，我在一旁帮你敲敲边鼓，还是可以的。"

"谢谢陈总！"以前在公司的时候，他一直叫陈月娇为"陈总"，那时陈月娇在公司的销售部。张骏潇帮阚永明开车。

"你我之间还谈什么谢字？上次我那笔生意，我得谢谢你为我推荐，那款产品卖得还不错。"陈月娇心存感激地说。

"说起生意的事，我更得谢谢你，没有你从中引见，这几年我不得喝西北风去。"张骏潇感激的语气更胜一等。

他们二人之间说的虽是客套话，但也真诚可见。一直以来，张骏潇与陈月娇二人惺惺相惜，他们从来都以礼相待，甚至有点同病相怜，在某些问题上还能达成共鸣，尤其是在利益问题上更是一拍即合。陈月娇倚仗着阚永明的人脉，而张骏潇更需要借助这人脉为他铺路架桥，这么多年他们二人之间的合作，从来就没有间断过。只不过在张骏潇和阚子妧离婚，陈月娇又离开了永明公司之后,这种利益上合作的频率比以前少了许多。

人有时不仅是利益上的同盟军，更是情感上的同盟军。就张骏潇和阚子妧离婚一事来说，陈月娇一直是站在张骏潇这一边的，在她看来，张骏潇之所以出轨，根源错在阚子妧，太强势，太霸道。

4

阚永明这段时间心情极其糟糕。

“城北一号”地块拆迁极其不顺。拆迁户的情绪，犹如他们过的日子，看似波澜不惊，幸与不幸都被生活的日常和琐屑遮掩。而当看似平静的生活随着房屋顶被掀掉，他们对生活忍耐已久的各种情绪终于爆发。抵制、愤怒、纠缠、拖延，情绪最终在一笔丰厚的拆迁款谈妥后得以平复。对于阚永明来说，只要钱能解决的问题都不成问题，但是死了人，麻烦事就会接踵而至。拆迁公司与一住户在争执过程中，户主心脏病突发，经医院抢救无效死亡。死者亲属将花圈放在公司的门口，拉横幅、放哀乐、烧纸钱，一时间闹得沸沸扬扬。阚永明是窝了一肚子火。

会议室内，阚永明紧锁眉头。公司中层干部对死者家属上门闹事发表了各自的看法和建议。最终在赔偿款上大家达成一致意见。赵月华坐在阚永明斜对面，她低声地说：“大家听说了吗？闹事的幕后策划人是蔡源。"

阚永明心里当然有数，蔡源已经跟他撕破了脸。阚永明将法院的传票生气地递给赵月华，说："你看看，蔡源将永明公司告上了法庭，他不仁也别怪我们不义，那就走着瞧吧！"

"阚总，你也别生气，这么多年，永明公司又不是没打过官司。他想告就让他告呗，还能翻得了天？"

"蔡源他就是心里不平衡！以前在企业改制中他说他吃了亏，混到如今潦倒的状态，只怪他自己不走运。商场如战场。谁抢得了机遇，谁占得了先机，谁就是胜者。"

大家你一言我一语，发表了对蔡源的不满。

会议结束，大家陆续离开会议室，赵月华是最后一个离开的。她走到阚永明的身边，悄悄告诉他一件事，令阚永明陷入了沉思。她说最近一段时间蔡明明跟蔡源走得比较近，且相处甚密。

这天晚上，阚永明没有回家，他下了班独自来到市区一处公寓。平时他并不常来，因为住在这里的人多数是外地人，且年轻人居多，一般到很晚才会回来，所以这里的夜晚并不安静。

当阚永明敲开一间公寓的门时，蔡明明穿着睡衣，一脸的素颜，惊讶地站在门口。也许是惊喜，也许是他们已有一段时间没有在一起的原因，还未等阚永明站定，蔡明明身上那一股令男人招架不住的热烈欲火扑面而来。面对蔡明明这样年轻、漂亮、性感又主动的女人，男人怎么会拒绝。两个肉身在毫无羞怯、毫无遮掩中驾轻就熟、水到渠成。男人的衣服、女人的内衣胡乱地扔在公寓狭小的空间内，地上、沙发上，一切都是凌乱的，床单、被褥，男人女人的头发，包括两颗凌乱的心。

当蔡明明幸福地躺在阚永明怀里的时候，激情在她的身上还未完全褪去，她依旧缠绵而温存地黏着阚永明疲惫的身体。

"听说，最近你那位蔡叔叔常找你？"阚永明亲了亲怀中的女人，起身坐了起来，端起床头柜上的卡通水杯，喝了一口凉开水。

蔡明明依旧抚摸着他的身体，娇滴滴地回答道："谁在背后嚼舌头，我只是和蔡叔叔吃了几顿饭而已……"蔡明明开始撒谎，但她依旧装作镇定，娇嫩的嘴唇继续迎了上来。阚永明勉强吻了吻她温润的唇，揪了揪女人的鼻子说："别吃着碗里的又惦记锅里的。"

蔡明明一个鲤鱼翻身压在了他的身上，目光水灵地盯着阚永明的脸继续撒娇地说："我只惦记你这口锅。"蔡明明有点心虚，心想什么也瞒不住这个老家伙。

这段时间蔡源是经常找她，不是请她吃饭就是陪她逛街，大把大把地为她花钱。蔡明明不是笨女人，蔡源一次次接触她、讨好她，舍得在她身上花钱的用意她心知肚明，他是想从她口中打探到阚永明的一些情况，他把她当作了眼线。蔡明明不但没有回绝，而且一次次在利用。

阚永明休息了一会儿，起身从他的包里掏出一把钥匙，放在了蔡明明高耸而柔软的胸上，说："送给你的！"

蔡明明的脸上笑开了花，她接过那把明晃晃的钥匙，那是阚永明送给她的车，她兴奋地问："什么车？宝马吗？"

阚永明捏了一下她的脸，说："就知道要宝马，你开宝马，公司的人怎么议论？是一辆现代的车，客户抵债过来的。"

蔡明明十分高兴。阚永明送她东西，说明他还在乎她。对于蔡明明来说，青春和美貌就是她手中的王牌，拥有这张王牌就会得到有权、有钱、有势男人的宠爱，也就等于拥有一切。她全然不在乎公司的人如何看待她、议论她、诽谤她。在她的内心深处压根儿也瞧不起那些长相一般、穿着一般的女人。守着一个普通的男人，饿不死、穷不死，高不成低不就地过一辈子，那不是她想要的生活。她喜欢成为男人注目的焦点，她天生具有游戏于男人之间的本领。她认为每个女人都有生存的法则，有的靠父母，有的靠勤奋，有的靠才学。而她没有父母可以依靠，也做不了勤勤恳恳的人，更没有才学，她靠的是自己的美貌和付出。既然她付出了别的女人不愿付出的最珍贵的东西，那她就要得到别的女人没有得到的东西，这就是她的生存法则。

当阚永明提醒她别脚踩两条船时，她有点害怕。她依旧装作无辜，尽情地在阚永明面前撒娇，但她心里很明了，手里拿着的不是一把车钥匙，而是一把明晃晃的箭，稍不留神会伤了自己。

第八章

1

这一天，易雨涵一直在单位忙着，快到下班时分她又接到一个电话，说明天有个会议，要在会上汇报，让她加紧赶一篇汇报材料。时间比较紧，易雨涵只好采用复制、粘贴、摘抄等常用的手段，等她完成材料后，已感到饥肠辘辘。此时她才猛然记起凌冰约她晚上一起吃晚饭的事。她拍了拍脑袋开始责备自己，急忙关了电脑和电灯，匆匆进了电梯。

单位门前的广场上已覆盖了一层厚厚的积雪，停在这里的轿车已被厚厚的雪覆盖，像刚出笼的馒头。雪还在下着，像无数只白色的虫子在灯光下飞舞着。车子显然是不能再开了，易雨涵站在风雪中有点茫然。她正犹豫时，从她的身后突然窜出一个人来，易雨涵吓了一跳，原来是凌冰。从他的头上和衣服上堆积着的雪来看，显然他已经在雪中等了很久。

"真的抱歉！让你久等了。"易雨涵连声说。"怎么不坐在车里等我？"易雨涵边道歉边发出疑问。"我没有开车，步行过来的。"凌冰回答道。

"傻呀！为什么不到我办公室去，也不电话提醒我一下？我差点儿忘了时间！"易雨涵有点发急。凌冰却笑嘻嘻地说："没关系，等女人是男人必修的功课！"

雪下得越来越大，他们相互依偎着在雪地上走着。"都是不带伞的人。"凌冰用手掸了掸易雨涵头发上的雪花，说话的语气带着怜爱。他们走了二十多分钟，便来到"张姐酒家"。

小餐馆面积并不大，但装修得极为雅致。店老板是一个三十多岁的单身女人，姓张，大家都称呼她"张姐"。她身材纤细，皮肤极白，长发乌黑，常常将头发盘成中式发髻，上面常插着一根发簪，发簪会随着衣服款式颜色的变化而变化。她总是笑盈盈地站在吧台前接待客人。他们从未见过张姐的男人，倒是常见到她的女儿，七八岁的模样，放学后，便到餐馆里玩。

易雨涵和凌冰都喜欢张姐。张姐见到他们二人，忙走上前来招呼，见到他们身上的雪花，便说："感谢老天给美女和帅哥制造了一场浪漫的约会。"她朝着大厅内高声叫唤"阿辉"。

一个男服务生走了过来。四方脸，皮肤微黑，眼睛不大，见人一笑，就眯成了一条缝。"他叫阿辉，最近刚到我店里来，云南人，小兄弟不错，人很勤快！"张姐看着站在一边点菜的阿辉，语气充满了爱怜地介绍，那种大姐般的目光，流淌在阿辉的周身。阿辉走路带风，动作十分麻利。被张姐那么一夸，干活的热情更加饱满。他的情绪很富有感染力，酒店每个角落都似乎充满了活力。

他们边吃边聊，也许是在外面先受了冷风后又被室内空调一吹，他们的脸都有点发红、发烫。凌冰深情款款地看着易雨

111

涵，看着她的一举一动，一颦一笑，会心地笑着。

此时一个服务小姐捧着一束玫瑰花，走到二人面前，问："易雨涵吗？"易雨涵诧异地看着凌冰。凌冰露出了神秘的笑容，可是眉目之间已经遮掩不住他的内心活动。他终于将埋在心里的话说出了口。

"易雨涵，做我的女朋友吧！"凌冰握住易雨涵的手说。易雨涵面带羞涩，感觉有点突然。

"这么正式！"她的语气温柔中带着撒娇。

"不明不白地开始，定会不明不白地分手，所以必须正式。做我的女朋友好吗？"凌冰再次求她，"站在雪地等你的时候，我就在心里做出决定了，不再犹豫，不再等待，就在今天这样美好的天，美好的夜，美好的景。"凌冰的眼睛满含深情。

一股热流从易雨涵内心流向了全身，她的脸绯红，她没有将手抽出，而是任凭凌冰温暖的手有力地握着。她看着凌冰的眼睛，那目光极其真诚和热切，她郑重地点了点头，轻声地应了一句"嗯"，便低垂了眼帘，含着笑喝着杯中的饮料。凌冰见易雨涵答应了，满心欢喜地从对面的椅子挪身坐到易雨涵的身边，深情地将她搂在怀里。

接下来的日子电视台为了做一档有关留守儿童问题的宣传片，易雨涵连续多天陪节目组的人到乡镇采访。

这一天采访结束，回到市区已是下班时分，易雨涵没有回家而是径直去了凌冰的公司，他们约了晚上一起吃晚饭。当易雨涵来到凌冰公司的时候，凌冰正在和他的员工们聚精会神地工作着。

当凌冰发觉易雨涵站在他身后，顿时喜笑颜开，便吩咐员工们可以下班了。员工们立即欢呼雀跃，说易雨涵是救星，否则今晚他们定要加班了，他们强烈要求易雨涵经常来"打扰"

凌冰。凌冰当下正在开发一个游戏软件，这是他开发的第一个项目，他很看好这个项目，这段时间，常常没日没夜地加班。

在公司二楼的东首，凌冰为自己设置了一个临时住处。住处虽然不大，但是布局合理，功能齐全。书橱里的书籍整齐地放着，茶几上的茶具一尘不染，黑白相间的地毯上没有一丝杂物。窗台上放着几盆绿萝，绿萝的茎已经长得很长，拖到地面并沿着墙角线恣意地生长着。

易雨涵散了架似的不想动弹，她疲惫地躺在沙发上，抱着靠枕闭目养神。此时一个温热的嘴唇贴在她的唇上，她依旧闭着眼睛，慢慢地张开嘴唇迎合着他。一阵缠绵的亲吻过后，凌冰捧着易雨涵的脸，轻声地问她晚上想吃什么。易雨涵翻着白眼想了半天，懒懒地说了一句"随便"。凌冰表示无语，提出："既然哪儿也不想去，干脆叫外卖吧，就在这里吃，我这还有一瓶上好的红酒。"易雨涵十分赞同。凌冰将她按坐在沙发上，叫她好好躺着休息，一切由他来安排。

易雨涵用欣赏的眼光看着心爱的男人在厨房里走来走去。看着眼前这位走入她生命中的男人，易雨涵恍然，这么多年，不是她故意拒绝男人，也并不是她不懂男女之情，而是她在这之前是没有遇到真爱。

和凌冰恋爱以来，易雨涵仿佛变了个人似的。以前一提到谈婚论嫁，她就像只刺猬，一大套不婚理论摆了出来，如今遇到了凌冰，遇到了她的真命天子，她觉得自己又傻又痴。安碧凡曾对她说过，女人一旦遇到了真心爱的人，就会一心一意为之付出，甚至作出牺牲。易雨涵以前最看不惯这样，现在自己身陷恋爱中，她深深地体会到了这一点。

当外卖小哥送来了麻辣烫，诱人的香味扑面而来时，易雨涵便一骨碌从沙发上坐了起来，她兴奋地说："只有像我们这样的懒人，外卖行业才能够发展得更长久，而且还蒸蒸日上。"凌冰一边拉着易雨涵至餐桌前一边笑着说："别为自己的懒惰找理由了。不过你说的似乎有些道理。"

灯光下两个热恋的情人，一边享受美味，一边聊着天儿。易雨涵将她这些天的所见、所闻、所想一股脑儿地告诉了凌冰。面对一个孤独无助的群体，那些鳏寡孤独之人以及留守儿童在贫困中挣扎，在生存的最底层活着，易雨涵的内心受到强烈的冲击。

今天采访的对象，是一个名叫小丽的女孩。小丽原本有一个幸福的家。爸爸、妈妈、爷爷、奶奶还有她，一家五口曾经有过幸福的日子。可是天有不测风云，在小丽不到四岁的时候，爸爸得了羊角风病，也就是癫痫，从此这个家庭就失去了往日的温馨。家里人四处求医，爸爸的病情一时也难以好转。就在她爸爸的病情还没有得到控制的情况下，奶奶又得了胃癌，拖了一年多的时间，最终撒手人寰，两个病人给家里留下一大笔债务。在小丽七岁不到的时候，她的妈妈终于忍受不了生活的困苦，狠心地丢下了小丽而离家出走。沉重的打击使得爸爸的病情比以前更加严重。她的爷爷为了支撑这个家，只好在附近的一个建筑工地打工，早出晚归。小丽爸爸的病经常发作，有时突然抽搐，四肢僵硬，口吐白沫，两眼翻白，样子特别吓人。爸爸一发病就会住进医院，小丽常常孤身一人在家，经常是饱一顿饿一顿的，靠着左右四邻的帮助。

"有一句话是这么说的，幸福的家庭，幸福总是相似的；而不幸的家庭，却有着千千万万的不幸。"她低声叹息道，"贫困固然可怕，其实最可怕的是亲情的冷漠和人心的无情。如果小丽的妈妈一直陪伴在他们身边，这个家至少还有温情。可当我踏进小丽家的那一刻，我的心真的凉透了！小丽的家虽然是楼房，面积也不小，但室内十分凌乱，早晨吃过饭后的碗筷，凌乱地放在客厅的餐桌上。老爷柜上供奉的香炉上已落满了灰。地上的鞋子是东一只西一只的，脏兮兮的棉鞋散落在地上。一个缺少女主人的家，感觉是空的，有一种人空、情空、心空的感觉。"

凌冰默默地听着易雨涵讲述，才知道她今天回来显得那般疲惫和落寞的原因。

易雨涵伤感地说："采访结束，当我离开小丽的时候，看到她那楚楚可怜的眼神，心里真不是滋味。真希望小丽快点长大，长大了她就会自己照顾自己，也许会远离家乡，忘却孤独而悲惨的童年。"

凌冰表示否认："也许小丽长大了，她会为自己的身世感到更加痛苦，还不如童年懵懂无知的好。"

易雨涵附和说："你说得也对。今天她看到我们送给她的衣服、学习用品、玩具，还有一些零食，很开心的样子，可是接下来的日子呢？她将又在漫长的日子里等待，等待她爸爸的病好了，等待她妈妈能够回来。人活在这世上，无大病、无大难、无大伤，能平平安安过完一生，还真的不易。包括你我将来，也有可能逃不过多舛的命运，说不准哪一天伤痛、苦难、离别也会降临到我们的身上。"

凌冰见易雨涵这般伤感，他起身走到易雨涵的旁边，将易雨涵揽在自己的怀里。"我知道你对婚姻一直充满着美好的期待，正因为理想和现实之间存在差距，所以你对婚姻有点抵触情绪。其实以前我跟你一样，也怕提及结婚。"

"有人说婚姻是爱情的坟墓。结了婚，两个明明相爱的人在一起，就要相互迁就，相互磨合，难逃锅碗瓢盆、柴米油盐这些俗事的困扰，所有的棱角会被磨平，所有的激情也会消退。有时还要因为生活琐事争吵不休。"易雨涵接着问，"倘若我们结婚了，会不会吵架？会不会没有了感觉？会不会不再相爱？"

凌冰深深地吻了吻易雨涵的额头，说："这些我都想过。可是，雨涵，无论将来发生什么，我只想你陪着我，陪着我走完以后的人生。即便当爱情变成了亲情，即便我们变得俗不可耐，有什么可怕的呢？因为你已成为我生命中最亲的人。"

易雨涵拿起手机说："今天我在手机上看到这样一段话，颇多感慨。"她声情并茂地读了起来："人生有很多美好的东西是可遇而不可求的，职业也好，朋友也好，恋人也好，婚姻也罢，大多是如此。有一句诗这样写道，'雨过天青云破处，这般颜色做将来。'但凡遇到的，皆机缘巧合罢了。"凌冰点头，表示认同。他知道，在易雨涵的心中，她对婚姻与其说是排斥，不如说是在等待。他们都在等待那个"天青色"的时候，如今他们终于等到了。

"你就是我生命中的天青色。我只知道我现在不能没有你，我离不开你。嫁给我吧！好吗？"凌冰说得那般动情，那般诚恳，他就像医生一样调理自己心病的同时又帮易雨涵除去了心结。

易雨涵紧紧地搂着凌冰，她的脸贴在凌冰的胸前，她感到了他急剧起伏的心跳。"凌冰，我即使有九十九个不想结婚的理由，可是有一个理由就够了，这唯一的理由就是：我爱你！"

"我也是！"两个深爱的人紧紧地拥吻在了一起。

2

　　易雨涵和凌冰深处热恋之中，赵月华很高兴。这段日子令赵月华开心的事是接踵而至。他们夫妻已经接到凌冰父母的邀请，两家见个面，吃个饭，从此正式结为亲家。女儿终于找到了婆家，虽说不上是达官贵人、豪门巨贾之家，有几个连锁店的凌家在这个城市里，也算得是中产之上的阶层，最重要的是未来女婿，出过国、留过洋，无论是品貌还是素质都是人中翘楚。丈夫的仕途也顺风顺水，不出意外的话，不久后，易旭生即将成为副县长人选。

　　这日，凌冰开车去接易雨涵。易雨涵坐上了车，笑呵呵地说："今天是丑媳妇见公婆面，不知能不能过关？"

　　凌冰笑着说："别紧张，你放一百个心吧！我爸妈一向很民主的，你貌美如花、气质与才华俱佳，他们还有什么不满意的？"面对凌冰的夸奖，易雨涵撇嘴一笑表示不屑，不过内心却是得意扬扬，喜悦之情溢于言表。

　　凌冰接着说："可怜天下父母心！自我参加工作以来，我爸妈就巴望着我早日成家立业。其实结婚就是一个仪式而已，而这种仪式对于父母来说何等重要，子女结婚已成了他们人生中一件重要的事，子女成了家倒像是他们完成了使命。"

　　易雨涵接着说："其实他们的使命还未了，等到我们结了婚，父母又开始催了，盼望早日抱上孙子，等有了孙子，又开始为孙子的教育问题操心了，对于子女、对于家庭，中国父母永远有操不完的心，烦不完的事。我们这一代是被'催'大的一代，被父母期盼着长大的一代。"

　　凌冰摇了摇头也表示无奈。"可是，对于父母的期望，我们又实现了多少呢？一路走来，我们一直在违背他们的意愿，如果都按着他们的意愿，他们也许就不那么操心了。"

下班时分路上有点拥堵，他们一边缓缓地跟着车流向前行驶，一边聊着天儿。一路上凌冰和易雨涵已达成一致意见，在餐桌上他们只顾吃喝，随便父母谈论什么，他们只顾奉承捧场，就当尽孝心了。

当他们二人走进酒店包间的时候，他们的父母已经到了。易雨涵感到很惊讶，她的爸爸今天竟然来得这么早！按以往惯例，他常常因为公事的原因来得比别人迟些，而今天却例外。

凌冰的爸爸凌方志，高高的个子，穿着一套深蓝色的西服，瘦长的脸上满脸笑容，花白的头发向后梳拢，整洁的装扮中，透着一股儒雅气质。凌冰家从曾祖父开始就一直经商，后来到了他爷爷这一辈，家道中落，他父亲也只不过从改革开放初期，才开始经商，先是在江浙一带赚了第一桶金，然后回来开了饭店，再后来从餐饮扩大到服装、家具等零售行业。

易雨涵特别留意了凌冰的妈妈，这个即将成为她婆婆的女人，长得十分娇小，皮肤干净白皙，是那种一年四季不易出汗的苍白，像常年置身在室内，显得单薄而畏冷。她衣着简洁大方，一点儿没有奢华之气，说话的语气显得中气不足。凌冰的妈妈曾在供销系统上班，后来供销系统改制，有的职工搞起了承包，有的下岗自谋生路，她因为身体不好，提前办理了内退，一直休息在家。这个女人言语也不多，淡淡的笑容中，还略带着点谦和。易雨涵的内心一下子就对未来的婆婆产生了好感，这也让易雨涵悬着的心放了下来。

相比之下，易雨涵的父母无论是从衣着还是谈吐，都显得有点高调，尽管他们在亲家面前已经刻意低调了。但是格调这个东西，有时不是想降就能降，想升就能升的，它是根植于一个人生存的环境、财富的积累、所受的教育、内心的修养以及潜意识的流露。

赵月华依旧是这次聚会的主角。有些人天生就具备这样的能力，在某些场合，诸如聚餐、旅游等人员聚集的时候，他们的表现往往超乎常人，话题由他们发起，由他们推波助澜，将在场人的情绪调节到最佳状态，赵月华就具备这种本领。她和凌冰的妈妈似乎有谈不完的话题，而每个话题都是她感兴趣的话题。毕竟是在自家的酒店，凌方志夫妻二人铆足劲儿地迎合易旭生夫妇，地主之谊发挥得淋漓尽致。"为了孩子们，去年将酒店重新装修了一番，尤其是五楼的宴会厅，倘若孩子们有结婚的打算，一切都万事俱备了！"凌方志胸有成竹地说。易旭生笑哈哈地说："一切由孩子们自己做主！"

凌冰和易雨涵相视一笑。整个宴会在一派祥和的氛围中结束。

3

这日，易旭生下班回到家，赵月华高兴地上前迎接，顺手接过丈夫的公文包和外套，见丈夫一屁股坐在沙发上手按太阳穴，猜想他定是累了，便独自下了厨房。

丈夫能在家吃晚饭，对于赵月华来说已经是奢侈的愿望了。这晚恰巧易雨涵不回家，这一顿晚饭是属于她和丈夫的，机会更是难得。这么多年，易旭生是成天忙着工作上的事，在家时间少，很少有时间陪她，她早已习惯了。正如人们常说的那样，有本事的男人难顾家，顾家的男人又没本事。她很知足，不像别的女人，一方面希望自己的老公在外面混得比别人好，成为人上人；另一方面又希望自己的老公能有时间多陪陪自己。

一会儿工夫，几盘小菜上了桌，盐水花生米、青菜炒香菇、凉拌木耳、青椒炒河虾，都是清淡低脂的菜肴。赵月华对养生向来很注重，尤其关注易旭生的血压、血脂、血糖等身体指标。她拿出一瓶红酒，这瓶红酒是她一个在法国的同学送的，一直放在家里没有机会喝。

"我请人算过了，涵涵结婚的日子，宜在秋天，国庆长假里，六号或八号两个日子，都可以。"赵月华兴高采烈地说。

"你们定吧，我随便，放在假期很好！大家都有时间。"易旭生语气平和地说。显然他并没有赵月华那般有兴致。易旭生在家一般不喝酒，今天他却一连干了几杯，赵月华也已看出了他有心事。

易旭生将自己心里的苦闷向妻子道来。今天领导找他谈话，而谈话的内容对他来说是当头一棒。副县长已经有人选，不是他而是别人。这次谈话令他倍感沮丧和失落。如果副县长人选是从上头派下来的，他倒是心服口服，可那位人选却是他原来的一个下属，这令易旭生感到十分憋屈。

他叹息道："人在官场身不由己。这么多年，我从最基层开始起步，一步一步走到今天，工作上尽心尽责，从来没有懈怠和马虎过，论政绩我也从不输于谁。"

易旭生几杯酒下肚已脸红脖子粗。赵月华见丈夫情绪如此低落，只好安慰道："顺其自然吧！当不了副县长也没什么的，人生有时候虽然没有得到，但至少没有失去，不能前进了只要不退步也算是保全。这么多年你那么辛苦，为了工作身体都累垮了，以后工作上的事也不要再那么拼了，能马虎就马虎一点儿。"

"我一直没告诉你，怕你担心，在这个节骨眼儿上，有人竟向纪委举报我。定是这件事影响了上面的决定。"易旭生压低了声音说。

赵月华露出了惊愕的表情，吃惊道："有人举报你？这个人目的性很强，就是以此为理由不让你上位罢了！谁不了解你？胆子小，一年到头收入还不如我呢！"

赵月华以为举报人定是易旭生的政敌。易旭生却摇了摇头，气愤地说举报人是蔡源。

赵月华一听说举报人是蔡源，更加惊愕不已。

第二日，赵月华如往常一样，给一家人准备了早餐，催促着丈夫、女儿用完早餐后，各自匆忙上班。当她刚在办公室坐定，一个令赵月华震惊的消息，在科室上下传得沸沸扬扬。利安商业银行的行长李亮被抓了，不仅李亮被抓，利安商业银行负责信贷的这一条线上的几个人都被抓了，据说涉嫌违规放贷。

听到这一消息，赵月华呆立了良久，她没有参与同事的议论。她眼前总是浮现出李亮那张俊朗的脸。

一个上午，赵月华都感到身体不舒服。中午吃下的，全部吐掉了，科室的人劝她回家休息，她硬撑着一直坚持到下班。

她独自一人坐在轿车里，发动引擎。天空开始飘起了细雨，密密的，路边的冬青树像哭泣的女人的眼睛，汪汪的，被车灯照得发亮。不一会儿，车窗变得模糊起来，赵月华懒得理会。她伏在方向盘上，泪水止不住地流了出来。世界那么大，这一刻，她只觉得这个狭小的车内属于她，在这个小小的世界里，她可以不顾一切地宣泄自己的情绪，不需要任何的安慰。李亮被抓，令她痛心，丈夫被举报的事还未了，一连串的事情，令她感到无能为力。这么多年她顺风顺水一路走到今天，从未觉得命运无常，她也常常感恩上苍眷顾她以及她的家庭。她是个完美主义者，作为女人，她不允许自己有什么不良嗜好，更不允许自己邋遢见人；作为妻子，她不做背叛丈夫的事，尽管有时也会面临诱惑；作为母亲，她一直给女儿以身作则；作为职员，她尽心尽责。可是今天，她却感到迷茫无助，隐隐约约感到一种凶险潜伏在黑夜的某个角落，将要吞噬她所拥有的一切。

4

李亮被抓，就像发酵的食物，被人们时而加点佐料，津津乐道。而蔡源突然死亡，又给这发酵的食物加了猛料。

当人们发现蔡源的时候，他已经僵硬地躺在化工厂的宿舍里。有人说他是被气死的，因为化工厂拆迁款赔偿，输了官司，说他太贪心，要得太多，不见好就收，最后偷鸡不成反蚀把米。也有人说他死得蹊跷，是死于他杀。公安局已经成立了"5·13"专案组调查。

蔡源的死将阚永明推到了风口浪尖，也成了人们的饭后谈资。蔡源和阚永明打官司，又带头挑衅滋事，一直和他过不去，阚永明在心里恨不得他去死，可是一旦这位从朋友变成仇人的人死了，他却感到十分失落和沮丧。他不愿蔡源死，他要证明给他看。成王败寇，这是自古通理，他要蔡源服他而不是恨他。可是，如今对手死了，阚永明却感到一种莫名的孤独。

这日，阚永明在办公室内签阅完一叠文件，心烦意乱地将笔甩到一边。偌大的办公室显得十分空旷，平常这里总是人来人往的，今天却没了人影。公司的人兴许都知道他心情不好，回避着不想打扰他。

这时赵月华走了进来，送来这个月的财务报表。她顺势坐在阚永明的对面，欲言又止。她、阚永明、蔡源三人同一年进化工厂工作，一起摸爬滚打，曾经是最好的朋友，如今蔡源却命赴黄泉。赵月华既遗憾又带着点愤懑地说："这个死鬼，人死了都不让人安生！他自己是多行不义必自毙，活该！"

阚永明看着财务报表，没有抬眼看她，说道："你跟死人还计较什么！"他继续看财务报表，不再搭讪她，对报表中的数字也没有异议。赵月华见阚永明情绪十分低落，知趣地起身离去。

阚永明看着赵月华的背影，一想到她那一句骂蔡源死了"活该"的话，他有点不寒而栗。心想，女人的心有时狠毒起来，相比男人有过之而无不及。

转念又一想，她恨蔡源不是没道理。李亮涉嫌违规放贷几千万元，据说蔡源也是这条线上的关键人物之一。蔡源因资金链断裂，化工厂内能搬的、能拆的、能抢的，都被债权人一抢而空。此时躺在殡仪馆太平间里的蔡源想必也笑了，他死了，他并不孤独，还拉了那么多垫背的。

第九章

1

　　五年一次的城市园艺博览会，在这一年的初夏，在新江县如期举行。园艺博览会对于新江人来说是一场难得的盛会，为了这一天，新江人足足准备了几年的时间。

　　博览会开幕的这一天早晨，易雨涵没有陪父母在家吃早餐，她作为开幕式志愿者一早就到达开幕式现场。开幕式将在上午9点18分准时开始。当领导依次走进展览馆，并在主席台上正襟危坐的时候，易雨涵却没有见到她的爸爸。她有点纳闷儿，目光不停地在会场内搜索，而每一次都落了空。

　　开幕式按照规定的议程进行着。一对男女主持人穿着华丽的礼服，精神饱满地站在舞台上，激昂的声音回荡在展览馆的上空。精彩纷呈的节目，阵容庞大的演员，绚烂多姿的布景，一阵阵掌声如雨点般在易雨涵的耳边四起。易雨涵在忙碌中却有点心不在焉，她不知道爸爸出了什么状况。趁着空闲她走出会场，拨打爸爸的手机，可是一直关机。她从一位电视台的记者那里得知，本来安排采访她爸爸的环节也被取消。两个多小时的开幕式结束后，她疲惫地走出了展览馆。

她拨打了妈妈的手机，令易雨涵感到纳闷的是，手机也关了。她连忙又拨打了妈妈同事的手机，对方很惊讶地问："你不知道吗？你妈妈上午被公安局的人带走了，说是和蔡源的案子有关。"易雨涵听到这一消息如五雷轰顶，她的脑袋就像涂了一层厚厚的糨糊，重重的、黏黏的。她失了魂似的坐在车内发愣，眼前一片空白。几个志愿者的道别声在她耳边嗡嗡作响，她听不进去，其他人什么时候离开的，她也全然不知。她只感觉双腿异常沉重，屁股坐在座位上像粘上胶似的令她无法动弹。

此时手机响起，是凌冰。凌冰急促的语气已经表达了事发的突然和蹊跷。接到凌冰电话的那一刻，易雨涵已泪如泉涌，泣不成声。电话那边的凌冰只说了一句"我一会儿就过来，等我"就匆匆挂断了电话。

不一会儿，凌冰急匆匆赶来，他们没有回家，而是去了凌冰公司的住处。她呆呆地坐着，水米不进。凌冰在一边默默地陪着，一边通过知情人打探到一些有关赵月华的消息。

永明公司的财务经理赵月华，确定是被公安部门带走了，涉嫌蔡源被谋杀一案。这一消息在新江县城再次掀起了波澜。公安侦查人员在蔡源死去的现场发现了证据，证明赵月华在案发当晚去过蔡源的住处，经公安侦查人员多次勘查，赵月华成为重要作案嫌疑人。

易雨涵无论如何接受不了妈妈是杀人犯的可能。失去理智的她固执地要去见妈妈，要问个明白，否则她会发疯。凌冰只好劝慰，劝她冷静一点儿，这个时候她是见不到妈妈的。易雨涵却听不进凌冰的劝阻，痛哭流涕。一个大大咧咧、爽气率真、坚强得像个汉子的女孩，此时却柔弱得像只受伤无助的羔羊。

这天傍晚，易雨涵接到一个电话，那人说要见她，欲告知她有关她爸爸的情况。易雨涵一听到有爸爸的消息，犹如深陷不见天日的山洞，猛然照进一束微光，精神为之一振。她连声追问那人，她爸爸在哪儿，那人没有回答她，只告诉她见面的地点，并叮嘱仅她一个人前去。

车子向着城市东郊一处停车场驶去。

易雨涵将车停在了停车场，她下了车。傍晚时分，天边像着了火一般呈现出一大片火红色的云彩，而城市的上空又被铅色的云层笼罩着，在这两种差异明显的色彩下，城市显得有点恐怖，像是世界末日快要来临。小时候易雨涵在乡下奶奶家见过这样的天空，奶奶说变天了，要出大事。易雨涵不懂，但她记得这句话。

此时，一个陌生的中年男子从一辆车里面走了出来，并走向易雨涵。她不认识此人。

那人走近了她，站在她的车旁，对她说："你不认识我，但我认识你。我是你爸以前的部下，见过你几次，那时你还小，还在上学，现在出落得越来越漂亮了。"

易雨涵勉强撇了撇嘴，礼貌地露出一丝笑容，而笑容却一闪而过。"我爸爸呢？他现在在哪儿？"易雨涵带着哭腔问。

"他现在……"中年男子有点吞吞吐吐，叹了一口气说，"你爸爸出了一点儿状况，正在接受组织调查，也许没事，过几天就会回家，也许会有一段时间回不了。我是你爸以前的下属，按纪律规定必须要回避，所以我没有参与对你爸的审查，我也见不到他。我能约见你，也是组织上给予的照顾。"

"你爸现在最不放心的是你，委托人转告我，让我见你一面，叫你别担心他，一切会过去的，你一个人在家一定要好好照顾自己，保重身体，生活上有什么需要帮助的，可以联系我。"中年男子轻轻地拍了拍易雨涵因抽泣而耸动的肩，恻隐之情表露无遗，"你爸还让我告诉你，请你一定要相信组织，组织不会冤枉一个好人。你爸妈他们永远爱你！"

离开了停车场，易雨涵失魂落魄地回到空荡荡的家。

家里漆黑一片，她走进房间，关上房门。她没有开灯，躺在被窝里任凭泪水默默地流淌。漫长的夜晚，周遭就像一个漆黑的无底洞，她就在这无底的洞里慢慢地沉去，她感到越来越窒息，胸闷得快要死去。

她听到外面有警笛声，渐行渐近，直向她家而来，吓得一身冷汗。惊醒，原来是在做梦。她屏息静听，压根儿没有警笛声，只有野猫的叫声，那声音凄厉而惨烈，又令她毛骨悚然。她昏昏沉沉地不知睡了多久，一夜的似梦非梦，似睡非睡。

第二天早晨，她是被家里的门铃声惊醒的。她勉强支撑着下了床，走到一楼打开院门。只见凌冰站在门口，焦急地说："我已经按了很长时间的门铃了，还以为你不在家呢，手机又关机，我找了你很久了！"易雨涵什么话也没说，只是紧紧地抱着凌冰，她的腿脚发软，身体已经支撑不住，凌冰只好抱着她进了家门。

易雨涵病了，发着高烧。凌冰劝她去医院，易雨涵固执地不去。凌冰只好在附近的药店给她买了退烧药，并打电话联系了一个当医生的朋友前来为她诊疗。医生朋友说没什么大碍，是感冒了，加之受到打击，精神上受了刺激，在家休养几天就会好的。

一连几天，凌冰没有去公司上班，也没有回他自己的家。他一直守在易雨涵的身边，一日三餐送至她的床前。他总是安慰她，有他在，别怕。

经过几天的休养和调整，易雨涵的身体已经痊愈。她已不再像几天前那般颓废，她清楚地知道接下来她要做什么。正如凌冰所说，要勇敢地面对这一切，不能这样沉沦下去，谁也当不了救世主，拯救她的只有她自己。

易雨涵上班了，她回到了工作岗位。她暗自给自己打气，日子总得过下去。人生不可能一帆风顺的，总要经历风雨和磨难。这句话对于易雨涵来说，以前是用来励志的，而如今她却从这句话中得到一丝慰藉和生存下去的勇气。

2

自从父母出事后，易雨涵每天除了上班，多半宅在家里。凌冰总是抽出时间来陪她，在她最无助的时候，心爱的人不离不弃，给她信心和勇气，她很感动。她曾是一个特立独行的人，从不依赖别人，如今她却显得十分脆弱。

这一天下班，易雨涵正打算回家，却收到凌冰的微信，他的妈妈突然病倒，已被送往医院抢救且病情十分危急。这段日子，易雨涵因自己的家庭遭遇变故，对世事无常有点过于敏感和紧张，当突然听到凌冰那边有意外的事情发生，她所有的神经又再次紧张起来。

当易雨涵到达医院时，凌冰的妈妈已被送进医院重症监护室。只见凌冰和他的父亲一脸的焦急。凌冰告诉易雨涵，医生已下达病危通知，他妈妈生死未卜。听到这一消息，易雨涵那颗脆弱的心，又像被吊在半空中，稍有风吹，愈加显得空落无依。

易雨涵陪着凌冰父子静静地守候着。天色将晚，凌方志见易雨涵很疲惫的样子，劝其早点回家，这里有他们在即可。易雨涵只好听从安排。

易雨涵怀着极其落寞的心情离开了医院急诊楼，往停车场走去。她站在车前翻遍了她的包和口袋，却一时找不到车钥匙。她寻思着，钥匙有可能落在监护室门外的椅子上了。她只好又折回急诊大楼。见电梯门口有许多人在等候，她决定走楼梯。当她快走到三楼的时候，只听见三楼半的楼梯拐角处有两个男人在说话，易雨涵觉得两人的声音十分熟悉，便放慢了脚步。她听到了自己的名字被那两个男人提起，原来是凌冰父子在说话。

"我劝你和易雨涵趁早做个了断，不要再藕断丝连了，天底下好女人多的是，我们家总不至于找一个杀人犯的女儿当儿媳妇吧？"是凌方志的声音。

"一码归一码，我爱的是易雨涵，不是贪图她父母的身份和地位，再说她妈妈有没有杀人还没定案。"是凌冰的声音。

"爸爸不是贪慕权贵之人，即便她妈妈是被冤枉的，那她爸爸呢？身在官场多年，不可能做到一身干净，现在被审查，受处分定是在所难免。你有没有考虑过将来，有没有考虑过我们的感受，我和你妈不能因为亲家是那样的人，被别人指手画脚地戳脊梁骨吧？"

"爸，你有没有想过，如果此时我和易雨涵分手，我会不会被我的朋友戳脊梁骨呢？"凌冰开始激动了。

凌方志的声音明显高了八度："你们仅仅是谈恋爱而已，又没有结婚，谈恋爱分手再正常不过的事，婚姻可是一辈子的大事。我们凌家几代人做生意，顺风顺水的，虽谈不上大富大贵，但从来没有官司缠身，也没有过牢狱之灾。你也不替你妈妈的身体着想，她就是因为你的婚事，因为易雨涵的父母，才着急上火病情加重的。如果你跟我们拧着干，非得送了你妈妈命不可！"

凌冰有点不耐烦地打断了凌方志的话说："不要多说了！易雨涵的车钥匙落在了这里，我得给她送去。"他连忙拨打了易雨涵的手机。突然有手机的铃声在他们二人的下方响起，父子二人猛然意识到，他们刚刚的争论定是被易雨涵听到了。

易雨涵尴尬地迅速逃离，凌冰三步并作两步，迅速走下楼梯去追赶她。不一会儿便追上了她，而易雨涵接过车钥匙，一句话也没说，扭头跨进她的车内。凌冰紧跟着拍打车窗，欲向她解释，而易雨涵却脚踩油门飞快离去。

易雨涵和凌冰赌气，她以为耍点小性子，发点小脾气，凌冰会来找她，向她解释或者在她面前发誓，那时她也许故作矜持、矫情不理他。可是令易雨涵万万没有想到的是，在接下来的时间，凌冰竟然没有发信息给她，也没找过她，这令易雨涵大失所望。凌冰的表现，使她再一次陷入猜疑和怨恨之中。凌冰父亲的话深深地刺痛了她那颗敏感而脆弱的心。他们如此看待她的父母，如此不接纳她的家庭，她不会自轻自贱地厚着脸皮嫁到凌家去的。她暗暗地在心里发了誓。

接下来的日子，易雨涵的情绪已经坏到极点，痛苦、自卑、失落、怨恨、沮丧，对前途，对人生，对爱情，她绝望透了。

3

六月的气温已逐渐升高，万物生机盎然，高大的树木撑起一大片的阴凉。

安碧凡按了很长时间易雨涵家的门铃，才听见院内有脚步声。门被打开，只见易雨涵头发蓬乱，面色苍白，穿着宽松的睡衣，无精打采地站在面前。见到易雨涵这般颓废的模样，安碧凡的内心真不是滋味。她深知易雨涵这段时间过得不易，父母凶多吉少，爱情又遭遇挫折，换了谁都不会好过的。易雨涵见到安碧凡，眼眶发红，安碧凡搂着她坐到沙发上，安慰着她说："一切都会过去的！相信天无绝人之路！"

"小安安还好吗？"易雨涵关心地问。安碧凡的儿子安安，是早产儿。孩子生下来只有三斤多重，因体重太轻，过于虚弱，只好放在医院的婴儿保温箱中调养了一段日子，才得以回家。

"安安很好！只知道饿了吃，吃了睡，我奶水不足，他只喝牛奶，现在饱饱地在家睡觉呢！所以我才得空过来看看你。"安碧凡一提到儿子，脸上掩不住喜悦。呈现在易雨涵面前的安碧凡，齐耳的短发，微微变化的身材，简约的装扮，一副刚刚为人母的成熟与淡定。

"你要提起精神来，没有过不去的坎。"安碧凡打开冰箱，她想给易雨涵弄点吃的，可是冰箱里只有牛奶和面包。她将牛奶递到易雨涵的手中，对她说："照顾好自己，如果你倒下了，岂不是令你爸妈更难受，你现在是他们唯一的希望。"

安碧凡继续说："其实每个人都活得不易，只不过别人的不易，你看不到而已。"安碧凡继续安慰道："比如像我，也许有人会羡慕我，嫁了有钱人家，过着衣食无忧的日子，可又有谁知道，我也有许多的无奈？我和阚子逸话不投机半句多，但是我依然要和他维持夫妻关系，为了儿子能成长在一个完整的家庭，我必须忍耐。"

"他最近有没有对你动手？"易雨涵关切地问。

安碧凡摇了摇头，道："儿子就是我的福星。爷爷奶奶视他如命根，尤其是他奶奶，抱上孙子了，对我也不像以前那般挑剔。阚子逸一见到安安也是欢喜得不行，他的注意力转移到儿子的身上，我也感到轻松一点儿。"

"我有一个打算，想告诉你，我想辞掉学校的工作。产假结束，就到他爸公司上班去。"易雨涵听到安碧凡这句话，感到十分吃惊，"好好的工作，干吗辞掉？"安碧凡平静地说：

"一是为自己，二是为孩子。如果我再到学校上班，阚子逸那多疑的毛病不会改变。换一个环境也许会好一点儿。如果到他爸的公司上班，身边都是他爸的下属和熟悉的人，想必没什么令他怀疑的人和事了，我也无须再整日如履薄冰。"

易雨涵不赞成安碧凡的做法。安碧凡又补充说："也是为了儿子的将来，我想学习经营阚家的生意。"

安碧凡说："现在我想通了，那种相敬如宾、琴瑟和谐的婚姻又有多少？对于我来说，离婚和孩子相比，孩子更重要。维持现在的婚姻对于我来说也许是将就，但不选择离婚，我至少还可以给儿子完整的家庭，我还可以为了儿子的将来争取到更多。"易雨涵看着安碧凡的眼睛，她的目光显得那般坚定。易雨涵已明显感觉到，现在的安碧凡和以前不太一样了。她不再是那个懦弱的小女人了。也许女人做了母亲之后，会变得坚强，内心会变得强大。

"凌冰最近没有联系你吗？"安碧凡关切地问。

"发了微信，但我没回他。他说他妈妈的病情又加重了，已经转院到省城了，这段时间他都在省城，一时半会儿不会回来。"易雨涵失望地说，"让他做他的大孝子去吧！"

安碧凡紧握易雨涵的手说："现在对于你来说，就是要学会坚强，将家庭的灾难降低到最小的限度。包括你和凌冰的关系，都在你应该挽回的损失之中，不要因为内心的自尊而放弃一个深爱你的人。"

"可是凌冰的父母已经视我及我的父母为不祥之人，难道要我嫁到他家，在他父母面前做一个低三下四、逆来顺受、忍气吞声的小媳妇吗？"易雨涵问得有点绝望。

"也许将来没有你想象得那么糟。你何必用将来的未知来否定现在既成事实的事情呢，事实是凌冰还是爱你的！"安碧凡继续劝说。

"太势利了！如果我的父母没有出事，他们又是另一副德行。我受不了！"易雨涵苦笑道，"爱，经得住考验吗？阚子逸当年不也是很爱你吗？为了和你结婚，他甚至自残过。"安碧凡被反驳得一时无语。

"人常说，女人嫁人等于二次投胎，其实嫁得好与否，幸福或不幸福，只有自己知道。"安碧凡说得有点无奈。

易雨涵一口气喝完杯中的牛奶，说："能果断舍弃的终归有舍弃它的理由，不能舍弃的终归有它存在的价值和意义。正如你我的婚姻，你在留，而我在舍，都各自有理。"

安碧凡看着易雨涵生气的脸，她知道易雨涵的脾气，决定了的事情，一时半会儿很难改变。安碧凡只好作罢，不再多劝。

4

第二日，在张律师的陪同下易雨涵去了看守所。这次能够见她妈妈一面，也是因为方方面面的关系，否则她是无论如何见不到的。

当易雨涵踏进看守所那扇高大而沉重的大门时，她只感觉双脚十分沉重，从大门到监控区只有几百米远，而她却感到十分漫长。风吹在她的身上令她汗毛直立，她下意识地抱紧自己的双肩。

坐在会见室的椅子上，易雨涵等待她的妈妈出来。一扇很窄的铁门，一眼看不到里面的情况，神秘中又透出一股凉气。在易雨涵的记忆中，她似乎从来没有这么久地等过妈妈，从来都是妈妈在等她，等她出门，等她放学，包括等她长大。

过了一会儿，铁门那边有了动静，只见赵月华在警察的带领下终于走了出来。

母女二人相见，却隔着一道厚厚的玻璃。赵月华苍白的面容显得十分憔悴，没有唇膏滋润的嘴唇有点干裂，体态也失去了往日的丰腴，目光有点呆滞。易雨涵拿起电话，示意玻璃那边的赵月华也拿起电话。

她轻声叫了一声："妈……"在来时的路上，她在心里发誓，见到妈妈一定不能哭，她一定要在妈妈面前表现出往日的坚强，无论妈妈的未来如何，她作为女儿当下能做的，就是至少让妈妈在里面不再为她担心。可是，她却抑制不住自己，泪水夺眶而出。人有时在别人面前可能会伪装自己，而在自己的妈妈面前无法伪装，脆弱的一面会自然暴露，即使妈妈此时已经是个弱者。

赵月华戴着手铐手持话筒，浑身都在颤抖。任何一个母亲哪怕她是杀人犯，在自己的孩子面前，母爱的天性也会表露无遗："涵涵，妈妈对不起你！妈妈一时昏了头犯下了不可饶恕的罪过，我的罪过本应由自己承担，可是却要让你为我背负这么大的压力。"

赵月华已经哽咽得说不出话来。她抹了抹眼泪问："你爸爸呢，他为何不来看我？我做的这一切都是为了他，为了这个家！"赵月华还不知道易旭生现在的处境，易雨涵一再叮嘱张律师，暂时不要告诉妈妈有关她爸爸的情况。这样做也是为了给妈妈一线希望，一丝慰藉。至少在妈妈心中，她的丈夫和女儿都还安好，一切都会有希望。

易雨涵回答说："爸爸不便来见你！我能来见你也是爸爸托人安排的。"

"不便来见我？"赵月华脸上的表情显得有点不屑，"他是怕丢了他的乌纱帽吗？"易雨涵没有想到妈妈此时此刻竟然是这样的想法。她的言语中已明显表示出对易旭生的不满。

"不是的，爸爸有他的为难之处。"易雨涵解释道。

"涵涵，你一定要相信，在这世界上，妈妈是最爱你的，妈妈所犯的错误不是故意的，是过失，妈妈有错但没有罪！"赵月华开始激动起来，她几乎用乞求的口吻说，"乖乖，你一定帮妈妈求求你爸爸，救救妈妈。你爸这个人原则性太强，他会为了原则大义灭亲的，妈妈是为他，是为了这个家才会犯错的！"

身边的警察见赵月华情绪已经有点失控，提醒她保持克制，说话注意分寸，可是赵月华却无法克制自己，甚至有点偏执。母女二人的见面就这样匆匆地结束。

在来时的路上，易雨涵的心里准备了许多安慰妈妈的话，可是在现场却一句也没有说出口。她原本以为妈妈需要安慰和宽恕，可是她没有想到的是，妈妈在被关押的这段日子，却是对爸爸产生了疑虑。任何夫妻，在一起时间久了，爱情自然会变成亲情，这是铁律。只不过有的夫妻会努力将亲情变得更亲，而有的夫妻虽以亲情的名义而生存，实质却是同床异梦，怨恨交加。易雨涵知道她的父母属于前者。

离别时，她没有回头再看妈妈一眼，不知道妈妈有没有回头看她。她只觉得她的身后冷飕飕的，酷似有一把利剑刺进她的后背，顿时眼前像是流了一地的血，鲜红得耀眼，令她心跳不已、呼吸急促而晕倒在地。张律师疾声呼叫医生。在一间休息室里，医生给易雨涵量了血压，测了心率，说没什么大碍，可能是没吃早餐一时血糖低了。易雨涵喝了葡萄糖水，躺了一会儿，气色渐渐地缓了过来。

5

就在这个不大的休息室里，易雨涵半躺着，听着张律师讲述了有关她的妈妈与"5·13"案子案情的进展。

案发之前，有人悄悄地透露给阚永明有关举报易旭生信件中的内容。阚永明便将举报信中的一些内容告知了赵月华。

举报信中反映了当年在化工厂改制过程中一些不为人知的细节。举报阚永明勾结当时改制组组长易旭生，暗度陈仓，将国有资产以掩人耳目的低价估算变卖，从中捞了不少好处。

赵月华一想到自己丈夫的仕途受阻多半是因为这封举报信，好友李亮被抓，也因蔡源资金链断裂暴露了端倪。赵月华便埋下了怀恨的种子。

5月13日，赵月华约蔡源见面。以前他和阚永明之间有什么不开心的小摩擦，都是她作为中间人从中斡旋，这次事情已威胁到她的家庭，非同小可，她更要出面了。

约定见面的地点就在化工厂北厂区蔡源的住处。蔡源在电话里还打趣，北厂区不久会夷为平地，以后想看也看不到了，今晚他要与赵月华在那里共进晚餐。

那晚，赵月华如约去了化工厂北厂区。对于这一次与蔡源见面，她是不想让任何人知道的，包括易旭生。

当赵月华走进北厂区时，这里已人去楼空。无人的地方便没了生机，厂区显得很荒凉。宽阔的区间道路一片黑暗，路灯吊在半空中，已断了电。赵月华独自走着，她并不感到害怕，甚至还有一种亲切感。以前她经常到北厂区来盘点库存，这里的车间、仓库她非常熟悉。他们还经常到蔡源的住处打牌、喝酒、唱卡拉OK，有时还搞小型舞会。那时赵月华还不会打麻将，是蔡源手把手教她的，有时见赵月华输得很惨，蔡源背地里又将赢的钱偷偷塞还给赵月华，凭这一点，赵月华总是夸蔡源讲义气重感情。只是到了后来，随着蔡源和阚永明的关系出现裂痕，赵月华又是永明公司的财务经理，他们仨也就没在这里聚过。

蔡源早备了一些熟菜，等待赵月华的到来。他们开始喝酒、聊天。赵月华将说话的机会给了蔡源，任由他发着牢骚。赵月华也站在蔡源的立场说了一些阚永明的不是，从他们仨刚进化工厂慢慢说起，再回味多年的友情，她想慢慢感化他，目的是想让蔡源心理得到平衡。她坚信蔡源是讲义气之人。蔡源从一开始大倒苦水到后来骂爹骂娘，再到后来情绪失控，是赵月华始料未及的。最令赵月华担心和害怕的是，蔡源说他手中握有当年改制时及土地征用时的真实财务报表和相关资料，他口口声声说，当年易旭生和阚永明瞒天过海做的那些事情，别以为天知地知人不知。赵月华开始为易旭生辩解，她责备蔡源怨恨阚永明可以，但不应该怨恨她家老易，更不应该将老易牵扯其中。这么多年易旭生帮了蔡源不少忙，不应该乱咬。蔡源气急了便口无遮拦，大骂他们都不是好东西，说易旭生表面是帮自己，暗里却是帮阚永明，两边好处他都吃了。他还说了许多狠毒的话，总之一句：他光脚的不怕穿鞋的。

赵月华见蔡源说出如此不着调的话，她对蔡源的恻隐之心顿时荡然无存。她生气道："蔡源，你这又是何必！得饶人处且饶人，大家低头不见抬头见，不要将路走绝了。再说我们家老易不是见死不救的人，只要他在位一天，还没有你东山再起的机会？"

蔡源酒气直奔头脑，喘着粗气，他已经听不进她的劝说。"拉倒吧！这么多年你们夫妻就会唱双簧，演给谁看？"

说完，蔡源竟哈哈大笑起来。他指着赵月华的鼻子说："你们夫妻二人，最虚伪！在别人面前装可以，别在我面前装！你以为你男人做的事情，你都知情？"

她从来没受过这样的指责，脸像被人扇了一样火辣辣地痛。已经失去以往的优雅的她痛骂道："蔡源，你混到今天这副鸟样，是有原因的，正所谓可怜之人，必有可恨之处！"她也气急败坏，"你说你手中握有证据，你拿出来给我看看，当年我是总账会计，财务情况我是一清二楚的，你说那些话纯属子虚乌有！乱栽赃！"

蔡源眼睛血红，显然喝多了。他跟跟跄跄走进里屋，又跟跟跄跄走了出来，手里拿着一只文件袋，声音从里屋飘出来，粗粝中带着沙子，"收起你的那套虚伪话，正因为你是当时的总账会计，纪委是信你还是信我？这里面都是证据！"

赵月华不解地问："这些材料从哪儿来的？"她记得当年改制及土地征用相关材料一直保存在公司的档案室，后来随着主厂区征用，这些档案已过了保存期，被统一销毁了。她不相信文件袋里会有什么见不得人的东西，而蔡源却坚持不给她看，他说他花了几万元才弄到手的。

二人就在你争我夺中，意外的事发生了。蔡源因站立不稳，一个趔趄头部重重地撞击在桌角上，当场昏倒在地，鲜血直流。赵月华顿时吓呆了，她连声呼喊蔡源，可是怎么也叫不醒他。她连忙拿起手机准备拨叫120救护车，可是就在拨按键号的刹那间，赵月华却镇定住了。她收起手机，从蔡源的手中拿走了那只文件袋，然后一走了之。

易雨涵听着张律师的讲述，她感觉不像是在讲述自己的妈妈而是别的女人的故事，不，更像是讲小说、电视剧中的剧情一般。张律师继续说："那个文件袋里究竟有哪些材料，其实你妈妈也没看清楚，那晚她匆匆从蔡源那里出来后，在附近一个相对偏僻的垃圾箱旁边，她就将那个文件袋烧掉了。她说她只想一了百了。"

易雨涵痛苦地说:"我妈好糊涂!"

张律师说:"你妈也是爱你爸心切,因爱生乱才会不顾一切。不过,她一直坚持说她没有杀人,纯属意外,她没想到蔡源会死,她以为蔡源会清醒过来。但一切定性都需要证据,现在案情还在进一步侦查。"

张律师继续安慰易雨涵:"放心,我会为你妈做无罪辩护的,至少可以以'过失'来辩护,一切也许会有转机的。"

回家的路上易雨涵一言未发,她呆呆地望着车窗外的行人、花草、树木向她身后退去,而她的思绪就像结了冰的河水,表面平静而冰面下却激流暗涌。她不相信这一切会发生在她爸妈的身上,更不相信父母光鲜的外表背后,有那么多她所不知道、龌龊的一面。此时此刻她只觉得爸妈离她越来越远,一家三口如今各自在不同的深渊里越陷越深。

张律师见易雨涵情绪十分低落,有点不太放心,执意要将她送回家中。他安慰易雨涵道:"无论你爸妈境况如何,我都会照顾好你的,有张叔叔在,不要担心害怕,事情已经发生,现在我们只能朝最好的方向努力。"易雨涵被张律师说得动容,眼泪止不住地溢出了眼眶。

易雨涵刚到家门口,就看到安碧凡已在门口等候了。在安碧凡的搀扶下,易雨涵有气无力地往家走去。

6

自从那天在医院和易雨涵分手后,易雨涵一直不接凌冰电话,也不回他信息。他已无计可施。而就在那晚,他妈妈的病情再次加重，生命垂危，只好连夜将他妈妈转到了省城医院。

这段时间凌冰一直守候在妈妈的病床前，几乎寸步不离。那一晚，妈妈拉着凌冰的手，有气无力地说，这一次她是撑不过去了，她死了无所谓，但她最不放心的就是凌冰，至今没成个家。凌冰爸爸在一旁连忙安慰道："你安心养病，儿子的终身大事，儿子自己会做主。"他当着凌冰的面，对凌冰妈妈说了谎："凌冰不会做糊涂事的，他已经与易雨涵分手了，你放宽心。"妈妈听说凌冰与易雨涵分手了，长长地舒了气，十分惋惜地说："易雨涵是个好姑娘，但是婚姻是一辈子的事情，我们家不能娶个杀人犯的女儿当儿媳妇，被别人戳脊梁骨的日子，凌家不能有。"

凌冰不想再伤他妈妈的心，只好违心地点头附和。

凌冰妈妈在省中医院治疗了一段日子后，病情略有稳定，便又转院住回了新江县人民医院。凌冰无法遏制对易雨涵的思念之情，一回到新江便去了易雨涵的单位找她。单位的同事对他说易雨涵请假了没来上班，凌冰又马不停蹄来到易雨涵的家。他一定要见到易雨涵，他要向易雨涵解释，他爸妈的态度并不代表他的决定。他要娶她，要爱她、呵护她一辈子。

他按了门铃，却无人回应。等了好久，易雨涵家的院门被打开，出门迎接他的不是易雨涵，而是安碧凡。安碧凡劝凌冰道："你还是先回去吧，易雨涵刚刚见过她的妈妈，心情特别不好，此时她谁也不想见，尤其是你。"

凌冰不解。安碧凡继续转达易雨涵的话，劝凌冰还是回去。

"为什么？"凌冰痛苦地问。

安碧凡无奈地说："你应该了解易雨涵的性格，她是宁断不弯的人！"

凌冰大声地说："我爸妈不能代表我，他们的心情和想法可以理解，但是不能怪他们，他们的思想工作我可以慢慢做，我们可以等的。"

安碧凡说："凌冰，你们俩现在都需要冷静，此时见面反而会闹得更僵。易雨涵现在面临的一切都令她心灰意冷，她对谁都不信任，对未来更是感到绝望。你还是回吧！她不可能听你解释的。你爸妈不同意你们在一起，就是打心眼儿里瞧不起易雨涵的家庭，这是易雨涵所不能委曲求全的。她一直是个很骄傲的人，这一点并不会因为她爸妈的现状就会改变的。"

凌冰吃了闭门羹，悻悻地坐在车里，编了一条长长的信息发给易雨涵，诉说心中对她的思念。他坐在车内等了很长时间，没有等到易雨涵的回信，也没有等到易雨涵家那扇大门向他敞开。他只好怅然地开着车往他的公司驶去。他不想去医院，他此时也不想见到他的父母，怕听到他妈妈的唠叨。他无法对他父母作出和易雨涵分手的承诺。他爱易雨涵，他不能违背自己的内心。他想起易雨涵曾跟他说过，当爱情遭遇金钱、地位、门第以及世俗一切物质的东西，爱情就像透明的玻璃心，显得那般脆弱，极易被击碎。如今这句话真的应了验。

"没见到易雨涵吧？吃闭门羹了吧？"当凌冰刚将车子停在公司门口时，便发现张皓轩摇下了车窗跟他打招呼。看着凌冰一副怏怏的样子，张皓轩只好拍了拍他的肩膀，不再言语。两个人肩并肩朝凌冰的住处走去。

"她为何要拒我于千里之外？一点儿解释的机会都不给我。以前没发现她这么犟。父母毕竟不是我们同时代的人，存在代沟是事实，在许多方面特别是婚姻观方面的看法与我们不一样，这些可以理解，我可以慢慢做他们的思想工作。她这样将我拒之门外，电话不接、信息不回，你让我怎么办？"凌冰生气地诉苦，"我总是拿热脸贴她的冷屁股！"

张皓轩看着凌冰生气的脸，无奈地摇头。他从冰箱里拿出两罐啤酒，递了一罐给凌冰。安慰道："易雨涵是个心性很高的女生，这一点你应该比我更了解她，站在她现在的处境想，她不想见你原因有三。第一，她是在生你爸妈的气。如果她家还是以前的状况，想必你爸妈的态度不是现在这样的，甚至在她爸妈面前还要恭敬礼让三分。她定是看不惯你爸妈态度转变得太快。第二，他是在生你的气。在你和她的关系是继续还是终止这个问题上，你肯定犹豫过，在你爸妈和她之间你肯定进退两难过。易雨涵是怎样一个女生？冰雪聪明。当现实问题摆在你面前时，她不是要你深思熟虑之后选择哪一方，而是要你果断地作出选择。你犹豫了，你承认不承认？"凌冰尴尬地点了点头。"可能易雨涵接受不了的就是你的犹豫。第三呢，她是真的爱你。以前她是一个独身主义者，又是一个完美主义者，之所以能够接受你，和你恋爱，甚至同意嫁给你，是因为你们两个人在三观以及多方面是一致的、平等的。而她现在的处境是自感配不上你，越是心性高的女生，有时反而越脆弱，所以她只有选择逃离。"张皓轩很理性地分析着，就像分析案情一样分析着凌冰和易雨涵目前紧张的关系。

　　凌冰被张皓轩的一番话点醒，他沉默了。一口气喝完手中的啤酒，狠狠地将啤酒罐摔向垃圾桶。"可是我……看到她那般颓废、痛苦的样子，我的心里很不是滋味，我很想在她身边，多多陪着她！"

　　"然后呢？回到家对你妈妈实话实说，再一次惹你妈妈病情发作？在易雨涵面前，你能违心地说，你爸妈接受她了？你这样做岂不是既伤害易雨涵，又伤害你爸妈吗？"张皓轩的语气显得有点咄咄逼人。

　　"你说我该怎么办？"凌冰几乎带着哭腔问。

张皓轩依旧用他冷酷而坚定的语气说："你们暂时不要见面，也许对双方都好，此时见面，说不准你们两个心性都很傲的家伙，都会说出覆水难收的话来，到那时就很难再挽回了。"

同学二人就这样一边喝酒一边说着话。当凌冰打探易雨涵妈妈的案情时，张皓轩只说了一句"还在进一步侦查"，也就避而不谈。"现在寄希望于易雨涵的爸爸能够幸免，有关举报信的内容，现在一时难以证实。再说，纪委办案，公安这边也不便插足。"张皓轩说。

一阵沉默后，张皓轩对凌冰说："有一件事本不想告诉你，但是……还是告诉你为好。郭心怡回新江了，就在昨天，她发微信给我，她说她想见你一面。"

"见我？"凌冰疑惑不解。

"是的。她说她在美国结婚是假结婚，为了得到绿卡才这么做的，但是最终没有拿到，所以她还是决定回国了，而且决定回到新江。"张皓轩眼睛看着凌冰，打量着他的表情。

凌冰生气地说："你别这么看着我，关于她，我不想听她的任何消息，也不想见她！"

"你生气干吗？你生气只能证明一点，你心里还在乎她，倘若不在乎又谈何生气，如果她在你心中只不过是一个熟人而已，你不会是这个态度。"张皓轩分析人的心理总是一针见血，令凌冰都有点发怵。"你转告她，我不想见她！"凌冰决然地说。

"我会如实转告。不过她已经决定打理她爸爸留在新江的销售公司，看来她是真的决定在新江安营扎寨了。"张皓轩又说道。

"发什么神经！"凌冰一口气喝光罐中啤酒，愤愤地骂道。

第十章

1

安碧凡产假结束后，进了永明公司。对于她去公司上班，公爹阚永明还是支持的，他当然希望儿媳能够学会经营、管理阚家的生意。这日，当安碧凡从公司下班回到家时，天已降暮色。宗华和郑小萍也一前一后推着儿童车回到家中，见儿子很乖地躺在儿童车里，安碧凡爱怜地将儿子抱在了怀中，一起走进了客厅。郑小萍忙不迭地下了厨房。

"下午带小萍相亲去啦。"宗华解释道。安碧凡一听说郑小萍今天相亲去了，笑哈哈地打趣郑小萍说："怪不得小萍今天打扮得那么漂亮！"她朝着厨房嚷道："小萍，怎么样，还满意吗？"郑小萍回道："还行吧！"

宗华接着说："熟人介绍的。小伙子是送外卖的，人看起来还不错，挺壮实的，也是我们老家那边的人，爸爸是个瓦匠，妈妈在家种田。家境是一般，常言说得好，买猪不买圈。只要人好，会过日子就行。"

郑小萍从厨房中走了出来，对安碧凡说："我哪有凡姐命好！嫁了个好人家，不是姨催着我，我才不谈呢！"

宗华生气地说："你这个丫头，难不成一辈子赖在我家？你不怕被人说，我还要顾面子呢。你放心，知道你没妈疼，嫁妆少不了你的！"

郑小萍眼圈一红，低声说："我哪儿也不想去，我就赖上你了！"

"你在我家这几年，也是我将你惯坏了！你长大了，想法也多了，早点嫁出去，眼不见心不烦。"宗华说道。

郑小萍对宗华的说辞，并不生气，她放好碗筷，走到宗华身边，将她扶起，嘴就像抹了蜜似的说："姨，起来吃晚饭吧。你为二哥他们操碎了心，我的事你就别烦了，我听你的呗！"郑小萍称呼阚子妧为大姐，称呼阚子逸为二哥。

宗华瞪了她一眼，眼神顿时和善了起来。她们二人你一言我一语地搭话，安碧凡假装看手机，一句话也没搭理。主仆之间的这种默契、和谐令她心生嫉妒。她最看不惯郑小萍这种见人说人话、见鬼说鬼话的样子，但有时候她又有点佩服郑小萍这一点。能够哄得她婆婆开心的人，没有点眼头见识怎么能过得了关？

"大姐、二哥、凡姐都很忙，我嫁了人，谁来照顾你？"郑小萍反问道。她一语中的，这句话成了击中宗华脆弱内心的"撒手锏"。

安碧凡冷笑一声说："你心操得也太远了，地球离开谁都会转的！"郑小萍意识到自己的言语有点喧宾夺主，尴尬地笑了笑。宗华却生气地回道："日后还能指望谁？谁也靠不住！指望他们仨，不惹我生气就阿弥陀佛了！"安碧凡知道此时再反驳，定是不欢而散。她只顾哄安安玩，不再言语。

145

安碧凡默默地吃完晚饭，将儿子安顿好后，便上了二楼回到自己的房里。她情绪低落地倚靠在床头不想动弹。她再次想到了易雨涵。曾经那般骄傲、阳光的她，在遭遇家庭变故之后，彻底变了个人，变得沉默、低落、自闭。此时此刻一种莫名的惆怅占据了安碧凡的内心。

按照宗华的指示，她已搬回到了二楼，夫妻二人又开始同床而眠的日子。但她已经记不清何时跟阚子逸有过心灵上的沟通交流，她不想与他多聊，她怕哪一句说不好会惹他生气，所以宁愿保持沉默。

自安碧凡到了永明公司上班后，那个令阚子逸生疑的男人相远方，似乎也从他们的世界中消失了，她已没有什么令他生疑的地方。现在她已经全身心地投入到公司的业务中去，而且进入角色很快。公爹阚永明为此满意，经常当着家人及公司人的面，夸奖他有一个好儿媳妇。安碧凡也为自己感到高兴，她已经向生意场迈出了一大步。

正当她欲脱衣而睡的时候，她听到楼梯处传来了脚步声，是阚子逸回到了家。安碧凡只好起身迎接，帮阚子逸脱掉外套，拿起他的睡衣，劝其洗澡。阚子逸听从妻劝，走进了浴房，一会儿工夫，便回到房间，一骨碌睡到床上。他关心地问："今天咋睡这么早？"

安碧凡解释说："今天有点累了，心里烦。人生太无常。大灾大难、病魔恶事，常常意料不到，即便不求大富大贵，不求多财多福，只求一生平安，有时都很难如愿。"

"这么伤感，是因为易雨涵家的事？"阚子逸问道。

"不全是。"安碧凡不想多解释，随势躺了下来，欲熄灯就寝。

阚子逸睁着一双大眼睛，看着安碧凡，安碧凡被他看得有点发怵。"瞪我干吗？睡觉吧！"安碧凡冷冷地说。

"你变了！"阚子逸在一旁说。

"人总归会变的。现在我是一个当妈妈的人，我总得为我儿子的将来多作打算。哪像你，衣来伸手，饭来张口，你那个会所，是不是赚钱也没人过问你。"安碧凡转身看着丈夫，"我看你就像长不大的大男孩，就爱跟我使性子，发脾气，你咋不多为安安长远考虑？"

阚子逸再次凑过身来，躺在安碧凡的怀里，抚摸安碧凡的身体："我怎么不疼安安？"

安碧凡此时表现得十分温柔，狠狠地捏了一下丈夫的鼻子。"你姐在公司可是大权在握，公司的事务她至少能做一半的主，你怎么就不跟你姐多学学？"阚子逸此时也不想多听安碧凡唠叨，猴急似的不顾一切地压在了安碧凡的身上，动作粗暴而狂热。安碧凡没有推辞和反抗，她顺从了丈夫的需求，尽管自己没有欲望。她知道拒绝他的后果是什么，那定是无端的猜忌和捕风捉影的盘问。她厌倦了这一切，她不想和丈夫发生争执和厮打。现在她必须为了儿子积蓄力量，支撑着，忍受着，一切必须从长计议。

过了一会儿，阚子逸气喘吁吁地躺在安碧凡的身旁，他的激情已过，冷静地对安碧凡说："公司的事不是我不想关心，而是爸爸从来就不信任我。我在他眼里一无是处。"

安碧凡劝道："以后你做事学着沉稳一点儿，凡事多考虑一点儿，做几件令你爸满意的事情不好吗？"

阚子逸一改往常不耐烦的脾气，哄着安碧凡说："是，以后多听老婆大人的话！我还是想到巴厘岛去,远离爸爸的管束，到那时，我会做一番事业给他瞧瞧！"阚子逸信誓旦旦。"我们一起去，去过我们的逍遥日子。听说，爸爸对那边的开发项目很感兴趣，就是张叔叔那边，有点犹豫不决。"

安碧凡起身坐了起来，看着丈夫充满向往的目光，问："什么原因你知道吗？"阚子逸摇了摇头。

"是因为你姐。"安碧凡肯定地说。

阚子逸一脸疑惑。安碧凡有点不屑地说："我说你精明不过你姐，你就是不信。张叔是张骏潇的表叔，这层关系你忘了？张骏潇想跟你姐复婚你不知道？张叔犹豫不决，无非是他想为他的侄子将来多作打算。你姐如果不同意复婚，这笔生意肯定黄；如果同意了，你姐和你姐夫在股权持有问题上肯定不会吃亏的。"

阚子逸被老婆的话说得一愣一愣的。他爱怜地将老婆搂在怀里，一个劲儿地夸她见解高明。安碧凡被他夸得自鸣得意。

阚子逸话锋一转："不过你以后还是少跟易雨涵来往，毕竟她爸妈的案子还未了结，爸爸又牵涉其中，避避嫌。"

安碧凡一边穿睡衣一边解释："易雨涵爸妈身陷困境，如果我再不多陪陪她，她有多孤独，多可怜！"

阚子逸不以为然地说："你脑子被糨糊糊着了，连她的未婚夫一家都躲得远远的，你算哪根葱？还贴着凑过去！我看你陪易雨涵是假，是想多见见你那个哥哥吧？"

安碧凡一听阚子逸无端地提及张皓轩，而且语气是酸溜溜的，便知道情形不妙。夫妻二人就像是博弈，刚才谈生意上的事，阚子逸在她面前输了一局，现在在人际关系上，他又想扳回一局。不过她不想与他再争执，夜深人静，她不想搅得全家鸡犬不宁。她语气十分谦和地说："子逸，夫妻之间要相互信任，这是最根本的，劝你以后不要无端猜忌、捕风捉影，不要对自己不自信。今晚我不想与你争论，睡觉吧！"安碧凡心里开始紧张，阚子逸见安碧凡熄了灯，生气地钻进被窝，侧身睡去。

安碧凡睡在他的身旁，久久不能入眠，听着丈夫鼾声四起，她才渐渐地放下心来。这一夜，她睡得极其不踏实，梦境不断。梦境中，她好像在大海上，在一个冰面上翩翩起舞，不知何时，她的舞伴来了，是相远方，她看见浪花和他们一起旋转，她听到了掌声，不，是海浪的声音。可是随着海浪声音越来越高，她开始往下沉，向大海的深处沉去，她听到一个声音在叫她，仿佛是张皓轩的声音，她拼命地挣扎、寻找、呼喊。

当她被自己的叫声惊醒时，额头以及上身出了一层冷汗。

2

这日，易雨涵正在单位上班，就接到张律师的电话，说有关"5·13"案件有重大发现。易雨涵一听到有关她妈妈的案子，心头一紧，便请了假，急匆匆地向电梯走去，她要立即见到张律师。

和张律师见面的地点在张姐酒家。阿辉见到他们，连忙迎了过来，笑盈盈地给两位泡了两杯茶。张律师的表情和语气，是轻松甚至有点兴奋的。他说有关"5·13"案情在侦查过程中有了新的发现，侦查人员在作案现场没有发现赵月华留下的指纹、脚印等痕迹，初步推断是赵月华作案后破坏了现场。根据赵月华的口供，她离开现场时很匆忙，当时她只想拿走文件袋，她没有想别的。侦查人员带着这个疑虑，调整思路，根据现场发现的蛛丝马迹，最终推定作案现场另有他人。

"目前案子正在进一步侦查，相关消息还在封锁，我是通过公安内部人员打探到的，所以第一时间来告诉你，我们期待有好消息。"张律师高兴的心情溢于言表。易雨涵听到这一消息，心情也为之一振，这是这么多天来，她听到的最好的消息。她再次看到照进黑暗山洞里的那束光，尽管亮光很细、很短，但这一丝光亮使她及她的全家将有可能获得重生。

这段时间，她茶饭不思，寝食难安，日子对于她来说是煎熬、是折磨。今天她十分高兴，坚持要请张律师吃饭，张律师见饭点已到也就没有推辞。她点了几道店里的招牌菜，愉快地对张律师说："今天高兴，多吃一点儿。"服务员不一会儿便将菜端上了桌，易雨涵胃口大开，由于是中午，二人都不能喝酒，他们只好以饮料代酒，连干了几杯。

就在他们二人谈兴正浓之时，易雨涵却发现她的左前方墙角处有一个熟悉的背影，那背影正与一个脸庞姣好且白皙的女人面对面坐着。尽管被墙角一盆茂盛的绿萝遮挡得若隐若现，易雨涵一下子便认出了那背影正是凌冰，而与他面对面坐着的女人有点面熟。易雨涵恍然大悟，那女人正是她在美国见过的郭心怡。

易雨涵见此情景，刚才高兴的心情，如疾风般掠过，已无踪影，她的天空再一次阴云密布。她的心跳加速，血往头上涌，面颊开始发烫。眼睛在其他食客脸上飘过，像一缕细细的烟，不自觉又落到左前方的墙角处。易雨涵已无心再与张律师聊天儿了，她礼貌性地应付着饭局，她本来可以结束饭局，但是她却有意地拖延时间，无意地聊着一些不着边际的话题。

郭心怡什么时候回国了？怎么会和凌冰在一起？满腹的疑惑缠绕在她的心头。这一段日子，易雨涵和凌冰的关系已经中断。但是"中断"并不表示不可以再继续。她不免回想起那一天凌冰发来的信息：不要用你的自尊伤害我的骄傲！易雨涵深深地知道，凌冰的骄傲不仅仅只有她欣赏，他的身上散发出的光辉足以迷倒众多女性，在旧爱重袭之时，她易雨涵那么一点儿微弱的骄傲在凌冰的面前又算得了什么。此时此刻一股强烈的自卑感在吞噬着她的心。

易雨涵在张律师起身告辞后，如坐针毡地又坐了一会儿，一直等到凌冰和郭心怡起身离开，她才离开，尾随着他们向停车场走去。易雨涵默默地站在一角，眼看着郭心怡和凌冰拥抱后道别，坐上她的轿车离开。易雨涵失落到极点，她决定逃离。令她意想不到的是，凌冰却高声地叫住了她。但骄傲的易雨涵却没有停下来，而是疾步坐上了车。凌冰迅速地走上前，说："易雨涵，其实我早就看到你了，我一直在等她离开，你别误会，郭心怡她……"

没等凌冰说完，易雨涵坐在驾驶位上发动了引擎，摇下车窗冷冷地说："你和你那个前任的故事我不想听，你愿意当她的破抹布扔了又被捡回来，那是你的事，跟我有什么关系！"

"易雨涵，你不应该总拒我于千里之外，你总得给我一个解释的机会！给我和我的爸妈一个缓和的机会吧？"凌冰央求道。

"哼！解释？机会？你不觉得这些都是多余的吗？你的行为已经无须用语言来解释了！"易雨涵有点激动地回答。

"我爸妈思想保守，但他们毕竟老了，需要给他们一个沟通、解释、等待的过程，但是他们并不代表我，我对你的心，你是知道的！"凌冰的情绪也激动起来。

"不要跟我谈什么心、什么情、什么爱，现实面前，不必虚伪，再往脸上贴金，已毫无意义！我不拖累你及你的家人，从此，你走你的阳关道，我走我的独木桥！"易雨涵说得很决绝。

"为什么？我们之间不存在问题的！你不要过早地宣判

结束好吗？"凌冰开始歇斯底里。

易雨涵语气低落地说："你没错，是我错了！是我太过于执念了！我现在已经是苟延残喘，不想再去迎合、讨好别人。我一个人就这么活着挺好！我们结束吧！"易雨涵脚踩油门，发动机的声音沉闷而急促。

凌冰涨红了脸，有点气急败坏，他生气地朝着易雨涵远去的车子嚷道："别伤了我最后一点自尊！"他不知道这句话易雨涵有没有听见，他只能眼睁睁地看着易雨涵的车扬长而去。

3

易雨涵回到了单位，无心工作的她，坐在电脑前，鼠标停留在一句文字上，一闪一闪的，好久没有移动。她的心里好似爬满了无数只蚂蚁，在一点一点吞噬着她的信心、勇气、激情。与其说她无法和凌冰做一次缓解，倒不如说她和她自己的内心无法缓解。她再一次体会到那行走在低谷中的黑暗，那是一种令人毫无希望可是又不甘心破罐破摔的黑暗。她的科长看出了她情绪不佳，劝她回家休息。易雨涵便听其安排，像行尸走肉一般往家走去。

当易雨涵打开自家院子大门的时候，便发现家里客厅的门正开着，家里飘来阵阵饭菜的香味。易雨涵纳闷地走进屋内，只见妈妈系着围裙正在厨房里忙着。易雨涵一见到这般情景，万般诧异，她快步冲到厨房，一下子扑到妈妈的怀里，紧紧地拥抱了妈妈。赵月华的手沾着水还湿湿的，她在围裙上擦了擦，搂着女儿，轻轻地拍着她的后背，任由女儿默默地流泪。为人父母，犯了错，还要让孩子承受常人不能承受之重，此时此刻赵月华的内心无比愧疚。曾经在孩子面前的谆谆教导都已显得苍白无力，而女儿却能坚强地面对所发生的一切。

她扶着易雨涵坐到沙发上，递给她面纸，给她倒了一杯热水，劝她喝下。见易雨涵已渐渐平息了情绪，轻声对她说："坐着休息，妈妈今天烧好吃的给你吃！"

易雨涵乖乖地听着妈妈的安排。她发觉妈妈比以前消瘦了许多，也比以前变化了许多，而这种变化易雨涵还不能断定，但是妈妈确实变了。她端着白开水，坐在沙发上慢慢地喝着，也许是因为痛哭的原因，她的嗓子有点发哑，一杯白开水喝完，便疲惫地瘫坐在沙发上，手抱着靠枕，闭上了眼睛。她累了，这一天，忽喜忽悲，情绪像过山车一样，大起大落，使得易雨涵身心俱疲，她不知不觉地竟躺在沙发上睡着了。

恍惚中易雨涵发现爸爸也回来了。一到家便走进厨房，爸爸妈妈忙得很开心，菜上了桌，他们二人竟然自顾自地吃了起来。易雨涵有点生气，她起身坐到桌前，要喝饮料，妈妈要她自己到储藏室去拿，可是她翻遍了储藏室每一个角落，就是没有找到一瓶饮料，她急得满头大汗，只有高声叫喊"妈妈"。

易雨涵被自己的叫声惊醒了。她睁开眼，只见妈妈微笑着坐在她的身边，她的身上已经盖了一条毛毯。赵月华见易雨涵醒了，微笑着说："起来吃晚饭，快快尝尝妈妈的厨艺。"易雨涵坐到桌前，赵月华慈爱地给她夹菜。萝卜红烧肉、红烧鲫鱼、麻辣豆腐，都是易雨涵最爱吃的菜，易雨涵享受着美味，大口大口地吃起来。

赵月华胃口明显很差，她只吃了一点儿，劝易雨涵多吃些，笑容虽挂在脸上，但是她的不开心还是表露无遗。易雨涵终于得出结论，妈妈的变化是变得沉默、变得有点木讷。在女儿面前，赵月华就像一个犯了错的学生一样，还有那么点讨好、卖乖，不再是那个总是一大套理论教育人的妈妈，不再是那个经常跟她辩论当下形势的妈妈。

而对于易雨涵而言，妈妈无罪释放已经是不幸中的万幸。至于爸爸结局如何，易雨涵本不想在此刻提起，但是她还是鼓起勇气打破沉默，安慰妈妈："爸爸的事，我们也不要过于担心，也许结局并不那么糟糕。"

赵月华的眼睛红了。"爸爸妈妈都没有害人之心，可是由于我们的不慎，却给你带来这么大的打击，甚至影响到你的前程，真是对不起你！"赵月华泣不成声。

易雨涵含着泪微笑着安慰道："你能回到我的身边就已经很好了，接下来，我们再努力，也许爸爸真的没事。我们一家三口会在一起的！"

赵月华用手纸抹着眼泪，因为哭泣，她有点鼻塞。"这么多天我也想明白了，一切的名和利都是虚无的，只要一家人平平安安、健健康康地在一起就好！一想到这段日子，你遭了多少非议，顶了多少压力，受了多少委屈，妈妈心如刀绞！爸妈对不起你！"

易雨涵已没有泪水，不停地给妈妈碗里夹菜。赵月华继续说："现在信息传播那么快，我们家的事，流言也好，真相也罢，肯定是四处流传，它就像洪流一样冲垮一切，淹没一切，毁灭一切。已经坏到底了，也就无所畏惧了。"

易雨涵向妈妈袒露自己的心声："自从你们出了事，我害怕、怨恨、沮丧、委屈，心情十分复杂。在这段时间里，我的身边有不离不弃的好友，有关心我的同事，也有避着不再与我交往的人。有同情的、叹息的、嘲笑的、冷漠的、幸灾乐祸的。对于那些无关紧要的人的表现和态度，我压根儿不理会的。"

赵月华点点头说："做锦上添花之事的大有人在，而雪中送炭的又有几人，人很难摆脱自私和势利。你和凌冰的事，我听张律师说了，但我尊重你的选择。"

当妈妈提及凌冰的时候，易雨涵的眼睛湿润了，她想忍住，可是眼泪还是再次顺着脸颊流了下来。

她含泪笑着说："其他人对我们家的态度我不在乎，我在乎的是将与我携手走完今后人生的人及其父母的态度，他们的态度让我失望。站在他们的立场看，可能是我太过于苛责，但是这个结在我的心里永远解不开。与其这样，不如和他分手。"

赵月华被女儿深刻而成熟的见解所折服。她知道人只有经历过失败、挫折和不幸之后才会认识人性。她在心里对自己说，女儿成熟了，真的长大了。

这一夜，母女二人睡在一张床上。赵月华在黑暗中叹息道："人生有的东西舍弃可能很难，但是拥有也未必就是幸事。"

4

随着赵月华的释放，蔡明明却被拘捕了。她是在乡下姨娘家休假时被捕的。

当警车响着令人慌乱、烦躁的笛声带走蔡明明的时候，那个寂寥的村子就像是在一个寂静的夜里，突然响起一声炸雷，惊醒了村庄里寥寥无几的人。村民们不再寂寞了，他们多了饭后的谈资，一番疑惑、猜测和议论，他们无法将杀人犯与眼前这个大美人联系在一起。

这段日子村民们都知道村里住着一位城里来的大美人。他们好奇的同时也投以鄙夷的目光。他们常常在饭后，不约而同地来到村西头的小商铺门前，或蹲、或坐、或站，你一言我一语地谈论，这个女人的脸如何白，腿如何细，屁股如何圆。那几个满脸皱纹干瘪得像枯树皮一样的男人，就像亲手摸过那个女人似的说，她的奶子很颤。村里的老妇们则不一样，她们一致认为这个女人不是正经女人，是"小三"，被男人玩过了，男人不要她了，她是到她姨娘家坐小月子的，听说在乡下医院打胎的时候昏过去了，差一点儿送了命。

后来这个城里来的美人在村里便有了统一的称呼："那个小三"。至于"那个小三"又如何成了杀人犯，村民们谈论起来就更加兴奋，他们俨然成了警察，绘声绘色剖析着"那个小三"如何作案、如何杀人。"那个小三"成了他们家锅里的一道菜，味精、酱油、醋等作料任由他们自由地添放，其中滋味和快感只有他们才能体味。

"5·13"案情还得从头说起。专案组将犯罪嫌疑人由赵月华转移至他人，缘于法医的鉴定报告。蔡源的死因不是因头颅受到撞击损伤而死，而是死于窒息。专案组因这一结论立即调整侦查思路。他们根据赵月华的口供和有关证据，只能证明赵月华在案发当晚和蔡源在一起，他们发生过争执、拉扯，蔡源头部受到撞击昏迷。但是赵月华一直坚持说，她没有推蔡源，是他自己不小心跌倒，她更没有用什么东西捂死他，她当时只想从蔡源手中拿走那只文件袋而已。专案组成员一致推定案发当晚还有第二个人来过现场。

专案组开始顺藤摸瓜，他们在蔡源住处的一个抽屉里，发现一些账本和发票，其中有几张在宾馆和酒店消费的发票，都是案发当月的。专案组根据发票印章上宾馆和酒店名称，调取监控录像，证实确实是蔡源本人的消费，而且从监控中清晰地看到，每次他的身边都有一位年轻漂亮的女人，经调查这女人不是别人，正是永明公司财务部门的蔡明明。最让专案组起疑的是，自蔡源死后，蔡明明就抱病请假，一直没有上班，手机也一直关机。公司的人说她回老家休病假了。专案组派人去了她老家，发现她并没有回老家。这更加引起了专案组的怀疑。

隔着铁栏，四周灰色的大理石在灯光下显得异常冰冷，审讯室内空气也显得十分凝重，在这个不大的空间里，任何色彩都显得黯然失色。蔡明明那毫无血色的脸被她的头发遮掩了一半，她看起来消瘦了许多，失去了往日的鲜艳和靓丽。

张皓轩冷峻地审视眼前这个女人，他们之间隔着一道铁窗。这道铁窗隔开的不仅是空间，还隔开了两个不同的世界，隔开了人的自由和尊严。

在审讯人员的面前，蔡明明哭成了泪人。张皓轩凭经验推断，蔡明明的精神已经崩溃。

蔡明明口口声声说她不是成心想害死蔡源的，她是出于自卫。她老老实实地向警察交代了案发当晚的实情。

起初，蔡源是借着与蔡明明沾亲带故的关系，想从蔡明明口中打探到阚永明生意上的信息和底细。他承诺蔡明明，只要帮助他与阚永明的官司打赢，他将支付百分之十的好处费给蔡明明。面对这么一笔丰厚的意外之财，蔡明明动心了。

按理说蔡明明是阚永明的情人，不应该胳膊肘向外拐，可是这个女人对阚永明已经心灰意冷。她知道，阚永明对她最初的激情已退，她又没有能够维系他们之间关系的法律名义，她知道感情很难长久。起初与阚永明在一起，蔡明明还期许有朝一日阚永明会和他老婆离婚，她能够成为阚永明的合法妻子。她后来才知道，多年前，在她之先，阚永明还有一个被大家私底下称为"阿娇"的女人，她终于意识到她的天真和自作多情。阚永明都没有为了"阿娇"和他的结发妻子离婚，怎么可能为了她而离婚呢。蔡明明有那么一点儿失望和挫败感。她曾经借美容的机会去过"阿娇"的美容院，当她看到"阿娇"后，更加对自己没有了信心。阿娇无论是长相还是身材都不逊色于她。蔡明明心里十分失落，她一次次地问自己，她在阚永明的心中算哪根葱呢？

在与阚永明后来相处的日子里，更令蔡明明凉透了心。阚永明一忙起来，有时十天八天都不联系她，没有信息，没有电话，当然也就没有约会。她有时很想见到他，找各种借口到他的办公室，可是他办公室里总是有人。阚永明有时很生气地训斥她，别没事就到他办公室找他，要注意影响。为此，蔡明明很伤心、失落。

时间一长，蔡明明绝望了。她越来越觉得，她连当"小三"的资格都谈不上，每当阚永明给她一些财物时，那一刻她感觉自己像是在出卖自己，而这点儿钱财对于他来说则仅仅是九牛一毛。

蔡源向蔡明明抛出了诱饵，她心动了，这犹如天上掉下个大馅饼。她决定和蔡源合作，也做好了打算，事情一结束她就离开永明公司，离开阚永明和蔡源，离开这个城市，过她自由自在的逍遥日子。她不想被任何一个男人束缚和支配，更不想成为一个根本不爱她的男人的玩物。

可是当她有一天睡到蔡源的床上后，她便陷入一场她逃不掉的斗争中。蔡源输了官司后气急败坏，他不服，恨阚永明，也骂蔡明明。可是蔡明明感到委屈，因为在这个过程中，她暗地里是真的在帮他的，她适时地向蔡源透露一些永明公司的信息，那些信息也是真的，她甚至将公司的财务报表都复印给蔡源。

不仅如此，蔡明明还意外发现一个能够扳倒赵月华的线索。一个名叫"华夏贸易"的公司，实际上是个空壳公司，跟永明公司并没有什么实质业务上的往来和资金投入，但是该公司每年年底都会得到一笔分红，该公司背后的运作人正是赵月华。她将此发现告诉了蔡源。蔡源一听很兴奋，他认定这里面定有文章。他暗自庆幸，找蔡明明做帮手算是找对了人，两个女人之间的明争暗斗，不仅是年轻漂亮与年老色衰之间的较量，更是权力和利益之间的斗争。他有一种鹬蚌相争，渔人得利的侥幸。

蔡源正在思考下一步棋该如何走时，接下来的情况却是一团糟。

5

案发当晚蔡明明因身体不适，早早下班回到她的住所。她茶饭不思，懒懒地躺在床上，令她没有想到的是，阚永明却不约而至。

阚永明是从秘书那里得知蔡明明白天在公司上班时呕吐了，料想她是生病了。他意识到这阵子有些冷落她，这晚他正好得空，想去蔡明明的住处看望她。

见到阚永明，蔡明明恨他的那颗心又软了下来。她一下子扑在阚永明的怀里，眼泪在眼眶里打转，娇嗔地怪他好久不理她了。阚永明见她苍白的脸失去了以往的光泽，无精打采，一副楚楚可怜的模样，心也软了。阚永明了解女人，无论年轻漂亮的，成熟稳健的，还是聪明伶俐的，尽管风情万种，但是她们又有一个共同的特点，就是想得到男人的感情和爱。在他的眼里蔡明明是个年轻、漂亮、性感且还有点小聪明的女人，她依旧和别的女人无二样，除了物质上得到满足外，她依旧奢求得到阚永明的真情，这令他感到很麻烦。感情和爱对于他来说是最难给付的东西，他只能给她们除感情以外的其他物质。所以这些女人在他的身边都如花朵一般开了谢，谢了开。

得知蔡明明和蔡源走得很近，阚永明心里很不是滋味。他暗地里曾派人跟踪了她一段时间，确认蔡明明脚踏两条船，经常和蔡源出入高档场所，那股亲热劲儿已经僭越了长辈与晚辈的关系。但他并没有制止，反而由着她去。有时要想甩掉一个难缠的人，必须要有一个打压她的充足的且永远不可能翻身的理由。这是阚永明的经验之谈。

他摸了摸蔡明明的额头，确认她没有发烧，关切地问她怎么了，有没有去医院检查。蔡明明摇头。在阚永明的追问下，蔡明明终于说出了她身体不适是因为她怀孕了。精明的阚永明听到这一消息，却十分冷静，他的眼前立即浮现出蔡源那张可恶的脸。

他冷静地坐回到沙发上，点燃一根烟，深深地吸了一口。

阚永明用怀疑的口吻说："怀孕了？什么时候的事？"

蔡明明从床上坐起来，生气地掐掉阚永明的烟头，骑跨在他的大腿上，委屈道："还问什么时候的事，自己干的事自己不知道？都快两个月了！"

阚永明盯着蔡明明的眼睛问："你有何打算？"

蔡明明生气地说："我能有什么打算？难道你能娶我？我可以将孩子生出来？"

阚永明依旧盯着蔡明明的眼睛，那犹如尖刀般犀利的目光，直戳蔡明明的内心，看得蔡明明有点胆怯。她低垂了目光，不敢与他目光相遇。她就像一只胆怯的小猫一样，从他的腿上顺势倒在他的怀里。

阚永明冷漠地说："你可以将孩子生出来，我可以养你们母子一辈子，可前提是，孩子生出来必须做亲子鉴定。"

蔡明明一听到此话，顿觉受到了侮辱。"你还不如直接要我将孩子打掉算了，何必说出这般无情的话伤人心？"蔡明明立即从他的怀里坐了起来，语气里带着点讽刺。

阚永明继续说道："要想成为我的女人，必须对我忠诚，我早就提醒过你，不要吃着碗里的又惦记锅里的。"

阚永明提及"忠诚"二字令蔡明明很鄙视，她冷笑着说："忠诚？你以为你身边的人都对你忠诚？包括那个美容院里藏着的'阿娇'吗？"

阚永明被蔡明明的反问激怒了，他从沙发上站了起来，挥手甩过去一个耳光。"还轮不到你说三道四！还懂不懂规矩？"阚永明说完这句话，愤然起身，说："脚踩两条船是没有好下场的！"随着重重的关门声响，蔡明明的心彻底绝望了。虽然她想离开阚永明，但是她并不想和他的关系如此决裂，她单纯地认为他至少会念及旧情，给她一笔安抚费，她会将肚里的孩子做掉。其实她本不想利用这个孩子大做文章，这个孩子究竟是谁的，她也不想知道。但是她没有想到会是这般结局。

蔡明明伏在沙发上伤心地哭泣，等到心情平复之后，她抹去眼泪，背上包，离开了这里。她离开住处的那一刻，有一个强烈的思想主宰着她，她要跟过去做个了结，她要离开这里，离开这个城市，离开身边令她讨厌的人。她恨她身边所有的人，阚永明、赵月华、蔡源，当然她也恨她自己。

6

蔡明明来到蔡源住处，正想敲门，便听见室内有人争吵，她立即闪身到角落。正在她进退两难之时，她听到有女人的声音。她屏住呼吸，静观其变。没过多久，她便见到赵月华神色匆匆地走了出来。

蔡明明提着一颗心站在黑暗的角落，待一切都安静了下来，她长长地舒了口气，轻手轻脚地推门而入。当她走进客厅的时候，惊呆了。客厅一片狼藉，筷子东一根西一根散落在地上，酒杯也碎在地上，鲜红的液体正从餐桌面上一滴滴往地上流淌着，像是红酒。蔡明明正欲叫蔡源，还没开口，突然发现靠冰箱那边的墙角有一双脚伸着，她走上前去，发现蔡源半躺在地上，墙上还沾着鲜红的血。蔡明明轻声呼唤，过了一会儿，蔡源便睁开了眼。

蔡源一见到蔡明明，有气无力地问："怎么会是你？赵月华呢？"蔡明明惊诧地问是怎么回事。蔡源强撑着骂道："你们女人都不是个好东西！赵月华这个婊子，如果不是凭她男人为她撑腰，她能有今天？她以为阚永明是看重她的工作能力？她还不是他身边养的一只波斯猫。包括你，你也是个婊子，你连波斯猫都算不上！"蔡源冷笑着指着蔡明明的鼻子嘲笑她。

蔡明明讥讽地说："我不是个东西，你是好人！好人怎么会落到这个境地？"

"将我送医院吧！赵月华这个婆娘要害我，我要告她，我要将她、连她老公一起送进大牢！"蔡源求饶的语气带着恨意。

蔡明明本想扶他起来，送他到医院，被蔡源那么一激，骂她是个婊子，连波斯猫都不如，本带着一肚子怨气来的，更加生气了。她只想在这一晚和蔡源做个了断，从此跟她毫无瓜葛，她不想被两个男人玩弄于股掌之中，更不想将自己牵涉到他们包括赵月华、易旭生之间更深的旋涡之中。

她对蔡源说，她怀孕了，孩子是他的。蔡源此时脸上却意外地露出笑意，他想从地上起来，可是他没有力气。"你可以

162

将孩子生出来，我可以养你们母子一辈子，可是有个前提，孩子生出来必须做亲子鉴定。"这一句话竟然和阚永明那个老东西说的一样。他妈的，男人果然都一样，蔡明明再次被激怒。她和他摊牌，她要蔡源给她一笔好处费，她不仅将他送到医院，她还会主动将孩子打掉，并把发现扳倒赵月华的证据提供给他，然后她就离开，她不赖任何人。蔡源的嘴角向上扬起，说："你们女人就会打如意算盘！两边好处都要占。他妈的，我蔡源竟被女人耍得团团转！"

　　蔡明明此时已顾不得那么多，她开始翻蔡源的包，她要找到支票和印鉴，她要蔡源当面开张支票给她，只要给她一笔好处费，她就将蔡源送往医院，然后远走高飞，从此不再与他纠缠。

　　蔡源见蔡明明翻他的包，嘴里骂骂咧咧的，强撑着站起来，欲从蔡明明手里夺过他的包，可是他身子一晃差点儿摔倒。他一把抓住蔡明明的衣袖竭力阻止她的行动，蔡明明手一挥他再次摔倒在地。还没有等蔡明明缓过神来，刹那间，只觉得眼前飞过来一个东西，她敏捷地躲闪，只听见空酒瓶摔到墙上发出尖锐的声响。她迅速地从沙发上拿到一只沙发靠包作为防护工具。她见蔡源又拿起了一只空酒瓶，嘴里依旧骂着狠毒和污秽不堪的话，再次向她摔过来。此举彻底激怒了蔡明明。那一刻她的血再次往头上涌，心脏狂跳不已，她果断地用靠包蒙住蔡源的脸，死死地捂住，蔡源开始挣扎。她用尽了全身的力气拼了命地捂着，她要将积压在心头的怨恨发泄出来，毫无保留地发泄出来。

　　蔡源终于没有了挣扎的迹象，彻底地躺平。像经历过疾风暴雨之后，一切安静了下来，在这个无人光顾的荒废厂区，静得有点令人恐怖。蔡明明只听到自己的喘息声，她恐惧极了，双手捂住了自己的嘴，担心喘息声会惊醒蔡源。她在紧张的颤抖中逐渐地缓过了神，此刻她要尽快逃离，可是她又冷静了下来。她从蔡源的手提包里找到空白支票和印鉴，还从他的床头柜里翻到十几万元现金。她迅速地找到一只黑色的方便袋，包好这一切，打算逃离。可是她的脑洞再次大开，她跑到厨房里，用保鲜膜包裹好她的手和脚，从包里掏出面纸，擦拭了所有她可能留下的痕迹，然后将那只沙发靠包带走了。她仔细回想了每一个细节，在坚信自己没有留下任何作案痕迹后，才从化工厂那个无人出入的小门匆匆地离开。

蔡明明忐忑不安地在公寓休了两天病假，直到赵月华被公安局带走了，她那颗悬着的心才终于放了下来。于是她调整了思路，决定暂时不远走高飞，支票和印鉴也不敢轻举妄动，她要见机行事。在赵月华被关押期间，她还装作若无其事地上了几天班。

一天，见阚永明办公室一时没人，蔡明明楚楚可怜地来到他的面前，百般讨好他。她打算请假回老家做人流手术，还当着阚永明的面保证不给他添麻烦，以后会乖乖听话。她认为蔡源已死，阚永明心头大患从此没了，他不会再怪自己脚踩两条船。她想和阚永明重归于好，至少表面上要这样做。阚永明当然应允她请假，也接受了她的撒娇和认错，还拿了几万元现金给她，叫她多买点补品。那一刻蔡明明真的很感动，眼睛红红地离开了阚永明的办公室。

第十一章

1

一个周日上午，阳光明媚。安碧凡推着婴儿车在家附近的小区广场散步。

安安躺在婴儿车内，小眼睛入神地看着外面的世界，兴奋得手舞足蹈。安碧凡欣慰地看着儿子，俯身亲了亲他的小脸蛋儿。儿子长得白白胖胖的，又可爱、又乖巧。儿子是她的寄托和希望，是维系他们夫妻关系的纽带，也是她和婆家人际关系融洽的重要的因素。她一直努力地在维系着。有人说夫妻关系需要经营，安碧凡认为此话有一定的道理。

"儿子长得很可爱嘛！"一个声音从安碧凡的身后冒出来，安碧凡吓了一跳。她扭头一看，原来是张骏潇。"你来干吗？你干吗总跟踪我？"安碧凡自从认识张骏潇后，对他就没有什么好感。张骏潇透露给她的那些她所不知情的阚家内幕，她并不领情，她认为是他不安好心。

自从上次她在阚永明面前追问过有关乐乐的身世，被阚永明一口否定后，她就决定将此事深埋心底，不再追问此事。她反复思考过，精明的张骏潇故意拿乐乐的身世说事自有他的目的。退一万步说，倘若乐乐真的是阚子逸与他的前女友所生，她又能怎么样？难道要阚子逸给她一个解释和道歉，要公婆给她一个交代？木已成舟的事又岂是她在阚家微弱的力量所能改变的。在她和阚子逸的夫妻关系逐渐好转的当下，安碧凡只好选择沉默，不再庸人自扰。

如今她有了儿子，公婆视安安如掌上明珠，她在阚家的地位也今非昔比，所以她更不想理会那件子虚乌有的事。她不想因为一个已经跟阚家毫无关系的人，几句猜测或者杜撰出来的故事，而损害自己的利益，在这一点上，安碧凡并不傻。再说张骏潇究竟怀着什么目的，安碧凡不得而知。在利益面前，她必须维护阚家。

"弟媳妇真是好性情，我那个小舅子真是前世修来的福分，娶了你这么一个知书达礼的人。"张骏潇调侃道。

"谁是你弟媳？谁又是你小舅子！"安碧凡讥讽道，没有正眼看他。

"世事难料。我即将到永明公司上班，难道你不知道？不久的将来，我还会与阚子妩复婚。不过阚子逸是不是我小舅子我倒也不在乎，我倒是很想有你这样一个好同事。"张骏潇说这话时的语气倒显得十分诚恳。

当听到张骏潇将到永明公司上班，安碧凡感到有点意外。张骏潇继续说："也许在不久的将来，我们两个人会成为两个利益阵营里的人，但是你放心，我绝不会做那种欺负善良人的事，尤其是你。"安碧凡不想再理会这个让她心烦意乱的人。

"不过我能重新进永明公司，我得感谢你！是你促成了我的好事。"张骏潇说出这番话，令安碧凡感到不解。张骏潇不再往深处细说，话锋一转，"我知道你现在是为了你儿子，所以你一味地隐忍，卧薪尝胆的精神可嘉！阚家的未来继承人，指日可期。儿子和孙子总有一个靠得住的。"

安碧凡已经离开，而张骏潇的这一番话使得她脚步也显得有点凌乱，心思像是完全暴露在他的面前，令她有点生气。婴儿车被快速地向前推着，也许车子推得太快，颠簸得有点厉害，儿子在车内发出不安的啼哭声，安碧凡只好停下来，将儿子抱在了怀里。

安碧凡回到家，和衣躺在床上，哄着安安入睡。她再次想起张骏潇即将回公司上班的事以及他说的那一番话，本不想理会他，可是剪不断、理还乱的思绪又困扰着她。对于未来，她没想那么远，可是在别人的眼里，她辞职到公司上班，却是有所图谋，她也不想辩解。此时她听到了开门声和说话声，是阚子逸和他的父亲。安碧凡继续伴装睡觉，因为客厅里父子二人的说话声已经变成了争吵，而且声音很大。安碧凡大气也不敢出。

"真是胡闹！你居然将小孙安排到会所上班，还与他签了合同，你真的是脑子进水了！"这是阚永明的声音，语气显得十分生气。

阚子逸委屈地说："小孙一而再再而三地找我，还说如果我不给他一口饭吃，他就要告发我。古语说得好，'化干戈为玉帛'嘛！"

"你让他告去！我倒要看看他能耍出什么花招儿来！"阚永明继续高声说道。

"爸！现在暂时先这么安排，小孙也就那么一说，无非就是想混口饭吃，损人不利己的事他不会做的。再说蔡源的事已经搞得家里不得安宁，闹得满城风雨了，还是息事宁人为好！"阚子逸争辩道。

"你还知道息事宁人！你净给我惹事！这段时间，你那个跑车不要再开了，深更半夜出去兜风，不要再给我惹事了，现在公安局正在查呢，说你们扰民！"阚永明已经走出门，声音从院子里传出来。

　　"谁给谁惹事了？你干净，蔡明明那个婊子，不是你自己惹火上身的？张骏潇那鸟人去公司上班，还不是你耳根子软听你那个女人的话。你眼里只有他们！"阚子逸过了好久才朝着门口发着心中的怨恨。安碧凡猜测公公肯定没有听到他的牢骚话，因为她已经听到车子发动的声音。

　　安碧凡的心脏怦怦直跳，她担心阚子逸知道她在家故意偷听，她只好将手机调至静音，佯装睡去。大门的咣当声和轿车发动的声已证明他又离开了家。安碧凡睁开眼，眼前有一团迷雾缠绕着她，阚家的一切都变得扑朔迷离起来。

　　日落时分，宗华、郑小萍陆续回到了家，见安碧凡一个人在厨房里正欲准备晚饭，郑小萍连忙过去替换她。安碧凡丢下手中的活儿，抱起刚睡醒的安安，疼爱了一番。见婆婆十分开心的样子，便问她有什么喜事。

　　宗华告诉她，公司因为业务的需要，又注册了一家销售分公司，公司的法人代表是宗华，这就意味着，宗华名下又有了一家公司。安碧凡听到后却不以为然，她知道永明地产公司名下注册的分公司有好几个，只是为了业务需要，以谁的名义注册或谁是股东，实质都是由阚永明在操纵，万一哪一天有什么官司，宗华反而逃不了干系。安碧凡这么想，但是嘴上没有说出口。

　　宗华低声说："我知道我只不过是担个虚名，但你爸同意，只要涉及这个公司的业务，需要法人代表签章，不管业务赚不赚钱，你爸每次得支付手续费给我。"宗华从安碧凡手中抱过安安，狠狠地亲了亲孙子的脸，那开心的样子，仿佛世界都是她的了。

安碧凡听到婆婆这番话，心想，婆婆这个人很精明。她不知道婆婆的名下究竟有多少存款，但是这么多年宗华以这样或那样的手段，从阚永明那边获得了不少的利益。婆婆很现实，让自己的利益得到最大化也是一个不错的选择。

晚上，阚永明父子都没有回家吃饭。宗华、安碧凡、郑小萍三人吃了晚饭后，便坐在客厅逗安安玩耍。门铃声响起，郑小萍连忙起身开门，听到她叫大姐，安碧凡便知道是阚子妡回来了。阚子妡走进家门，和她们打了招呼，便坐下逗安安玩了一会儿。宗华感觉阚子妡不像是过来闲坐的，定是有事，便和她进了自己的房间。

安碧凡有股强烈的预感，她们母女俩私底下谈论的事情，肯定与阚永明父子二人下午争论的事情有关。安碧凡满心疑惑，她不由得想起张骏潇和阚子妡即将要复婚的事，安碧凡不知道他们葫芦里究竟卖的什么药。阚家人的种种言行，不得不令安碧凡对张骏潇的那些说辞有点信以为真了。

安碧凡抱着已经熟睡了的安安走到郑小萍的房间。郑小萍原来是睡在一间小保姆房里，后来要照顾安安，也就搬到了一楼朝阳的一间大房。房间宽敞明亮，放置了两张床，一张大床，一张小床，小床是后来加进来的，与房间布局有点不协调。地板上横七竖八躺着安安的玩具，安碧凡抱着安安小心地避让着玩具，轻轻地将安安放在小床上，帮他盖好被子。安碧凡疼爱地看着已酣然入睡的儿子，胖嘟嘟的小脸，鲜红的嘴唇微微地蠕动，像是梦中吮奶的样子。

郑小萍轻声地对安碧凡说："凡姐，你回房里休息吧，安安有我呢，放心吧！"

安碧凡客气道："安安亏得有你帮忙照顾，谢谢你！"安安睡在一楼，并由郑小萍陪着，是婆婆的安排。安安可以睡到二楼的儿童房，但是宗华不放心，安碧凡只好听从安排。

"凡姐，你别跟我这么客气，再说了宗姨付了双倍的工资给我呢！宗姨说了，安安不能跟你们睡在二楼，如果二哥再发神经，吓着安安咋办？"

安碧凡知道郑小萍说的阚子逸"发神经"是什么意思，也就不再与她往深处交谈。对于丈夫动手打她一事，安碧凡一直将此事视为见不得人的丑事，除了和易雨涵诉一诉心中的苦闷外，她不愿与他人提及，尤其是在郑小萍面前。同为女人，她不想将自己的不堪在她的面前再次提起，尽管发生在自己身上的事情，郑小萍也都亲眼所见。安碧凡和郑小萍之间的关系，犹如井水不犯河水。

郑小萍虽为保姆，但安碧凡能感觉到，郑小萍的内心却一直在主张她与她之间是平等的。对她暗地里的较劲和主张，安碧凡并不想与她争个高低，她知道郑小萍始终将宗华对她的偏倚，当作主张平等的重要砝码。不过自从那次郑小萍深夜为她解困，尤其是照顾安安以来，她改变了对郑小萍的态度，有那么点示好的意思。

"二哥也真是的，有时真的不讲道理的！"郑小萍替安碧凡打抱不平，"他的脾气上来，谁也受不了，对人好起来恨不得掏心割肉，对人凶起来恨不得要……"郑小萍语气尽管是在替安碧凡叫屈，但安碧凡知道，那只是她的客套而已。她日常对阚子逸的态度，就像遇见"太子驾到"一般。低三下四，百般讨好，甚至有点献媚。

"凡姐，你人也挺好的！二哥哥其实人不并坏，就是脾气有点偏，让着他点就好。"郑小萍的语气和宗华一般腔调。安碧凡不想跟她探讨自己的丈夫，话锋一转，关心地问郑小萍：

"最近和男朋友相处得怎样？"

郑小萍神情落寞地叹着气说："他……他不想和我谈了，要和我分手。"郑小萍的眼眶有点发红。安碧凡很诧异，问为什么。郑小萍沉默不语，见她一副伤心的模样，安碧凡有点于心不忍，不再追问，对她说："要不，你将你男朋友的手机号码给我，我找个机会劝劝他。"郑小萍谢过安碧凡的好意，但她并未将男友的联系方式告诉安碧凡。

2

这日，安碧凡正在办公室里做一个企业策划，阚子妧敲门走了进来。

阚子妧一头齐耳的短发，发梢处略略向上翻翘，白皙的脸上略施淡妆，天蓝色的西服紧紧贴在身上，虽微胖的身材却显得十分干练。阚子妧无论是长相还是性格均遗传了阚永明的基因。多年在商场摸爬滚打，使得这个女人养成了一种与众不同的性格。她有点高傲、孤僻，也很强势，在公司，大家都惧怕这个女人，不怎么敢接近她。相反的，安碧凡性格温柔随和，大家都喜欢和她在一起，安碧凡在很短的时间内就博得了一个好人缘。

在公司大家都称呼阚子妧为"妧总"，安碧凡也不例外。由于阚子妧性格高冷，安碧凡对她总是谦让有加，虽是一家人，但也保持着距离。每每见到阚子妧，安碧凡总是想到一句话：一娘生九子。精明能干、思维敏捷、条理清晰、女强人、名副其实的"二把手"这些词用在她的身上一点儿不为过。而阚子逸呢，做事向来随性随意，天马行空、顾前不顾后，他那个健身会所，如果没有老王帮衬着，定会亏损。也难怪公爹会将公司许多的事都托付给阚子妡打理，而对于阚子逸，他却一百个不放心。

阚子妡坐在安碧凡办公桌对面的椅子上，一手托着下巴，端详着坐在电脑前的安碧凡。

"进入角色挺快的嘛，不愧是当老师的，头脑就是与别人不一样。"阚子妡夸奖着，但语气听起来却有点酸溜溜的味道。

安碧凡装傻，微笑着说："哪有大姐说得那么好，公司许多业务我还一知半解，今后还得请大姐多多赐教！"安碧凡依旧语气客套，将称呼改为"大姐"，拉近了距离。

"我哪里教得了你，不懂的地方，直接请教爸爸就好了，哪里还用得着我来教？"阚子妡起身，玩弄着安碧凡办公桌上放置的饰品。饰品是一对男女舞者的造型，小巧而精致，她拿在手中看得出神。"我很纳闷儿，一个热衷于舞蹈的人，怎么一下子对做生意感兴趣了？我那弟弟就是不争气，他要是有你一半的思想觉悟，能多帮助爸爸打理生意上的事，我也就可以歇一歇了。"

安碧凡依旧谦逊地对阚子妡说："公司怎么离得了妡总，有你在公司，爸爸才会放心。哪里还用得着他，正如爸常所说，他不出纰漏、不闯祸就算谢天谢地了。"

阚子妡冷笑了一声，将小饰品放回原处。"现在不是有你了吗？"她的语气依旧是酸。安碧凡从她的话音里已感觉到，阚子妡在提防着她。她是有点嫉妒安碧凡。

阚子妡依旧轻轻地转动坐椅，问道："最近财务部门出的事情，真让人心中有说不出的滋味。你有没有听到公司的人议论？"

安碧凡摇头表示否认，其实她早听人议论公爹和蔡明明的

172

事，但是她佯装不知。

“阿娇前一阵子找过你？”这句话一出口，基本断定阚子妧今天不是来闲聊的。

“她只不过在我办公室里小坐片刻而已。”安碧凡连忙解释道。

“她挺会来事的，拉拢人一向是她的专长，离开公司这么多年，一点儿没变。”阚子妧嘲讽道。

安碧凡转移了话题说：“财务部门是核心部门，以后安排人员还是要安排可靠一点儿的人才行。”

“是的，连你都知道这一点，可是爸爸有时聪明人做糊涂事。唉！这一辈子他就是难过美人关。”阚子妧轻叹一口气，起身走出了办公室。

安碧凡目送着阚子妧的身影离开。她停止手中的工作，看着桌上的饰品发呆。此刻她不由得想起阿娇，想起张骏潇，想着自己在阚家复杂的人际关系中会充当什么角色，又将会起到什么作用。她不由得回想起几天前，陈月娇到公司来找她的情景。

“看到你坐在办公室，就像看到一道美丽的风景。”陈月娇站在安碧凡办公室门口时，是三天前的一个下午。

安碧凡从来没有和陈月娇打过交道，但是安碧凡见到眼前这位打扮精致、穿着一身欧根纱面料汉服样式的少妇，一眼便认得了她。她是女性创业致富代表、关爱女童公益组织的发起人、慈善形象大使，头衔不少，常常在节庆等活动中，活跃在人们视线里。认识她的人从不称呼她的大名，“阿娇”已成为她的标签、人设。

安碧凡见到阿娇礼貌地从座位上站了起来。“叫我阿娇就好！阚子逸真是前世修来的福分，娶了你这样一个大美人。”阿娇从容自得地坐在安碧凡的对面，打量安碧凡的眼神充满善意。"喝点什么? 茶、白开水，还是来杯咖啡? "安碧凡继续礼貌地应对。"别这么客气! "阿娇毫不避讳，"有句话说得好，'百年修得同船渡'，我们也是前世修来的缘分，现在就是一条船上的人了。"安碧凡依旧笑而不语。阿娇从她爱马仕手提包内掏出一张精美的礼品卡包，"送给你的，阿娇美容任何一家连锁店，你都是尊贵的嘉宾。"安碧凡推辞，初次见面就收到阿娇的馈赠觉得不妥。"知道你不缺这个，你天生丽质，对你来说美容就是多余，不过工作累了，可以去我的店里做做 SPA、开开背、捏捏肩，做做艾灸，放松放松嘛! "

"这个……"安碧凡依旧推让。

"别想得太多，就当朋友处了，也许走到最后，我们俩才是最有缘的人呢! "阿娇起身告辞，香奈尔的香水味从安碧凡的鼻尖飘过。

安碧凡目送着阿娇离开，尖细的高跟鞋在走廊上不紧不慢地响着，那一声声的响声，发出的是自信、是从容。阿娇并没有进电梯离开，而是走进了张骏潇的办公室。

此时，安碧凡脑海中想起了张骏潇的那句话：也许在不久的将来，我们两个人会成为两个利益阵营里的人。阿娇的出现令安碧凡陷入了沉思，她不知道公司内部有多少利益阵营，她从来没有将自己定位在哪个阵营内，她只觉得当下她的阵营里只有她一个人。

3

一个周末的傍晚，安碧凡回到了娘家。

回到家时，张莉已经从药店下班回到了家，一个人正在厨房里忙碌着。安碧凡悄悄地站在妈妈的身后，吓了张莉一跳，她骂了一句"死丫头"，但是脸上却喜笑颜开，便问了一句："就你一个人来的？"

安碧凡回道："一个人还不行，你还想谁来？"

张莉怪道："安安怎么没带来，好久没见小乖乖了，怪想的。"

安碧凡责怪道："想他的话，就到滨洲花苑去看他好了，又不远。"

张莉一边切着手中的菜一边说："算了吧，你那个家，庭院深深，我才不去呢，你那个婆婆大好佬一个！"张莉的语气显然是对宗华不满。安碧凡没再接妈妈的话茬儿。亲家之间的矛盾，还不是因为她和阚子逸的夫妻关系相处得不和谐所致。

"家里来客人吗？烧这么多菜。"安碧凡见妈妈准备了不少菜肴，诧异地问道。

张莉边炒菜边对安碧凡说："今天有个叔叔要来家里。"

安碧凡一听到此话，便意会到妈妈的话外之音。"交男朋友了？"安碧凡打趣张莉。张莉被女儿这么一打趣，却有点不好意思起来。

近来张莉认识一个男人，名叫吴刚，是一个药品代理商，前几年离了婚。吴刚经常到她上班的药店送货，一来二去，两人便有了想搭伙过日子的打算。"别声张！我和他相处不久，先了解了解再说。"对于妈妈有再婚的打算，安碧凡很高兴。安碧凡心疼妈妈，以前她曾多次劝过她找个伴，但是妈妈为她着想，一直单身，熬到现在。

有人按门铃，张莉忙不迭地去开门，一个身材魁梧的男人走了进来。他身穿一件白色的衬衫，系一条蓝白相间的领带，头发向后梳拢，油光可鉴，擦得一尘不染的皮鞋在灯光的照耀下，也透着光亮。"这是吴叔叔！"张莉笑呵呵地介绍。吴刚一见安碧凡，先是一愣，但又立即明白了过来："是安碧凡吧！不知道你闺女在家，你看，我空手过来，都没给孩子带见面礼。"吴刚礼貌而谦虚地说道。

三个人说着客套话走进了客厅。张莉依旧热情地张罗着茶水，又到厨房里将备好的菜端上了桌。一个陌生的男人与她们母女二人在家中用餐，这情景从未有过，安碧凡感到有点别扭。

眼前这个操着南方口音的男人比安碧凡的妈妈大六岁，从表面上看，无论身高还是衣着品位，都超过她的爸爸，但是安碧凡心中却有股说不出的滋味。她挑剔不出这个男人有什么不好，但是她的内心却不是很喜欢他，他那种浸透在骨髓里的气质与她爸爸完全不同，他们完全不是同类人。此时的妈妈倒像是她的"女儿"，她要为"女儿"找的这个男朋友把把关。

安碧凡因为要开车，所以就没喝红酒，浅浅地吃一点儿，东一句西一句，闲聊了点话题，对眼前这个男人始终提不起兴致来。晚饭一结束，借故儿子在家等她，就离开了妈妈家。她的本意也想给妈妈和她的男友单独相处的时间。

安碧凡独自走在状元路上。街道依旧是原来的样子。永丰理发店还保留着二十世纪八十年代的模样，旧式的铁椅，白色的油漆早已褪了色，露出了斑驳铁锈。那位被她叫了无数遍的"王爷爷"，面色红润，头发雪白，在灯光下正在帮一位老者理发，时光仿佛就像座老旧的钟，在这一刻停止了摆动。日杂店的门前，簸箕、扫帚、拖把、旧式煤灰炉等日用品，凌乱地放着，安碧凡通过店内玻璃柜台，依稀看到小时候的玩具，橡皮筋、毽子、掼炮等落满了尘埃，像文物一般放在那里而无人问津。柜台下面有张脸慢慢抬起来，是张寡妇那张涂着白粉的脸，两条青色的文眉和模糊的黑眼线，留下了二十世纪的妆容，发福了的身材犹如她手上那对金灿灿的镯子已变了形。寿衣店的门还开着，白天肆无忌惮放在店门前的花圈、纸钱以及冥币，已被独眼李爷爷收进了他那昏暗狭小的店铺里。

一想到妈妈，此时一股莫名的惆怅又涌上安碧凡的心头。如果在以前她也许会为妈妈感到高兴，如今她结了婚，婚后的日子令她对婚姻感到失望。此刻她反而为妈妈感到伤心，不知道妈妈再婚后，真的比单身一人过得还自由自在吗？

街道最北端的"如风快递"，灯火通明，店员们正在忙碌着给货物包装，快递小哥穿梭着上货、卸货。安碧凡猛然记起郑小萍的男朋友就在这家快递公司上班。于是她停下了脚步，掏出手机怀着试试看的心理拨通了"如风快递"的号码。电话通了，安碧凡听到从电话那头传来高声叫喊"王亚明"的声音，不一会儿有人接了安碧凡的电话，一个富有磁性的声音回过来说，他就是"王亚明"。王亚明爽快地答应与安碧凡见一面。

在如风快递附近的一家小吃店内，王亚明如约而至。王亚明个头不高，皮肤微黑，单眼皮，脸上还留有青春痘疤痕。他狼吞虎咽地吃着安碧凡早为他点好的小吃。安碧凡只为自己点了一杯奶茶，见王亚明吃完开始喝奶茶时，安碧凡便说明来意，她希望他和郑小萍能够重归于好。

王亚明冷冷地问安碧凡："是郑小萍让你来劝和的吗？"安碧凡摇了摇头表示否认。王亚明继续冷冷地对安碧凡说，他和她不可能重归于好的。他说阚家的事情他是略知一二的，如果不是看在安碧凡的面子上，他是不会见阚家任何人的。

王亚明的这番话语，令二人陷入了尴尬的局面。令安碧凡大为不解的是王亚明竟对阚家深怀敌意。宗华对郑小萍不薄，也答应郑小萍，结婚后可以让王亚明去永明公司上班。

"去永明公司上班？你们家的钱，我不会赚的。你们家，除了你，谁干净？"王亚明毫不避讳地说。

"你这话什么意思？别好心当作驴肝肺！"安碧凡替阚家申辩道。

"阚家人认为只要有钱，什么事都能干得出，什么道义、人情、良心都可以不要！连郑小萍也在他们的影响下，成了一个有心机的人。"对于王亚明这般过激的言辞，安碧凡已无法忍受了。她深信郑小萍定是在他面前说了阚家的一些事情，尤其是这一段时间关于蔡源的事情。

王亚明从兜里掏出烟，他吸烟的样子看起来还有点不熟练，像是刚刚学会。

"凡姐，我知道你遭受的那些罪，你为何不离婚呢？"

别人当面揭自己的短处，安碧凡的脸上有点挂不住，脸上火辣辣的，像被人扇了耳光一样。安碧凡拿起手机，对着墙上的二维码扫了下，结了账。她想离开，她不想和王亚明继续待下去。

"你知道吗？郑小萍已经不是处女！"王亚明深深地吐了一口烟。

安碧凡听到这话，愣住了。她下意识地捂住了嘴，看了看周围的餐桌，见小吃店的客人都已走了，只剩下她和王亚明，便又重新坐了下来。此时她看到正对面玻璃门上自己的脸，自己的表情是错愕的。王亚明见安碧凡一副呆若木鸡的样子，自言自语道："关于这个，郑小萍是不会告诉你的。她也不会告诉我，你别看她一副单纯的样子，其实是装的，她复杂得很，我也不想知道她的过去，我也不想跟她有什么未来。"

安碧凡轻声地问："你是怎么知道的？"

王亚明回答道："不瞒你说，那天下午郑小萍到我住的出租屋里玩，我们没控制住，我和她……事后我发现她已不是处女。见我生气了，不理她了，她在我面前痛哭流涕。但她就是不说。郑小萍竟然从包里拿出一个存款折子，说里面有一百多万元存款，是她多年的工资积蓄，她愿意全部拿出来为我们购买婚房。笑话！我再穷，也不可能用我女朋友的钱去买房子！"王亚明将烟蒂掐在了烟灰缸里，"原以为她是个单纯可怜的姑娘，可是，她不仅可怜，还傻，还蠢！"

小吃店的主人开始拖地板，整理桌椅，他们要打烊了。王亚明起身告辞，临行前对安碧凡说："凡姐，你多保重！防着点郑小萍，她承认她喜欢阚子逸！"

安碧凡离开那家小吃店，独自一人向停车场走去。王亚明的最后一句话，令她后背冷飕飕的。她的眼前不时地浮现郑小萍那双时刻提防着她的眼睛。郑小萍喜欢阚子逸，令安碧凡哭笑不得，她和宗华之间那种超乎寻常的主仆关系，令安碧凡心生厌烦。此时的安碧凡一点儿也不想回家，她不愿面对她的丈夫以及公婆，也不想见郑小萍，那个看似单纯却充满心机的女人。她也不想回到妈妈那里，此时的妈妈也许正躺在那个男人的怀里。她想到爸爸那里坐一坐，她拿起手机犹豫了片刻又塞进口袋里。她就像幽灵一般在大街上游荡。偌大的城市仿佛一下子没有了她的安身之地，她的心无处安放。

她不知不觉将车驶进了一个小区。在这个空虚、无聊、寂寞的夜晚，她有一种想犯一次错误的冲动，不想再做乖顺的女人，要报复一切与她过不去的人，哪怕明天地球毁灭，世间万物都不复存在。她仰望天空，月光和霓虹灯光胶着在一起，分辨不清光是来自人间还是天空，有一盏灯在林立的高楼层亮着，似星星之火，在她的心头慢慢燃烧着，煎熬着。

安碧凡按了几下门铃。开门的是一个陌生女人，白皙的脸庞，窈窕的身材，年龄看起来比自己要长一些。那个女人见到安碧凡非常讶异，问她找谁。安碧凡没有回答，支吾着说了一声"对不起"，正欲离开。相远方此时探出了头，见是安碧凡，也感到有点意外，尴尬地站在门口不知所措。

安碧凡如梦方醒。相远方早已不再是对她心心念念的那人。她为自己今晚的冲动感到羞愧，她嘲笑自己，她只有快速逃离。

相远方紧跟着下楼追她，口口声声请安碧凡停下来听他解释。安碧凡没有停下脚步，她快速地向自己的车子奔去。跨进车内狠踩油门向前方驶去，后视镜中的相远方在灯光下渐渐地消失。

安碧凡回到了家中，见婆婆一人坐在客厅里看电视，她生气地坐了下来，忍不住地问婆婆："郑小萍呢？"

"陪安安睡了。"宗华小声地回答。

"妈，郑小萍的过去你知道吗？"安碧凡按捺不住内心的激动，声音颤抖地问道。

宗华惊讶地将目光从电视机转移到安碧凡的脸上，见她一本正经的样子，便关掉了电视。朝着安碧凡问道："过去？什么过去的事？你听谁在背后嚼舌头了？"

"你肯定知道的！"安碧凡语气肯定地说。

宗华起身，嘴巴朝客房一噘，小声说："声音小一点儿，她就在隔壁呢！到我房里来吧！"她顺手关掉了电源，朝自己的房间走去，安碧凡尾随其后也走进了房间。

安碧凡向宗华讲述了这一晚她见到王亚明的事，并将她听到的一切告诉了宗华。从宗华的表情看来，她并不知情，但她也没有大为惊讶的神色。

"妈，你知不知道，郑小萍喜欢阚子逸？"安碧凡生气地问。

宗华不屑地说："你别听那个小王乱嚼舌头了！再说子逸爱的是你，他对你的感情才是真的。你接受不了的话，大不了，等小萍找到男朋友，早点嫁了她还不行？"

"我接受不了！"安碧凡委屈地说。

"你这丫头，小萍算哪根葱？你跟她计较什么？难道想跟子逸离婚不成？才过几天安稳日子？你干吗跟他计较，他不找你的茬儿，不揪你小辫子就不错了，过去那些陈芝麻烂谷子的事，大家都不要再提了。你好我好大家好，太平无事过日子，就阿弥陀佛了！"

安碧凡强硬地说："郑小萍必须离开这个家！看到她我会不舒服的！"

宗华的声音也高了起来："她走与不走，还轮不到你发号施令！这年头找个好保姆有多难，小萍对我们家忠心耿耿，做事又勤快。我也使唤惯了。再说子逸的毛脾气，你又不是没吃过苦头，忍一时风平浪静。"

"那么，乐乐又是谁的孩子？是不是那个叫苏安的女人生的？"安碧凡话锋一转问道。

宗华听到这话，大惊失色。"你今天晚上是疯了吗？乐乐是大姐抱养的，是谁生的，我们都不知道，你从哪儿听到这个没根没底的话，你刨根问底干什么？你嫁到我们家不是安心过日子的，原来是做侦探的吗？打听这打听那的，对你有什么好处？"宗华此时情绪已经失控，高声斥责道。

安碧凡自知跟婆婆再争论下去，也不会有什么结果，只好拉长着脸，摔门而去。

第十二章

1

这日，安碧凡正在公司上班，张皓轩走进了她的办公室。她感到有点意外。张皓轩说有关蔡明明的案子，还有一些取证要做。安碧凡一听是有关"5·13"的案子，也就不再深问。

而当张皓轩从包里取出并递过来凌冰的结婚请柬时，安碧凡惊愕地愣在那里。她没有想到凌冰会在这么短的时间内决定闪婚，新娘却是他的前女友郭心怡。安碧凡气愤地将请柬扔到一边。"不会吧？凌冰这是疯了吗！他怎能这样做？太过分了吧！"安碧凡几乎歇斯底里，情绪已从她激动的声调里蹦了出来，凶神恶煞般立在张皓轩面前。一向理智冷静的张皓轩，脸上也露出尴尬的表情。此时他无法站在第三者的角度解释，他似乎成了凌冰，当面受着安碧凡的指责和痛骂。

待安碧凡声调渐渐缓和，气馁地坐在沙发上时，张皓轩无底气地开口说话："凌冰也许是迫不得已，因为他妈妈死了，他爸爸是个做生意的人，有点迷信。按照风俗，家里的人死了，家里有待婚的子女，必须在死去人的'六七'之内完婚，否则，必须再等三年。他也是别无选择。"

"他居然信这一套鬼话？"安碧凡不解地问。

"不是他信，是他爸爸信。做生意的人，讲究这些。"张皓轩无可奈何地说，"郭心怡用尽了一切办法令他心动了，旧情和新爱之间，他也许真的听从了自己的内心。人的感情有时真的说不清楚，在合适的时候遇到那个适合结婚的人，郭心怡此时，也许最适合而已。"

"我真无语了！"安碧凡已经词穷。她在想，倘若易雨涵听到此消息，又会是怎样的心情呢。

张皓轩说："要知道，凌冰的妈妈和郭心怡的妈妈，曾在一个单位上班，又是要好的朋友，就这一点，郭心怡胜算的筹码也多了一成。"

安碧凡有点不屑："哼！早干吗的呢？这不是乘人之危吗？不知道易雨涵她……"

张皓轩坐在办公桌前，手托下巴，若有所思。他轻声叹了口气，说："这两个心气都很高的家伙，都是宁断不弯的主。他们走不到一起，只能说缘浅。"

"这对易雨涵伤害太大了！"安碧凡替易雨涵感到委屈。

"凌冰在情感低谷期，是有点草率行事了。"张皓轩做出客观的评论。

下班时分，街上熙熙攘攘的车流人流、拥堵的道路、嘈杂的人声，令安碧凡心烦意乱。她提前下了班，晚上她约了易雨涵。

当易雨涵走进张姐酒家的时候，她手中却牵着根绳子，一只黑色的毛茸茸的小动物窜到安碧凡的脚前，吓了她一跳。原来是一条小狗，胖墩墩的，嗅着安碧凡的裤腿，十分可爱。

"Baby！"易雨涵叫着小狗的名字，声音很清脆。

安碧凡惊喜地问："哪来的小狗？"

"你猜！"易雨涵脸上的表情很轻松。"是张皓轩送我的！德国牧羊犬。"

"狗可以带到饭店？"安碧凡表示怀疑。

"众生平等。"张姐在一旁笑哈哈地回话。

安碧凡和易雨涵一边喝着奶茶，一边开心地逗 Baby 玩。其实安碧凡的开心有点假装，她一直察言观色。从易雨涵的脸上，看不出有什么异样的情绪。也许她还不知道凌冰即将要结婚的消息，或者是人们常说的那样，动物真的能缓解人的不良情绪。

易雨涵又点了两盒冰淇淋，递给安碧凡一盒，笑嘻嘻地说:"特好吃，好吃得让你想哭！"安碧凡的胃不好本想拒绝，被易雨涵这么一说，也就一勺一勺慢慢品尝起来，连声附和，称赞味道的确不错。

"你妈好吗？"安碧凡前些日子听公司人事部的人说，赵月华已经提前办理了退休手续。

"我妈现在可闲呢！一天到晚就爱拾掇她的花花草草。下次带你到我家看看，我家的院子花花草草比以前多了许多。"

"我爸……监外执行，刑期也不长。"易雨涵见安碧凡欲言又止的样子，没等安碧凡问她爸的情况，便爽快地回答。"这已是最好的结果。多方努力的结果。"易雨涵依旧只言片语。安碧凡用奶茶杯与易雨涵的碰了一下，这深长的意味只有她们二人才能会意。

"我现在每天下班回家，都会见爸妈在家。以前下班，他们很少在家，其实这才是生活的常态。以前看似正常，其实不正常。"易雨涵的语调一直是平静的。她对她爸妈现在的生活

184

状态感到很满足。

"今天你约我，我知道你的来意，你以为我会哭哭啼啼？大发脾气牢骚怪话一通？错了，我才不会呢。凌冰爱跟谁结婚就跟谁结婚，我犯得着吗？"易雨涵望着窗外的街上人来人往，语气幽幽地自言自语，"当一个人经历过不幸之后，其实不是他变得坚强，而是他的心变得比别人更硬些而已。我现在就是这样。"

"天下好男儿多的是！他这种行事方式，真让人大跌眼镜。"安碧凡依旧愤愤不平。

易雨涵说："所谓爱人，就是在你快要倒下的时候，没有半点怯弱和犹豫，能在背后始终撑住你的那个人。凌冰也许不是我要的那个人。如果错过他是我一生的遗憾，遗憾就遗憾吧！"

安碧凡满腹的安慰话语，此时已显得有点多余。

易雨涵话锋一转，对安碧凡说她已经辞了工作，打算去成都做生意了。

"需要去那么远吗？是你爸妈的意见吗？"安碧凡对易雨涵作出这样的决定，惊讶的程度不亚于听到凌冰结婚的消息。

"是的。当年考公务员，多半因为爸妈的原因，尤其是我爸，他以前还指望我在仕途上能够混个一官半职呢，如今，我对这个一点儿兴趣都没有。现在天天在单位上班，感到很压抑。也许是我敏感了，对别人的目光，或者不经意的一句话，哪怕是出于对我的关心和帮助，都让我感到不自在，与其如此，不如离开。"

"何必要辞职呢？调离岗位也可以，毕竟公务员是一个稳定的职业。"安碧凡惋惜地说。

"是的，我爸妈也这样劝我。但我就是我，不想有那么多条条框框束缚自己。成都那边，是我爸的一个朋友开的店，做藏族服饰生意，他要去美国了，想将店铺转让。"易雨涵故作轻松地说，"先去那边做做看，如果生意可以，再回来拓展业务呗。一想到要离开，我的心情就特轻松。"

阿辉走了过来，问两位还要再点些什么。他一副蔫蔫的样子。易雨涵调侃他："怎么像被霜打了？"阿辉撇了撇嘴，一屁股坐下来，欲语还休的样子说："给你点一盘紫芋吧，最近刚出的新品，算我请客。"

"阿辉，咋这么大方起来，张姐给你发奖金了？"安碧凡问他。

"肯定发得不少，你看张姐对阿辉多好，比自家亲弟弟还亲！"易雨涵在一旁也调侃起他。

"两位美女，请你们告诉我，爱一个人真的要受年龄限制吗？"阿辉愣头愣脑地问出这么一句。她们二人面面相觑，但又立即意会出阿辉这句话所隐含的秘密。

"也未必，只要心中有爱，年龄应该不是问题。"易雨涵带着鼓励，肯定回答，"怎么，爱上哪位小美女了？人家嫌你岁数大？还是爱上哪位美女姐姐了？"当易雨涵问出下面一句话时，顿时恍然大悟，她和安碧凡四目相对，从各自的目光中，她们都已知道了阿辉的秘密和烦恼。

"我爱她，我知道她也爱我，可是她就是说不合适！还说，若我再有非分之想，她就辞了我，两位美女，请你们劝劝她好吗？我会对她好的，一辈子！"阿辉边说这话，边用眼睛看着吧台的方向。见张姐欲从那边走来，他连忙起身，双手一抱拳，作出求拜的诚意。

她们相视而笑，以为张姐会走来，可是张姐自顾忙她手中的活儿，对这边的动静却视而不见。

186

安碧凡压低声音对易雨涵说："合适吗？张姐好像比他要大十岁吧。"

易雨涵却信心满怀地说："敢不敢打赌？这两位一定能成！"

"未必。"安碧凡表示怀疑。而易雨涵说"走着瞧吧"。

2

凌冰的婚礼庆典就在他父亲的酒店举办。

火热的红，浪漫的紫，圣洁的白，一切美丽的富有寓意的色彩，都在那金碧辉煌的宴会厅夺目呈现。同样的，恩爱甜蜜、光彩照人、笑容可掬的新郎、新娘也在众目睽睽之下，闪亮登场。主持人铆足了劲儿地煽情，一切都成了见证，见证爱情、见证浪漫、见证永远。鲜花、美酒、歌舞、笑声，像浪潮，一浪接着一浪，在宴会厅流淌，一派幸福祥和的氛围在灯光下弥漫着。

阚子逸和安碧凡一起参加了凌冰的婚礼。正当阚子逸携着安碧凡兴致勃勃地向宾客敬酒时，张皓轩却从他那一桌走了过来，悄悄地将安碧凡叫到了一旁说，易雨涵喝醉了，正在张姐酒家。

安碧凡已顾不得敬酒，连忙和阚子逸打了一声招呼，急匆匆地和张皓轩一起离开了宴会厅，坐上了张皓轩的座驾，驶向张姐酒家。

当张姐从吧台后走出来迎接他们的时候，他们一眼便瞧见大厅一角，伏在餐桌上的易雨涵。

"我一直在看着她呢，劝她少喝点，她就是听不进去，只好由着她去了。"张姐带着她那种永远不急不躁的温柔，怜惜地说。

他们来到易雨涵的跟前，一股浓烈的酒气扑面而来。安碧凡轻声叫着，易雨涵迷迷糊糊地醒来，见张皓轩和安碧凡站在她的身边，脸上露出了笑容，口齿不清地说："我就知道你们……会来，来，我们继续喝！"她踉跄着起身，欲拿酒瓶，却站立不稳一下子栽倒在张皓轩的怀里，接着发出呵呵的傻笑声。安碧凡欲夺过她手中的酒瓶，她却将酒瓶握得更紧，继续死缠着要他们二人陪她喝。张皓轩见状，端起空酒杯说："来吧！我陪你喝！"易雨涵爽朗地拍拍他的肩，夸赞他够哥们儿。张皓轩端起酒杯一饮而尽，又连忙夺过易雨涵手中酒杯，再次一饮而尽。易雨涵见他这般举动，生气了，责怪他喝了她的酒，不够哥们儿，还责怪他们俩合伙欺负她。显然她已控制不住酒性，扑倒在张皓轩的怀里号啕大哭。安碧凡坐在一旁轻轻地拍她的后背安抚。他们都知道易雨涵是借酒浇愁，发泄情绪。在他们二人的安抚和劝慰下，易雨涵渐渐平复情绪，伏在桌上慢慢地进入昏睡状态。

此时张姐和阿辉走了过来。阿辉已脱掉了工作服，一身干净，显然刚刚结束了一天的工作，手上刚用肥皂洗过，湿润润的，带着清香。

"到我宿舍去睡吧，她这样趴着，会着凉。"张姐诚恳地说。

张皓轩和安碧凡四目对视，对张姐的提议表示赞同。阿辉背起易雨涵，穿过一扇门，往酒店后门走去。

他们走到后面一间房内。房间不大，床、床头柜、简易的衣橱，别无他物。房间虽简陋，却很干净，墙面粉刷一新，几件木质饰品挂在墙上，一串长长的紫色的风铃在晃荡着。

他们将易雨涵放到床上，盖好被子。易雨涵的呼吸声由急促渐渐转为均匀，气色也趋于正常，张皓轩和安碧凡这才松了口气。

"这里是张姐的宿舍？"安碧凡关心地问。

"现在是张姐的午休房，她见我租的房子离这有点远，心疼我，晚上就给我住了，张姐回家住。她爱干净，房间我天天打扫。她的被子，我每天都帮她收到衣橱里。中午午休时再帮她抱出来。"阿辉连忙解释道。

张姐笑而不语。安碧凡听到阿辉那小心翼翼的语气，猛然想起那天易雨涵和她打赌的话,他和张姐的爱情故事定能继续。易雨涵是对的，阿辉能够睡在张姐的床铺上，由此可见，他和张姐之间那种相互体贴和关爱的情分是真的。

夜已深。张姐提议易雨涵有她和张辉照应就好，估计她一觉醒来定是天明。安碧凡和张皓轩只好离开了张姐酒家。

夜幕下的街道，车辆行人稀少，城市变得空旷起来，街道两边的树木被风吹得飒飒作响。起风了，八月一过就是九月，天气在昼夜之间有了炎热和凉爽的变化，而安碧凡的心情仍置于炎热和焦躁之中，复杂的感受难以分割，惆怅和失落又胶着在一起。她为易雨涵感到伤心难过，别人眼中的佳人才子、门当户对，如今却成了陌路。她又感到世事无常、捉摸不透，令人感到迷茫。

安碧凡疲惫地回到了家，蹑手蹑脚地走上二楼。她轻轻地打开房门。见阚子逸还没睡觉，阴沉着脸坐着。安碧凡见此表情，心头猛然一紧，她感觉到一种不祥的气氛，这种不祥的气氛，已有一段时间没有来袭，她竟疏忽大意起来。就像调皮的学生，见到严肃的老师和蔼可亲了一阵子，以为老师变了，可是错了，老师严肃起来，却比以前更凶了。

夫妻之间难得的"太平盛世"随着孩子的出生及安碧凡的

离职，的确维持了很长一段时间。她以为这样的"太平盛世"将是他们生活的常态，和绝大部分夫妻一样，虽做不到琴瑟和谐，至少可以相安无事。有时看到丈夫十分疼爱儿子的样子，安碧凡以为他们夫妻之间"磨合期"已经结束，儿子是她和丈夫之间的润滑剂，他们一家三口也会像别人家一样，其乐融融地生活下去。她甚至想用自己的钱买一套商品房，打算和公婆分开住，享受一家三口的自由和独立。

"你还没睡吗？"安碧凡关心地问他。

"你忙得很呢！大事小事事事都离不开你！"阚子逸语气是冷冷的。安碧凡一听这语气，那沉睡已久的神经，一个激灵被唤醒了，她立即意识到今晚的暴风雨即将来临，没有预报，她已无处可躲。于是她继续保持冷静，语气依旧平和地解释道："凌冰结婚，易雨涵的心情糟透了，她喝醉了，去陪了她一会儿。"

她的话音未落，砰的一声一个物件突然从她头部飞过，尖锐的撞击声，在不大的房间骤然响起。安碧凡一个闪身，电视遥控器已被击得粉碎。此时一股无名的怒火从她的胸膛喷发。

"深更半夜你发什么神经？"安碧凡不再像开始那样保持克制，她厉声责问。

阚子逸带着满嘴的酒气愤恨地说："我早就跟你说过，不要再跟她来往，别人躲都来不及，你偏不听！我看你陪易雨涵是假，陪你的情哥哥是真吧？你就是下作，你是想跟那个姓张的再续前缘吗？"

"不是你想象的那样，不要这么狭隘好不好？"安碧凡情绪激动地说。

阚子逸高声吼道："臭不要脸的！你要给你老公戴多少次绿帽子才肯罢休？你这个下贱的女人！"

安碧凡知道他又是过去那一套，她高声嚷道："我下贱？你就是流氓！你那点破事，我都难以启齿，你还好意思管我？乐乐是谁的孩子？别以为我不知道，你净干那些缺德的事！"

阚子逸听到安碧凡这一番话，已气急败坏，他像个疯子一样，挥起他的拳头猛地抢了过来。安碧凡挣扎着："请你住手！否则我报警了！"

一听说安碧凡要报警，阚子逸更是怒火中烧，叫道："你报警吧！最好叫你的情哥哥过来，别以为我不知道，你跟他私底下见了多少次面？你所有的行踪我都知道！你这个贱女人就是找死！"一阵雨点般的拳打脚踢，安碧凡已无法抽出手来拨打求救电话。

突然，她的手机却在口袋里响起。阚子逸连忙抢得她的手机，按下了接听键。电话里传来一个男人的声音："凡凡，你到家了吗？你还好吗？"

安碧凡听到是张皓轩的声音，她高声地发出了求救："救救我！"但电话立即被阚子逸挂断。

阚子逸已经猜出来电人是谁，但他依旧像审问犯人一样，审问被他已经踩在地上的安碧凡："他是谁？"语气十分凶狠，安碧凡没有回答。一个耳光扇了过来。"他是谁？你快说！"安碧凡依旧固执地不作声，此时她用无声在反抗。又一个耳光扇了过来，阚子逸恶狠狠地说："你找死呀！"鲜血已经从她的嘴角流出。她用微弱但又坚定的声音骂道："你这个畜牲！"

安碧凡的倔强和临危不惧的气概令阚子逸十分恼火。那个曾经苦苦哀求百般求饶的安碧凡不见了，她变得这般强硬，令他有点疲惫和气馁，他要征服他的女人，他要听到女人的求饶声、哭泣声才有快感和满足感。可是今晚却大失所望，他不知

191

道这个女人何来的胆量和勇气敢跟他抗衡。一定是外面的那个男人，她定是有了别的男人。这个女人就是欠揍。此时阚子逸就像发了疯的野兽，凶神恶煞一般。

房门外敲门声不断，哀求声、怒骂声、威胁声，令阚子逸心烦心乱。他气汹汹地对已被他征服得有气无力的安碧凡说："贱人！"他松开了她，转身打开了房门。一脸惊悚的宗华和怒不可遏的阚永明连忙推开他，直奔躺在地上的安碧凡。

"作的什么孽？才过了几天安生日子？"宗华带着哭腔，一边骂儿子，一边扶起安碧凡。阚永明看到此景，愤怒地抡起拳头挥向阚子逸，而阚子逸却一溜烟地逃出了房间，走下楼去。"还不赶紧打 120，将她送到医院去！"阚永明命令宗华。

宗华却异常冷静。她看了看安碧凡的伤势，见安碧凡坐在地上呻吟着，对丈夫说："你疯了！深更半夜的，若是 120 过来，吵吵闹闹的，吵得左右四邻都知道，你不怕丢丑，我还要脸的。"

阚永明生气地说："要什么脸？人命要紧还是脸要紧！"正在他们二人争执的时候，阚子逸却又冲回房间，手里拿着一个白色的塑料桶，里面装了半桶液体。正当阚永明夫妇丈二和尚摸不着头脑的时候，他抓住安碧凡的衣领，恶狠狠地对她说："你发誓，以后再也不偷男人！否则，我们同归于尽！"当他说完这句话的时候，阚永明夫妇已大惊失色。阚子逸欲将手中塑料桶里的液体倒在自己和安碧凡的身上。求饶声、命令声、斥责声，都已无法控制这样的局面。

宗华哭泣着求安碧凡："好乖乖！你就服个软，发个誓吧，否则要出人命了！要冲家了！"

安碧凡此时是站立着的，与其说是站着，还不如说是被阚子逸提拎着。她冷冷地看着房间里的一切，愤怒的公公、哀求的婆婆、发了疯的丈夫。她没有看到郑小萍，她料定儿子此时定是安全的。她冷笑一声说："你烧吧！烧掉这一切我都无所谓！死了都干净！"

宗华见安碧凡这么强硬，气急地说："你说这话不是火上浇油吗？你这个丫头，怎么这么不知好歹？说句软话，求个饶，大家就相安无事了。"阚子逸此时一把松开了安碧凡，她站立不稳，再次跌倒在地上。他在房间乱找一气，却找不到点火的工具。阚永明拼了老命奋力拽住他。

正在二人僵持不下的时候，一阵警车的笛声在阚家院门外响起。开门声、一阵混乱的脚步声从院子响到二楼。两名警察冲进了房间，其中一名警察掏出证件说："我们接到求救报警电话，这里有人正处于危险。"其中一名警察奋不顾身冲上前，一脚踢向阚子逸那只拎着塑料桶的手。阚子逸疼得叫喊了一声，塑料桶滑落在地上，一股浓烈的汽油味充斥着房间。阚子逸像个败兵，已被警察降得服服帖帖。阚永明夫妇这时才意识到儿子的行为已经惊动了警方。

宗华见站在一边手足无措的郑小萍，责问道："是你报的警？"郑小萍一个劲儿地摇头表示否认，但她承认她听到外面的声音，去开的院门。当安碧凡被一名警察抱上警车时，阚永明夫妇才如梦方醒，那人不是别人，正是张皓轩。

阚永明见家里混乱的局面已经得到控制，语气谦和地向张皓轩解释，是他的儿子晚上喝了点酒，酒后失态，小夫妻吵架拉拉扯扯的，惊动了警方实在过意不去。言下之意，夫妻吵架是家事，接下来的事就给他们自家处理。张皓轩由不得他解释，按照程序，履行了手续后，给阚子逸开出了一份告诫书。随着警车的笛声和车灯在夜幕下渐行渐远，发生在阚家大院里的那一幕闹剧才终于停歇。

3

安碧凡再一次躺在医院的病床上。

回想昨晚发生的一切，相似的情景、相似的拳头、相似的嘴脸，一切都不再陌生。她在内心嘲笑阚子逸野兽般的行径毫无新意，面对她的强硬，原来也是纸老虎，她内心涌起了从未有过的轻蔑。

可是一切的一切都又令她感到心灰意冷。她一直僵直地躺着，伤痛令她无法动弹。其实她也不想下床，不想走出病房，不想见任何人。她觉得一切都是那般了无生趣。死亡对于她来说已经不可怕。昨晚那千钧一发之时，阚子逸怎么没找到打火机呢。这个鸟人！点着了多好，死了都干净！她为昨晚没有看到火光、没有听到他们的号哭、没有看到他们的狼狈而感到失望。

隔壁病房里传来小男孩的哭闹声，清脆而具有穿透力，令安碧凡心头一紧，是安安吗？她恍如隔世，好久没见到她的孩子了。

身上的伤痛再一次提醒她，过去的努力都是她异想天开、一厢情愿。她的隐忍、牺牲、迁就，都在拳脚的暴力里，化为血污，随着医药水冲洗而去，留下的只有躯壳和无力挣扎的肉身。

安如祥和张莉的爱怜中充满愤怒，他们在狠毒的咒骂声结束后，最终归结于两个字：离婚。

"一个离了婚的女人若再带着个孩子，想再嫁个条件好的人，很难。"放弃儿子的抚养权，是张莉提出来的，态度十分坚决。安碧凡对张莉很失望，她也是做母亲的人，也是离过婚的人，怎么面对不是她的孩子、不是自己身上掉下来的肉，就那么心狠。张莉反复在她耳边灌输，像蜜蜂在她耳边嗡嗡作响，令安碧凡心烦意乱，又像根根芒刺扎在她的心头，令她疼痛。

这日黄昏，安碧凡在病房里躺着，有人敲门。只见张皓轩穿着一身便服，笑盈盈地站在安碧凡的面前，依旧是一脸的灿烂。夕阳透过玻璃窗斜照在他的身上，一身的光辉，整个病房仿佛都沐浴在阳光里。张莉知趣地走出病房。

安碧凡勉强地撑着身体想坐起来，但张皓轩连忙上前制止，快速地摇动病床的活动摇手，好让她半躺着坐起来。

伤情鉴定报告已经得出，这将成为安碧凡离婚以及状告阚子逸的有力证据。张皓轩征求了安碧凡的意见，在离婚之前可以帮她向法院申请开一张人身安全保护令，在接下来的一段时间，安碧凡是安全的。"如果他再纠缠你，法院可以拘捕他！"在张皓轩一贯的理智与冷静面前，安碧凡的内心也变得坚定起来。她已经痛下决心，结束这一切。

4

暮春的阳光照在院子里，青砖铺就而成的地面被磨得发亮，墙角边缘处长着一层深绿色的青苔，院子里摆放着各种大小不一的花盆，盆里植物的枝枝丫丫随意地生长着。安碧凡坐在走廊上的一张藤椅上，懒懒地晒着太阳。

家仍然是她结婚前的样子，张莉一直为女儿保持原样，她希望女儿只要想回娘家住时，依旧是原来的模样。可是，去了的事情，去了的时光，都很难再回到原点。家不再像以前的家。那个有着小院、走廊、两室一厅、两间小厢房，一直相安无事住着母女二人的家，也已经一去不复返了。因为家里还住着一个男人，一个安碧凡并不喜欢的男人，一直在她眼前晃悠，令她的目光、身体无处着落。这段时间，吴刚没什么生意可做，一直赋闲在这里，张莉一日三餐地伺候着。安碧凡多半将自己关在房间内，大门不出，二门不迈，除了出来吃饭，偶尔在院子里散散步。

张莉看出了女儿落寞的样子，也看出了女儿对她找的这个男人不是十分满意，只好悄悄地对吴刚说，请他离开一段时间，等安碧凡心情好转后再来。吴刚十分不满，他说不是他赖在这里不走，而是他多次要求张莉和他一起到南方去，那边他还有一个商铺要照应。张莉就是没同意，她舍不得离开这里，舍不得离开女儿，万一女儿有个什么事儿，连个安身的家都没了。没有娘家，女儿就没有了归处。

吴刚对张莉说："哪有夫妻不打架，若一遇打架就离婚，世上哪有白头到老的夫妻？再说了，她嫁的是什么人家，上亿的资产，这辈子享受不尽的荣华富贵，年轻时受点丈夫的管制、委屈，等将来随着年龄的增长，过了那段'七年之痒'，一切就好了。"张莉被吴刚这一套大男子主义的理论气得无话可说。"不是你生的，你哪儿知道心疼，你心里只有钱财，一切就向钱看！"张莉愤愤地说道。

安碧凡在房间里听到二人的争吵，她懒得出门劝架。她可怜起她的妈妈，一个人单身自由了这么多年，搭错了哪根筋，找这么一个男人回来斗嘴。安碧凡想劝她妈妈和眼前这个男人分手，单身有什么不好，难道女人真的需要有男人的陪伴，才算是圆满、幸福？安碧凡早就对婚姻感到失望，什么恩爱白头，什么执子之手，与子偕老，一切都让她感到了无生趣。

没几日，吴刚果然走了，这个家又恢复了往日的平静。

张莉落寞地坐在院子里看着花草发呆。自女儿从医院回家，她无心收拾院子里的花花草草，常常自怨自艾。单身多年，独自拉扯女儿长大成人，满以为嫁了好人家，她就可以安度晚年，满以为自己找个伴侣，就可以不再孤单。而现实都未遂她的心愿。年轻的时候，她不服命，心有不甘，坚信命运是公平的，人生天平的砝码无论加在哪一边，只要天平在不断地动，总有公平的时候。女儿刚出嫁的那段日子，她是过上了一段扬眉吐气的日子。每每走在状元路上，小商铺里那些妇人，投向她的是羡慕和嫉妒的目光，那时她的头昂得很高，胸也挺得很高。可是这种舒心的日子，随着女婿的拳脚一次次落在女儿的身上而化为乌有。她将这一切都归于宿命。老天是公平的，可是老天的公平只是宏观上，对于她一个退了休的单身妇人，老天没有开眼，忽略了。

可转念一想，这么多年自己不也熬过来了吗？与其在不幸福的婚姻中苦苦熬，还不如一个人自由自在的好。谁离开谁，还不都能活？想到这里，她的心慢慢变得舒朗起来。

院子门铃响起，打断了张莉的思绪。张皓轩拎着一篮子水果走了进来。张莉客气地请他进屋。她对张皓轩的态度已经明显好转，不再排斥他。见到张皓轩，她有时会忽闪过这样的念头：当初如果不是她阻止张皓轩和安碧凡的恋情，又会是怎样的结局？不过这只是闪念，稍纵即逝，她不允许自己在这闪念中停留时间过长，没有可能，没有假设。过去的决断，就是快刀斩乱麻。

望着安碧凡无神的目光和苍白的脸，张皓轩知道，她最大的心事就是儿子的抚养权。张皓轩犹豫了片刻，还是将憋在心里的话说了出来。"对于孩子的抚养权，能争取到更好，实在不行，只好放弃。安安是阚家的孙子，是阚家未来的继承人，阙家是不可能放手的。"张皓轩理性地分析道，"即便你通过法律途径争取到了儿子的抚养权，那今后将永远割断不了与阙家的联系，孩子留在你身边，阙子逸是孩子的父亲，他总得有探望权吧，你将永远摆脱不了他的纠缠。"可是一想到儿子已经很长时间没有见到妈妈，安碧凡忍不住潸然泪下。她的内心有一股冲动，想冲到阙家，不顾一切地抱走她的儿子，这个念头在她心头一直缠绕着，慢慢生根、发芽，令她夜不能寐。而张皓轩却果断地劝安碧凡狠心放手。

"你没有做母亲，你不了解一个做母亲的心有多痛！"安碧凡说出这句话时心碎不已，一行热泪滑到嘴角。张皓轩无奈地摇摇头，不再继续往下说。他苦笑着，告诉安碧凡一件令她气不打一处来的事。阙子逸已经实名举报张皓轩违反纪律，酒后执法、私闯民宅、勾引有夫之妇、乱搞不正当男女关系。他正接受单位纪检部门的审查。"酒后执法估计要受处分的。不过手续上的事都是我的同事在做，不是我签字的。我只不过那天一时情急，参与了其中。"张皓轩撇了一下嘴，表示无奈。安碧凡听了后，气得脸发青，她仿佛再次看到阙子逸那张狰狞的脸。她开始全身发冷，一股阴霾再次笼罩在她的心头。前面将是一条看不到光明的路，她不知道如何落脚，仿佛踩在一片沼泽地，沼泽慢慢地将她包裹，令她绝望和窒息。

安碧凡已经向法院递交了离婚申请书。她压根儿就没有指望通过协议离婚的方式来结束和阙子逸的婚姻关系。她知道，离婚不是那么容易的事，阙子逸不会轻而易举地放过她，安安的抚养权问题、财产问题，也绝对不是她和阙子逸两个人坐下来可以商谈的，必须经过法律程序，她要用法律的武器维护自己的合法权益。

正如安碧凡所料，阙子逸坚决不同意离婚。宗华被儿子气得半死。在宗华的心里，那个自从嫁到他们家就没有消停过的儿媳妇就是祸水，这样的儿媳妇不要也罢。这个"扫把星"不是旺夫的命，不仅没有给她的儿子带来好运，反而带来不安宁。安碧凡提出离婚，她双手合十嘴里念道："阿弥陀佛！"可是偏执狂儿子完全听不进宗华的劝说，他发誓说，他得不到的女人，别人也休想得到！

5

当阚子逸将收到法院传票的事告诉阚永明的时候，阚永明在办公室里顾不得有旁人在场，在电话里将儿子骂得狗血淋头。骂完儿子，他只感到胸口发闷，手脚发软。公司秘书和驾驶员只好将他送到医院检查。医生说他心脏老毛病又发作了，给他输液，要留院观察，再三叮嘱他要注意休息，不能发怒也不能劳累。

蔡源一死，举报信里与阚永明相关联的事暂被搁置，阚永明稍稍缓了口气。事情未了，儿子儿媳离婚之事令他颜面扫尽。安碧凡已经多日没有到公司上班，公司召开管理层会议，她缺席。员工们不知道安碧凡究竟出了什么事，但是有一点大家是有共识的，那就是阚总的儿子、儿媳妇夫妻关系不好，经常打骂，现在已经到了要离婚的地步。

阚永明躺在病床上拨打了老王的手机。不一会儿工夫，老王急匆匆地从会所赶了过来。

见老王有点气喘，阚永明顿时心生恻隐，示意他坐下。他好像好久没有仔细地打量过老王了。老王头发已经花白，后背也有点弯曲。他轻握老王的手说："辛苦你了！"老王见阚永明有气无力的样子，便知这次病情不轻。他轻声安慰道："儿孙自有儿孙福，前一阵子那么大的事都没压垮你，怎么一到了儿女的事情，反而急躁了起来？"老王虽说是安慰，却一半赞许，一半责备。

阚永明问："老易那边，还好吧？"

老王答："昨天去了他家，跟他聊了一会儿，状态看起来还不错。"

阚永明叹了一口气，道："他不能全身而退，也怪不得我，我尽力了！"

"你也不要自责，谁都会明哲保身，身在官场这么多年，他也不可能事事都洗得那么干净，他现在的状况已经是最好的结局了。"老王继续安慰道。

阚永明长长地舒了口气，接着说道："你找一下安碧凡，请她撤回起诉。"

老王跟随阚永明这么多年，他了解阚永明，哪怕一个眼神，一次皱眉，他能都读懂其中的含义。阚永明是想私底下通过协商来解决儿子的婚姻纠纷，家丑不可外扬，不想让此事闹得满城风雨。老王更加知道阚永明最担心的是什么，他并不是担心安碧凡会做什么出格的事来，而是他那个不争气的儿子，会做出什么头脑发昏一发不可收拾的事情来。

老王以试探的口吻问："阚总的意思是通过协商达成离婚？"

阚永明叹了一口气说："倘若安碧凡能够回心转意固然好，但是这一次她肯定是绝望了，再说老安也不会同意的。人心都是肉长的，谁家的孩子不心疼？上次我向他保证过，我没脸见他。才过上一年多的太平日子，孽子又犯病了！前不久他们小两口还打算搬出去单过，我还真以为孽子当了爸爸，成熟了，成人了。谁知……唉！"阚永明指了指手背，皱了皱眉头，输液的针头戳得他有点疼痛。老王拨了拨输液流量调节器，将滴水的速度调慢了下来。

阚永明继续说："安碧凡的诉讼书里只提到安安的抚养权的事，并没有提及有关财产的事，这正是我担心的，她若是提到钱财，都可以商量，就怕她什么都不要，只要孩子。"

老王瞟了一眼阚永明说："阚总，说句不该说的，子逸总是出手打老婆，是不是有点家暴倾向？有机会是不是给他看一下心理医生？上大学的时候……"

阚永明瞪了一眼老王，示意他别再往下说。"我也有此想法，以前总是以为他不成熟，易激动，情绪控制不住，现在看来……"阚永明没有继续说下去，他打住这个话题。尽管老王跟随了他多年，对他忠心耿耿，但是提起儿子的问题，阚永明还是难以启齿。阚永明算是成功之人，名利双收，可是一想到自己的儿子，他就觉得有遗憾。别人的儿子，有子承父业的，有上名牌大学的，有出国留学的，又出息又争气，偏偏他生出这么个戾气重的儿子。当年阚子逸上的那个本科，还是他花了几十万元通过点招买来的入学名额。阚永明将儿子不成器都归罪于宗华，太溺爱，太娇惯，要什么给什么。满以为生了个孙子，家业能够后继有人，可是现在儿媳妇又提出要离婚，还要争夺孙子的扶养权。家庭事业内外交困，这一切的一切都令阚永明心力交瘁。商场如战场，他可以雷厉风行、杀伐决断，甚至可以无情无义，可是一遇到家务之事，他就像一拳头打在棉花上，落下去，不知道如何再次举起手。长期以来，他讨厌看到女人的泪水，一颗颗落下来，带着晶莹的亮光，像结晶的盐，撒在他的心里，涩涩的，腌得他心烦意乱。他只有一次次哄骗她们，逗她们开心，见到她们的笑容，那腌过的心才会得到舒缓。一次次的，他在女人面前感到有点累，所以他有时也会避着不见她们。

他吩咐老王："直接跟安碧凡谈钱，只要她撤诉，只要她能为孽子的事保密，留有余地，一切都可以谈，如果她一味地执拗下去，不顾惜阚家脸面，到法庭上闹开了，到时就别怪阚家做得太绝情。孩子、金钱两空，看她咋办！"阚永明说出这一番话时，只觉得胸口又一阵绞痛。面对他那个娇弱的儿媳妇，带着前所未有的倔强和勇气，向他扑杀过来时，他有点感到于心不忍，可是面对现实，他又不得不狠心待她。

当老王离开病房走向电梯的时候，一句话在他的脑海再次蹦了出来：无毒不丈夫。这么多年他最佩服的不就是阚永明这一点吗？

6

阚家的律师在老王的陪同下约见了安碧凡。目的很明确，他们要私下协商解决离婚的事。

正如老王和阚永明所预见的那样，安碧凡只要孩子的抚养权，态度很坚决。而阚家提出了反对意见，除了孩子的抚养权必须归阚家，其他事都好协商。阚家主动开出两百万元作为给予安碧凡的补偿，孩子归阚家抚养，今后安碧凡将与阚家没有任何关系。安碧凡听到这个霸王条款，愤怒了。她当着律师的面撕掉了协议，大声地说："我不卖儿子！"

老王是个脾气极好的人，他自始至终都在聆听安碧凡和律师的谈判，直到见安碧凡生气了才开口说话。他不仅转达了阚永明的意见，同时也表达了自己对这件事的看法，他的建议和张皓轩的建议几乎是如出一辙。他劝安碧凡为将来着想，还是早点放手，不仅对孩子放手，而且为了今后避免阚子逸无休止的纠缠，谁都不能保证阚子逸在情绪失控之下，会做出什么事情来。老王语重心长，诚意也是显而易见的。安碧凡已经被母爱冲昏了头脑，任何人的劝说她都听不进去，她想孩子已经想得发疯，她要不顾一切地夺回她的儿子。

双方第一次协商就这样不欢而散。

连日来，安碧凡一直在滨洲花苑小区附近徘徊，或坐在车内，或守望着阚家的方向，她希望看到郑小萍带着安安出来玩，她在等待这样的机会。可是一连几天，她都是满怀希望地去，然后万分沮丧地回。偶尔她也会看到阚子逸从家门口走出来，那一刻她异常紧张，她害怕被他发现，她就像逃避魔鬼、瘟疫一样落荒而逃。

那日，机会终于等来了。她远远地看到郑小萍推着儿童车走出了阚家院门，安安坐在车内，戴着一顶长檐帽，帽子上面是只可爱的小狗，儿子属狗，特别喜欢这顶帽子。安碧凡一看到儿子可爱的小脸，泪水禁不住流出来，她恨不得立即冲过去，将儿子抱在怀里。可是，她又看到那令人厌恶的宗华，紧跟着走出阚家院门，她只好坐在车内远远地看着。此时，她所有的注意力全集中在安安的身上，儿子的一举一动无不牵动着一个母亲的心。

只见宗华跟郑小萍说了什么，一个人又折回往家走去。安碧凡的心怦怦乱跳，见到宗华离去，她飞快地向儿子冲过去，以迅雷不及掩耳之势抱起儿子，紧紧地将儿子抱在怀里。安安不知是受到惊吓还是见到妈妈，突然哇哇地哭了起来。

郑小萍见到安碧凡，惊叫一声："凡凡姐！"安碧凡没有理会她，抱着儿子就向她车子停靠的方向走去。郑小萍此时反应了过来，连忙和她争夺安安，并且高声嚷道："凡凡姐，你这是干吗？你不能带走安安，否则我没法向宗姨交代！"

安碧凡愤怒地嚷道："我的儿子，我必须带走，跟你无关！"郑小萍见此状况，拼了命地争夺。孩子就在两个年轻女人的争夺中大哭，引得路人驻足围观。

此时的安碧凡像一个发了疯的母狮，已经失去了理智。她一边紧紧抱着孩子，一边又努力摆脱郑小萍的拉扯，她几乎是用央求的口吻对她说："求求你！请你放手！是我的儿子。"

柔弱的安碧凡怎么可能是郑小萍的对手，眼看着儿子就要被她抱走，在安碧凡拼尽最后一点儿力气的时候，突然啪一声，一个耳光重重地落在了她的脸上，她差点儿失了手。宗华不知何时冲上前来，迅速地抱走了安安。她声色俱厉地大骂："偷人精！祸水！生活不检点就该遭男人打，不让你净身出户就已经是阚家的仁慈，还恬不知耻来抢我的孙子！"

路人依旧在围观。安碧凡的衣服、头发已经被扯成一团糟，她像一只落魄的狗任凭宗华痛骂和羞辱。她眼泪汪汪地叫喊："将安安给我！乐乐也是你们家的孙子，他将来还可以继承阚家的家业，安安不会与他去争的！"

"你真疯了！"宗华的眼睛已经血红，她的牙龈跟她的眼睛一样，连那发黄的牙齿也渗着血色。安碧凡在泪眼蒙眬中看着宗华和郑小萍拨开了人群，抱着她的安安匆匆离开。

围观的妇女们开始议论纷纷，有认识阚家的人，在一旁像是代言人一般，向那些不知情的人讲述阚家发生的事情。添油加醋的描绘、富有同情的安慰、带着愤怒的责骂，妇人的议论，虽无关她们的痛痒，但是她们却津津乐道，就像观看一部婆婆妈妈剧一样，忘我、兴奋、激动。

安碧凡不知道是怎样离开人群的。她走进自己的车内，落魄地、绝望地开着车，回到安家巷，一回到家她就和衣睡下了。

7

安家客厅那座祖传的老座钟，长年累月地一左一右毫无倦意地晃动着，在这左右摇摆之间，时光永远跳不出属于它的节奏，流动着的是毫无生气。

一连数日，安碧凡卧床不起，茶饭不思。张莉知道女儿的心病，苦口婆心地劝慰，安碧凡就像钻进了死胡同里，进退两难。张莉也感到无助，她悔恨交加。女儿刚怀孕的那段时间，想做人流、要离婚，如果那时她和安如祥鼎力支持，不至于如今为了孩子而难取舍。她更懊恼不已，那时不应该听阚家蛊惑，一个劲儿地劝女儿忍一时之苦，指望孩子生出来后一切都会好的。令张莉羞愤交加的还有那个姓吴的男人。她痛骂自己不争气，单身多年都熬了下来，到最后还要受那个"渣男"的气。

吴刚和张莉吵了一架离开后，就再也没有联系过她，两人从此成了陌路。张莉心里怄气，心想，分手也罢，姓吴的"钱心"太重，也许交往之初就是想攀上女儿婆家那棵摇钱树。摇钱树再怎么高大，再怎么摇晃，最终没有一片叶子落在他的兜里，他失望了。张莉一想到这点，便茅塞顿开，于是她将那个她生命中的过客拉进了黑名单。

张莉见女儿落寞地坐在院子里看着已经衰败的花发呆，一阵心酸。她无心收拾院子里的花草，偷偷地到厨房自艾自怜去了。

周日，安如祥走进了安家巷。熟悉的巷子虽短，可是安如祥却感到漫长，脚步显得十分沉重。人生很多事情，不可以重来，倘若可以，他宁愿将爱过的人再爱一遍，将失去的一项一项地补回来。手臂不小心触碰到青褐色的墙砖，生疼，带着久不见阳光的酸涩味道穿入他的体内，他的内心有着说不出的滋味。张莉对安如祥的态度是一百八十度大转弯。她不再拒他于千里之外。她和安如祥坐在安碧凡的床沿，就像从未分离的老夫老妻一样，给女儿的目光和爱抚都完全一致，暖暖地落在女儿的身上。安碧凡见到这般情景，内心的伤痛缓和了许多。她深深地知道，在这个世界上只有父母是最爱自己的人。做错了事、受了挫折，哪怕混得穷途末路，父母永远是最坚强的后方，是最温暖的港湾。

日子在这一刻充满了温情，像穿越时光的隧道，回到了以前。她牵着爸爸的手，嘴里含着棒棒糖，一点点在嘴里融化，漫漫地流淌到胃里，令她回味无穷。她也曾无数次这么期待过。期待除了棒棒糖，还有更多具体的物质的东西，更期待一家三口永不分开。巴望着爸爸经常来看她，带她出去玩，给她买衣服、玩具、学习用品，或者陪她去吃肯德基。爸爸完成这一切之后，可以离开她，因为离开，比看到妈妈抛给爸爸冷漠的眼神要好得多。再后来，她慢慢长大，她不再迫切期待爸爸，她想去爸爸那边玩，那边有她的皓轩哥哥。再后来，她什么都不再奢求，只求父母一切安好，她不需要父母为她再做什么，只求他们能相安无事在一起，哪怕只有短暂的片刻。

而父亲微微弯曲的背影和日渐稀疏的头发，一次次地提醒她，一切都不可能再回头。

第十三章

1

　　安碧凡和阚子逸的离婚庭审在新江县法院审判室如期进行。审判台前，审判长、书记员等人正襟危坐，严肃的表情和目光齐刷刷地隔空传递给每个在场的人。按照程序庭审宣布开始后，审判长开始询问。作为被告的阚子逸很乖顺地回答了审判长的问话。在法院门口与安碧凡相遇时的剑拔弩张也收敛了起来，那充满恨意的眼神也被庭审室那庄严肃穆的氛围和审判长义正词严的问话压制住变得怯弱起来。安碧凡的内心一点儿也不害怕，她的内心是坚定的，她只有一个目标，那就是争取儿子的抚养权。

　　起初，阚子逸是保持克制的，但是当安碧凡控诉阚子逸有家暴劣迹，坚定地提出孩子不宜由他扶养时，阚子逸终于忍不住爆发了。他将心中所有的猜忌、愤恨一股脑儿地发泄了出来。他口不择言地控诉安碧凡婚前如何不检点，婚后又如何勾引别的男人，并指着在场的张皓轩说："就是他！"并冲动地向张皓轩走来，甚至想动手。场面出现意想不到的混乱。

发了疯的阚子逸扬言："想离婚没那么容易，我得不到的，谁也休想得到！"他的这一句话，令安碧凡不寒而栗。这句话里隐含着巨大的危险，她担心的不是她自己，而是如果他得不到安安，会不会对安安做出什么。

庭审因阚子逸激动的情绪无法再继续，审判长只好宣布休庭。安碧凡和阚子逸的离婚案再一次进入调解。这样的结局是大家意料不到的，可是又觉得在意料之中。

一周后的一日，易雨涵来到了安家巷，和她一起跨进安碧凡家院门的还有她的 Baby。

Baby 已经长高了不少，棕色的毛发混杂了一些黑色，油油地发亮，眼神有股穿透一切般的力量，两只耳朵直直地竖立着，警惕地听着这个世界上的一切动静。它一见到安碧凡嘴里就发出"哼哼"的声音表示它的友好。动物真是奇妙，它能够通过主人的言行举止，准确地判断陌生人跟主人的亲疏关系。Baby 对张莉显得十分友好，但她却有点发怵。Baby 的到来给安家小院带来生机和快乐。在易雨涵的调教和训练下，它会做很多事情。站立、坐下、趴下、翻滚、握手都能听从主人的命令，还能帮助主人拿东西，而且做起来还十分卖力，逗得安碧凡和张莉开怀大笑。

易雨涵见时机已到，切入正题。"亲爱的，求你件事呗，Baby 送给你养好吗？"易雨涵爱怜地摸着 Baby 的头，撒娇地对安碧凡说。

"给我？它能听我的话？"安碧凡露出惊诧的表情。易雨涵将在下周赴成都，她央求安碧凡说："我妈妈对动物的毛发过敏。将 Baby 留给你最合适，你也有个伴不是？"易雨涵十分不舍地将 Baby 搂在怀里，像跟人说话一样对着它说："Baby，给你找一个好阿姨，你要听阿姨的话，妈妈会想你的。"她俯身亲吻它。安碧凡看着易雨涵视一条狗如同自己的孩子，心里发笑。"我爸的朋友签证日期快到了，他要在去美国之前，对店铺有个交代。"易雨涵十分不舍地搂着它。

"这么快就去了？"安碧凡一听说易雨涵即将赴成都，有些不舍。尽管有些不舍，但为易雨涵感到高兴。远赴他乡她将开启别样的人生，也许她会尽快地从阴霾中走出来，正所谓凤凰涅槃。安碧凡了解易雨涵，她就是这样一个不屈不挠的人。

安碧凡有点为难且不自信地摸摸 Baby 的头调侃道："它若不听我的话咋办？到时我就将它寄到成都去？"

"不会的，它真的很听话的，你和它熟悉几天就 OK 了。"易雨涵递给安碧凡一个大行李包，里面是 Baby 的日常用品，狗用饭盆、水杯、狗链子、狗粮、玩具，还有一些狗用药品。

"带个孩子也不过如此，我带安安出门也是这样的。"安碧凡看着眼前七七八八的狗用品，感慨地说。易雨涵听到安碧凡这般说话，知道她的这一举动触动了她思念儿子的神经。她走上前来给了安碧凡一个暖暖的拥抱。

"还有一件事要拜托，我跟你提起过的，还记得我曾经采访过的那个姚家女孩小丽吗？我已经在妇联登记注册了，资助小丽上学，我会定期寄生活费给她的，直到她考上大学。如果可以的话，必要时还请你抽时间帮我到乡下去看看她。"

"好吧！一下子给了我两个孩子要照顾。"安碧凡捏了捏易雨涵的鼻子，一一应允。

"亲爱的，我在成都期待你的好消息。"易雨涵嘟起嘴唇，作亲吻状。她并未多劝慰安碧凡什么，其实已经不用易雨涵多说什么，安碧凡已经用自己的行动在证明，人的命运其实只掌握在自己的手里。

七月的天气异常炎热，已经一个多月没有下雨了。清晨的阳光刚从地平线探出头来，就带着热辣辣的气息，从城市的水泥地上折射开来，树木、花草耷拉着叶子，无力地喘息着、挣扎着。洒水车不停地在街道上喷洒，城市里一切都流着热汗，疲惫地在热浪中呻吟。

　　安碧凡坐在张皓轩的车上。车内空调开得很低，张皓轩见安碧凡抱着双肩，有点怕冷的样子，他顺手将空调的温度又调高一点儿。车子快速地向机场驶去。Baby 安静地坐在车子后座上，伸着它的舌头，哈着热气。Baby 跟安碧凡相处了几天，已经视安碧凡为它的主人，它时刻盯着车辆的前方，机警地观察外面的世界。

　　此刻安碧凡的内心空落落的。想起和阚子逸对簿公堂时的情景，她的心绝望透了。

　　"真的既佩服也羡慕易雨涵！如果有机会我们一起去成都看望她去！"张皓轩充满向往的提议打断了安碧凡的思绪。

　　"是的。又有多少人能够想干吗就干吗？易雨涵能够做到的，我未必就能做到。"安碧凡失落地说。

　　四十多分钟的车程，他们来到了机场出发层。易雨涵早已到了，为她送行的还有她的父母。

　　眼前的易雨涵令人眼前一亮。黑色的长檐帽、白色的 T 恤衫、发白的牛仔裤、白色的帆布鞋，简洁、大方、青春、靓丽的外表透着坚毅和果敢。易雨涵同时也看到了张皓轩和安碧凡，张开双臂，风一般地飞过来，给他们二人一个大大的拥抱。安碧凡没有那般兴致，很沉静，神秘地对易雨涵说还有一个"特殊人物"也为她来送行了。易雨涵有点丈二和尚摸不着头脑，她被安碧凡牵着手，来到车旁边，打开了车门。Baby 兴奋地跳出车外，蹦得很高，扑到易雨涵的怀里，亲吻着易雨涵的手、脸、脖子，嘴里发出酷似人类语言的音节。易雨涵高兴极了，她没想到他们会带 Baby 来。她搂着它，亲昵了很久，依依不舍的样子，令张皓轩和安碧凡都十分动容。

安碧凡笑着责怪地说："好了，还有两个大活人站在这儿呢，别太重犬轻友了！"Baby 从激动的情绪中也慢慢地平静下来，伸长舌头，乖乖地坐在易雨涵脚下。易雨涵带着蛮不讲理的口吻央求两位好友："一定好生照料 Baby，如果它有什么闪失，别怪我翻脸不认人！"他们二人都会心地笑了。

面对别离，满腹的话在心头，可是他们都不知从何说起，好在有 Baby 在场，使得离别没有伤感。三个人都说着开心话，畅想着不久的将来再次见面时的情形，在相互祝福、相互珍重中挥手道别。

2

回来的路上，Baby 依旧在后座上，它不再东张西望，而是落寞地趴在那里，头朝着车门一侧，微闭双眼。它肯定知道这一次和它的主人别离，一定是久别，下次见面不知何时。

安碧凡说："狗通人性！"

张皓轩开着车，眼睛盯着前方说："难舍也得舍。"

她知道张皓轩这句话的用意是对她说的。张皓轩是男人，是理性的。他劝她，即使失去了安安的抚养权，但是也不要过于担心，安安毕竟是阚家的孙子，阚家会为他提供一切利于他成长的条件。她有探视权，并没有失去一个做母亲的权利。

张皓轩继续说道："固然放弃安安的扶养权，对你来说很残忍，但是一切都要朝着好的方向去想一想。未来的事情，谁也无法预料，也许将来不是你想象的那般糟。"安碧凡默默地听着张皓轩的安慰和劝说。她一颗纠结的心此刻放松了许多，随着车子驶进一段开阔的路段，她的心情也逐渐开朗起来，她嘴角慢慢向上扬起，给了张皓轩一个微笑。

车子很快到了状元路。车子慢慢停妥，安碧凡下了车，张皓轩要送她回家，她执意一个人回去。张皓轩只好目送着她牵着 Baby 离去。

可是当他刚刚跨进车内，便听到安碧凡的惊呼声和 Baby 汪汪的叫声。张皓轩警觉地下车，循声看去。只见阚子逸不知从什么地方冒了出来，拽着安碧凡的手臂，口口声声地央求安碧凡跟他回家，求她不要和他离婚。他不顾周围有人驻足围观，扑通一声跪在地上求饶说："一切都是我的错，我向你保证，如果再对你动一根手指头，你就砍掉我的手！"说完，他竟然真的拿出一把刀，欲塞给安碧凡。安碧凡见状，大惊失色。"放手！"她厉声吼道，"一切都结束了！请你放开我！"

张皓轩见安碧凡无法挣脱阚子逸的纠缠，一副惊慌失措的样子，他阔步冲上前去。阚子逸一见到张皓轩，便怒火中烧，眼睛冒着凶光，厉声说道："你滚开！离我的女人远点！"

张皓轩没有理会他，依旧拉着安碧凡离开。安碧凡被两个男人扯来扯去，一副痛苦不堪的样子。Baby 生性勇猛，见到主人受到如此"礼遇"，在一旁朝着阚子逸狂吠不已。就在这混乱的局面中，张皓轩只感到手臂被一个锐利的东西划了一下，他立即断定是凶器，他迅速地用身体挡住安碧凡。安碧凡惊恐地尖叫着，眼睁睁看着阚子逸手持尖刀在他们面前挥舞着，像疯子一般。而此时的 Baby 却勇猛地向眼前这个陌生人扑去。眨眼之间，只听到 Baby 发出嗷嗷的惨烈叫声，随即倒在了地上。安碧凡不顾一切地扑向已倒在地上的 Baby，高声地叫唤着：

"Baby！"

只见 Baby 四肢抽搐，鲜红的血顺着它的腹部流出。"住手，你们都给我住手！"安碧凡大声地带着哭腔向两个男人怒吼。可是两个男人谁也听不见她的劝阻，张皓轩一个飞腿踢掉了阚子逸手中的尖刀，阚子逸疯狂地再次反扑过来，可是他哪是张皓轩的对手，没几个回合就被张皓轩制服在地。

警笛大作的警车伴随着眼花缭乱的警示灯驶来，几名警察快速地控制了局面。一场搏斗随着张皓轩、安碧凡、阚子逸被警车带走，围观的人纷纷解散，而终于结束。

张皓轩在医院进行了清创和包扎后，一边输液，一边接受民警的询问。他的手臂被划了一个长长的伤口，鲜血透过白色的纱布清晰可见。"真没想到姓阚的身上会带凶器，真他妈的丧心病狂！可怜的 Baby 死得很冤！"张皓轩气愤地说。

安碧凡哭了。张皓轩是为她而受的伤，Baby 是因为她而死的，他和 Baby 替她挡了这刀。阚子逸是有备有来，他之所以带着刀，就是抱着你死我活的想法。张皓轩见她如此伤心，气愤地骂道："这个该死的杂种！"

华灯初上，停车场如往日一样车来车往，谁也没有想到白天在这里发生了一场搏斗，还有一个生灵无辜地死在这场搏斗中。安碧凡再次来到停车场，她要找到 Baby，这是她和张皓轩共同的心愿。在 Baby 倒下的地方，已经不见它的尸体，地上的血迹已被保洁人员清洗干净，但还残留着一片潮湿和血腥的气味。安碧凡伫立在那里良久，她的耳边总是回响着 Baby 那惨烈的叫声，眼前再次浮现 Baby 躺在血泊中抽搐的样子，她心如刀绞。她寻遍了停车场所有的角落，连附近的垃圾箱都寻遍了，依旧没有发现 Baby 的尸体。

安碧凡失魂落魄地回到家中。张莉坐立不安地半躺在床上等她，见她已回来，关心地问吃了没有。安碧凡摇了摇头，疲惫地向她的房间走去。张莉连忙起床下厨，继续问："怎么这么晚才回家？Baby呢？"安碧凡终于忍受不住，趴在床上失声痛哭。她痛失Baby犹如痛失她的孩子一般。张莉听到安碧凡的哭诉后，一脸的惊恐，一股不祥的氛围立即笼罩着这个家。母女二人在不安中度过了一个不眠的夜晚。

第二天清晨，安碧凡再次来到停车场，她依旧不死心，一定要找到Baby尸体的下落。她找到正在清扫的清洁工。那个六十多岁满脸皱纹的男人埋怨说，昨晚他花了很长时间清洗地面，是他将狗拖到垃圾车里，今天他还要将它拖到郊外去处理掉。安碧凡求他，让她将狗的尸体带走。但是那个男人很不情愿为了一条狗而浪费他的时间。

安碧凡带着哭腔央求，从身上掏出两百元给了那个男人，求他行个方便。那个男人只好无奈地答应，嘴里继续嘟囔着说："都是有钱烧得慌！"安碧凡迫不及待地来到垃圾车前，车内已经装了许多垃圾，一股浓烈的臭味扑面而来。那个男人用扫帚一层一层地拨开垃圾，过了一会儿，一撮棕色的毛发显现了出来，她一阵惊喜。只见Baby被肮脏垃圾包裹着，已经不成样子。她含着泪不顾一切地从垃圾车里抱起了Baby，捡掉它身上的垃圾，顾不得对那男人说一声"谢谢"，抱着Baby径直向她的车走去。只听见那个男人愤愤地说："亲娘亲老子死了会不会哭得这么伤心？这世道真是人不如狗了！"

这天下午，张皓轩陪着安碧凡来到郊外。他的手臂还吊着白纱布。他们要在这里安葬Baby。他们要郑重地给Baby一个葬礼。安碧凡说失去Baby，她寝食难安，她无法跟易雨涵交代。

一望无际的湖泊，成片的芦苇郁郁葱葱，随风摇曳，发出呜呜的声音，像人在哭泣。Baby 连同它的玩具和日常用品，被安放在一个大大的收纳盒里，它喜爱的毛绒玩具熊依偎在它的怀里，犹如两个睡着的婴儿静静地躺在一起。盒盖被缓缓地盖上，坑也被填平。做完这一切后，张皓轩和安碧凡落寞地坐在一旁，久久地没有离开。

坐在波光粼粼的湖边，二人都沉默了。

3

阚子逸因行凶被拘役，离婚的进程变得更加缓慢了。

安碧凡开始失眠，她常常在入睡不久后惊醒，翻来覆去、辗转反侧，大部分时间是处于似睡非睡的状态。即便是短暂的入睡时间里，也总是噩梦连连，眼前是血，是毛发，是 Baby 带着满身的血和垃圾向她走来，不停地舔她的手，可是被舔过的手却又沾满了血。忽而，倒在血泊中的不是 Baby，是张皓轩，忽而又是安安。她总是被吓醒，一身冷汗之后是心悸、虚脱。她只好坐着，独自挨到天明。而到了白天，她又昏昏沉沉，四肢无力，依旧是心悸、胸闷。有时她的心就像是被掏空一般难受无比。张莉每天陪她散步、聊天儿，想尽一切办法，哄她开心，可是安碧凡依旧无法摆脱痛苦。

安如祥请了专家为她治疗。医生说，她得了抑郁症，抑郁症并不可怕，病人要学会放松，自我调节。再好的药医得了肉体但医不了心。

经过一段时间的治疗，安碧凡的病情并未有好转，她的身体状况却越来越差。她感觉自己五脏六腑都要坏了、烂了，心一阵阵地抽搐、难受。她害怕黑夜，她不敢闭上眼睛，满脑子的想法，像虱子爬进她的脑海里，挥之不去。她的心里总是站着一个人，那个人总是对她说话，一句一句的，没完没了，可是她不想跟那人聊。她困了，只想睡觉。可是控制不住与那人对话，重复了一遍又一遍，一直到天亮。眼睛睁开，聊的什么全都记不得。

天亮了，她不愿见光，她继续闭着眼睛。可是与她对话那个人走了，不在心里，她又感到空落落的，还是睡不着。睁开眼，一切都令她厌烦。吃什么，无所谓；看舞蹈，没意思；生意经，更没趣；儿子，也随他去吧。她只想好好地睡一觉，没人打扰，最好没一点儿声响。妈妈不要再问她吃什么，家里的钟最好停止摆动，外面的鸟最好闭嘴，连风声都不要有。她只想好好地睡一觉。

手机传来易雨涵的视频，易雨涵黑了、瘦了，但是笑得很开心。可是当易雨涵要看 Baby 的照片和视频的时候，她恐慌、窘迫，支支吾吾不知如何掩藏。她不得不将发生在她、张皓轩和 Baby 身上的一切告诉了易雨涵。易雨涵听到这一切，一阵沉默后，震惊、气愤、伤心，所有的情绪一股脑儿地发泄了出来。易雨涵的痛恨，通过手机屏，像电流流遍她的全身，她感到全身发颤，手无握机之力，手机滑到地上，她都懒得去捡。

伤感、愧疚、自责、自卑像潮水一拨一拨地涌来。她清晰地听到客厅里那座钟发出沉重的嘀嗒嘀嗒声，这声音跟她的心脏一起左右摇摆，晃动。夜无尽的黑，她的身体在湖面上，随着波浪在摇晃，眩晕、恶心、心悸，浪头一阵阵翻涌而来，像只魔兽一般张着大口欲将她吞噬。

她有点后悔，她不该埋了 Baby，她应该做个木筏，让它在湖面上漂，她和它一起自由自在地漂，一起仰望天空。湖面上的天空是湿湿的，比城市的天空清爽得多。湖水缓缓地滑过她的手臂，轻柔得像丝、像奶、像月光，抚摸着她每一寸肌肤，她舒服极了。她已很久没这么放松过，她不想起来，就这么永远躺着，随流水去，随风儿去，越去越远。

睡梦中张莉被外面的雷声惊醒。她起来解手，当她推开卫生间的门时，却看到女儿倒在淋浴房里。她大惊失色，连声呼叫，却没有回音。

120救护车承载着安碧凡生命的小舟，在大雨中漂泊。医院抢救室内，医生、护士一阵忙碌，洗胃、上呼吸机、装监测仪。"你太大意了，自己还是个护士，一点儿常识不懂吗？怎么可以将医生开的安眠药全部给她呢？"安如祥责怪张莉。

张莉失去以往在安如祥面前的锐气。"我哪儿知道她偷偷地攒药。凡凡这几天表现得还是积极乐观的。昨晚还和我一起散步，她说无论离婚结果如何，等她病治好了，她就去深圳她同学办的培训中心去任教。听到她有这个打算，我也就相信了她，还为她感到高兴，我哪里想到她会轻生。"张莉边抹着眼泪边解释。

安如祥看着昏睡在病床上的女儿，心如刀绞。张莉静坐在安碧凡的身边，守护着，她看着输液瓶中的药水一滴一滴地往输液管中流淌，她心急如焚，悔恨交加，巴不得女儿能够立即睁开眼。

第二天正午，安碧凡终于苏醒了过来。张莉悲喜交加，既心疼又责怪道："以后再不能做傻事了，倘若你有什么不测，妈妈也不想活了！"安碧凡一时红了眼圈，头侧向了一边。"妈，我真的难受！心像被掏空一样难受！只想解脱，免了一切纠缠与束缚，免了一切的牵挂和痛苦。我死了，对大家都是一种解脱。"

"好乖乖！要知道，你走了，我怎么活得下去……"张莉泣不成声。

4

"生命如此短暂，又为何要亲手折断呢？可否换一种生活方式，坚持下去，你和你的生命相互搀扶着走完余生，也许会走向你意想不到的另一种光明境地。"这是张皓轩发给她的短信，安碧凡一直保存着这条信息。经过一段时间的疗养，在医生的监督下，按时按量服药，安碧凡的睡眠有了大大的改善，食欲又渐渐地增强，气色逐渐红润起来。她主动和护士们聊天，闲暇的时候，她还在病房跳舞给护士们看。

夏蝉在树上不知疲倦地叫着，湖边的垂柳像女人似的披着她的长发低垂在水面上。湖水在微风下，泛起细细的波纹，犹如绿色沙丘。安碧凡坐在树阴下，看着水面上自己的倒影。清瘦的脸庞在水中轻轻地荡漾，忽有形忽无形，重重叠叠。不远处树丫上叽叽喳喳的小鸟，自由快乐地飞来飞去，安碧凡看得出神。

"安小姐，让我好找！"一个熟悉的声音从安碧凡的身后传来，"我从市人民医院一直找到这儿，才得知你已住到康复医院来了。"老王微笑着站在她的身后。他那深蓝色的T恤已经湿了一大截。安碧凡一直对老王敬重有加，不光是她，阚家所有的人都是如此。明面上老王是永明公司的副总，私底下老王更是阚家的管家，阚家大小事务没有老王不知晓、不参与的。安碧凡心想，今天老王来找她，想必又是代表阚家了。

老王说阚永明病倒了。昨天下午开董事会，会议开了一半，

218

他突然栽倒在地，现在正在医院抢救呢，情况十分不好，还在重症监护室。

安碧凡听到这一消息很吃惊，她觉得事情太突然。他们在湖边的四角亭坐下。老王将近期发生的事一五一十地告诉安碧凡。这段时间以来，是内外交困。房地产业遭受前所未有的寒冬，商品房滞销，一、二季度销售额大幅下降，资金周转压力巨大，公司运营遇到前所未有的困境。加之前一阵子，纪委、公安隔三岔五来调查，公司上下人心浮动，有些中层人员已辞职跳槽，令阚总十分恼火。阚子逸又被拘着，离婚的事情也让阚总感到窝心。昨天下午开董事会，董事之间发生了分歧，特别是在公司上市的事情上是一拖再拖，而拖延的原因是公司出了事情，影响了公司的声誉。一位董事当面指责阚总，应负不可推卸的责任。阚总一时气急，竟当场昏倒。

"本不打算告诉你的，你正处于康复期，怕受不了刺激。但是现在的情形容不得再等，阚总这次怕是凶多吉少。"老王语气沉重地说，"我来找你，想请你跟我去一趟律师事务所，有些手续上的事情，得要你本人出面。"安碧凡点点头表示同意，但她想先去医院看望阚永明。

安碧凡在老王的陪同下，来到医院三楼。他们换上了防护服，走进了重症监护室，在护士的指引下，走到阚永明病床前。只见他闭着双眼，安插在他身上的医用管线就像人的血管一样，纵横交错布在他的身上。他的生死已被设备掌控，生命悬于一线，此时的他与其说是依靠医学，倒不如说相信天命了。

心电监测仪不时发出嘟嘟声响。"阚总！安碧凡来看望你了！"老王轻声地叫唤。阚永明毫无反应，氧气瓶的水冒着水泡，发出呼噜的声响，像熟睡的他发出的呼噜声。"爸！"安碧凡叫了一声，这一声"爸"对于安碧凡来说是发自内心深处的呼唤，她很希望他能够好起来。

　　尽管在不久的将来她将不再是阚家的儿媳，但善良的她从来都没有怨恨过公爹。自从嫁到阚家，公婆之间、父子之间、婆媳之间存在这样或那样的矛盾，但公媳之间却从来没有任何矛盾，在她和阚子逸之间的矛盾冲突中，阚永明其实是维护她的。尤其是她到了永明公司上班后，阚永明对她比较满意，逢人都夸赞，儿媳比儿子优秀，进入角色快，做事有分寸，有头脑。

　　安碧凡走近了公爹，俯首帖耳，再次叫了一声："爸。"阚永明手指动了动，他有了意识。他们连声叫唤，他又动了动手指，有了明显的意识。安碧凡主动地握住了那只想表达什么的手，阚永明真的给予了回应，微弱的力度带着体温传递过来，她似乎感应到公爹想要对她说什么。老王见到此情景，提高音量对阚永明说："阚总，你放心！凡凡是个懂事的孩子，她会满足你的心愿的，你安心养病，一切都会好起来！"阚永明再一次握紧安碧凡的手，这次的力度比刚才有力了些。安碧凡心知肚明，老王这句话虽是安慰阚永明，其实也是代表阚永明的。

　　短暂的看望时间结束，安碧凡和老王一前一后走出了病房。在家属等候区他们碰到了宗华。宗华穿戴依旧阔绰，这是她长久以来在那些年轻的女人面前必须要保持的高调。这已成了一种习惯。可是面色却失去了往日的光泽，松弛的眼袋耷拉在她微胖且松弛的脸上。宗华见安碧凡和老王一起从病房出来，感到十分诧异，本想走上前去，可又止了步。安碧凡也没有上前去与她打招呼，昔日一家人此时已成了陌路。虽没有言语，宗华那冷的、恨的、怨的目光如芒一样刺在她的身上，她只想快速地离开这里。在离开的一刹那，她快速地扫视宗华的四周，身后、走廊的尽头、电梯的门口，她多么希望能够见到郑小萍，如果她在，那么她的安安肯定就在。可是安安并没有出现在她的视线里。安碧凡和老王离开了重症监护区，走出了医院的大门，他们一同跨进了老王的车子，离开了医院。

他们来到了一家茶楼，一前一后走进一个包间。老王说本打算去律师事务所的，但那边的人多，环境也不适合谈事情。老王和安碧凡面对面坐着，老王点了两杯碧螺春，安碧凡只要了柠檬水。老王猛然想起，安碧凡有失眠症是不能喝茶的，他连声说抱歉。他们一边喝着，一边等律师过来。

老王叹了口气说：“这一关阚总不知能不能闯得过来，阚家想将他转院到省医院去，可能就在近日，目前只能寄希望于省里的专家了。如果阚总这棵大树倒下，谁又能撑得住这样的局面？早几年阚总也有过心脏病发作，他就悄悄地立下遗嘱，万一哪一天他有什么不测，就按他的遗嘱行事，公司一切事务将在律师的监督下运行。”

老王用茶杯盖推了推浮在上面的茶叶，轻轻地抿了一口茶继续说：“公司事务由董事会的一帮人运作，都是有章可循，有制度可依，可是令人头疼的是阚家的家务事，现在是宗华一手遮天，主导一切，谁也插不上话，谁也干涉不了。陈月娇那边哭哭啼啼的，要到医院见阚总一面，都遭到她的反对，阚家的门是永远不可能让她进的。那是阚永明父母临终的遗言。好在陈月娇那边还有几家商铺，养自己、过余生，应该无后顾之忧。可是麻烦在她有个儿子，谁不想为自己身上掉下来的肉多争取一点儿？这个私生子……”老王欲言又止，继续说：“这些事情外人也管不了，也不想管，我也管不动了。但是当下你和子逸离婚的事情，曾蒙阚总看得起、信得过，在他病倒之前，阚总就已经交代过我了，我一切都是按阚总生病前的交代

221

行事的。"

此时，一个身穿西服、系着领带，一身商务装扮的中年男子走了进来。老王朝他招了招手示意他坐下。安碧凡见过这位律师，在公司上班的时候见过他几次。律师坐定，直奔主题。他从公文包里拿出一份文件，摊在安碧凡的面前。律师依旧公事公办，连说话的语气也显得公务化。摆在她面前的文件是离婚协议书。安碧凡快速地浏览，最显眼的是最后一页阚子逸的签名。她便知道老王在见她之前已经见过阚子逸，他这么快同意离婚并在协议书上签名，令安碧凡意想不到。安碧凡看过协议书，正如她所料，她最关心的、最想得到的安安的抚养权归阚子逸，安碧凡保有探视权。

老王语气平和地劝道："还是签字吧，离婚也许对你们来说相互都是解脱。你是善良的姑娘，人生还有那么长的路要走，何苦要和他纠缠在一起呢？未来一切都说不准，先顾全当下，也许是最好的！"安碧凡被老王说得有点动容，她拿起律师递过来的笔，郑重地在协议书上签了字。她对老王说："我是死过一次的人，还有什么想不明白？"她知道，笔落下的"安碧凡"三个字，已不再是以前的安碧凡，而是即将走向另一个人生的她，一个不再忍气吞声、不再迁就别人、不再放弃自我、不再舍去生命的安碧凡了。

安碧凡签完离婚协议书后，律师又从公文包里拿出一份协议。一份股权转让协议书，阚永明将属于他的股份转移20%给了她。笔握在她的手中，却始终没有落下，那支笔成了病床上阚永明握着她的那只手，虽很轻，却很重。她知道这一笔签名，沉重而丰厚，她没有发自内心的欣喜若狂，却犹豫不决。老王说这是阚总的良苦用心，也是对安碧凡的充分信任，他相信安碧凡永远爱安安，爱他的孙子，只要安碧凡一切安好，他的孙子就会安好。

各种手续完成后。老王如释重负，端起茶杯呷一口。碧螺春的清香飘散开来，飘过安碧凡的鼻尖，她深深地吸了一口，长长地舒了口气。

人生没有谁是赢家谁是输家，所谓的输赢都是别人对你的判断和认定。这是老王临别前对安碧凡说过的很富有哲理的话。

第十四章

1

秋风乍起，梧桐叶落了一地。树叶以这种方式谢幕，只是走完一段旅程，它还要在来年的春天重启新的旅程。节气亘古不变地轮回，它们冷眼看着世间万物以及活在这个世上的人们，或悲或喜或团聚或别离。它们以年复一年、死而复生的轮回无声地告诉人们，除了生和死，其他只如戏，只不过开场、表演、谢幕的方式不同而已，有时掌声雷鸣，有时黯然谢幕。

张皓轩和安碧凡肩并肩走着，脚下的树叶被踩得嚓嚓作响。张皓轩看着安碧凡齐耳的短发被风吹得有点凌乱，他很想伸手帮她捋一捋，可是他的手却依旧揣在裤兜里。走在他身旁的安碧凡，脚步从容、淡定，一件薄薄的乳白色毛衫，紧紧地裹着她纤细且柔美的上身，卡其色的风衣和深咖色丝巾相互映衬，迎风飘逸。

"真的决定要去深圳吗？"张皓轩的问话中带着试探。

安碧凡肯定地回答："是的。我同学在那边办了个私教中心，那边正缺舞蹈老师。已经催了我几次了。"

他们走到了沐风亭，便停下了脚步。

张皓轩继续问道："为什么要去那么远，难道我们这里就找不到一个可以教舞蹈的地方？"

"我也想过这样。但是只有离开，远离这个城市，远离父母，远离你们，大家才会更安全！"安碧凡坐了下来，她望着远方，此时的她显得有点落寞，苦笑地说，"曾经天真地认为，结了婚，成了家，可以有个遮风避雨的地方，可是那个家却是最招风雨的。"

张皓轩沉默了。安碧凡说"大家才会更安全"这句话的所指，是因为阚子逸服刑期就要结束，很快就被释放出来，只要他一出来，也许仍会找各种理由纠缠她。安碧凡只能离开，她别无选择。

"怕他什么？这里不是还有我吗？"张皓轩紧盯着安碧凡的眼睛。她从他的目光中读懂了他的心思。

可是安碧凡痛苦地摇了摇头，说："我走了，你才会安好。"张皓轩明白安碧凡的用心。因为上次酒后执法，阚子逸实名举报，他受了纪律处分。这次阚子逸背负袭警的罪名才会被拘役，凭阚子逸的性格，释放后，他不会善罢甘休的。

从不远处的寺庙里传来了诵经声，在这秋日午后，愈发显得深远、悠长、空灵。二人站在沐风亭里，静静地聆听着，他们的脚步又不知不觉地被起伏有韵、悲悯忧愁、无奈怅然的禅音吸引着，循声而去。他们沿着茂密的松柏，拾级而上。置身在天然的氧气吧中，鸟儿低吟、秋风习习、禅音绵绵，在一种安逸、超然于世俗的宁静里，一种无我无他的境界中，他们都沉默了。

安碧凡有点气喘，但因为运动，气色显得白里透红。

张皓轩问："还记得那个大师说的'缘起缘灭皆因果'吗？"

安碧凡深深地呼吸着，叹道："当时还是懵然无知，还以为这是一句迷信的话，现在想来，大师有先知先觉。前世欠下的债，今生得偿还。"张皓轩没有反驳，他是唯物主义者，不相信前世今生。安碧凡的这句话，不由得令他想起在刑侦工作中，死伤、打杀、逼债、纵火、盗窃、绑架，在纷繁的日子里每天都有发生。他也常常感到遗憾，有些悲剧完全可以避免，而往往因为嫌疑人的一时冲动最终酿成惨剧。前世有一劫。这也许就是缘起缘灭皆因果吧？

寺庙被秋色包裹着，门前两棵高大的银杏树下，落了一地的金黄。安碧凡虔诚地点了三炷香，默默地站在佛祖前。她双手合十，微闭双眼，心中默念。

"阿弥陀佛，看情形，施主有心结未了。"一个身穿僧服的和尚走上前来，手持念珠，双手合十。

"请大师指点迷津。"安碧凡说道。

"两位施主请跟我来吧。"大师的脚步轻快如风，领着二人向殿旁一个角落走去。

"《楞严经》中说要'破妄显真'，为何世人有很多的欲望，一生被欲望牵着走，为名为利为情。这都是妄想，不是世人本来具足的清净心。佛家认为众生皆有佛性，即清净寂然的心。佛不否认人的妄想心，只是要世人不随妄想转，不起攀缘心，向内观照自己的内心，以内在的清净破外在的虚妄，破妄显真，就路还家。这个家就是你不生不灭、不垢不净、不增不减的清净心。我看施主是面善之人，不妨送你几句，信与不信皆随缘吧。"

安碧凡从大师手中接过一个明黄色的手袋，从里面掏出一张小纸片，上面写着："冬来岭上一枝梅，叶落枝枯终不摧。

但得阳春悄急至，依然还我作花魁。"下面还有两行小字注解：
"一箭射空，当空不空。待等春来，彩在其中。"

2

就在安碧凡出发去深圳的前一天，她收到了相远方的电话，他想见她。地点就在那家网红甜饼屋。

甜饼屋的生意依旧红火，门前总是停着几辆摩托车，车主清一色穿着黄色的外套，他们的脸也被黄色头盔上的玻璃面罩罩着，显得毫无表情。他们只专注于一件事，那就是送货，以最快的速度送货。当人专注于一件事情的时候，外面的一切都会视而不见，就连安碧凡这样的美女不小心撞了他，说了声"对不起"时，他都无暇理会。

昔日的"黄金舞伴"，同事眼中的"金童玉女"，此时再次见面，心中百感交集。

相远方点了安碧凡最爱吃的甜饼，便迫不及待地从包中取出一个包装精美的盒子，递给了她。安碧凡接过盒子，拆开紫色的包装纸，里面是一本相册。她好奇地打开，里面全是安碧凡以前跳舞的照片，参加比赛的、平时训练的、教学生跳舞的。照片经过了处理，全部是黑白底色，处理得唯美而精致。安碧凡看得入神，一张张照片勾起了她无限的回忆。绚丽缤纷的舞台、万人瞩目的聚光灯、雷鸣般的掌声、鲜花和赞美、荣耀和成绩，这一切又出现在她的眼前，恍若隔世，在时光的隧道里一页页被掀开、合起，再被打开。一切离她很遥远，相片中的这个女人不是现在的她，而是她的前生。"记得有的是和你的合影。"安碧凡回忆说。相远方说都被他"处理"掉了，她问为什么。相远方调侃地说："我在旁边就是多余。"

其实相册里的照片她大部分都有，有的被存在电脑里，有的存在手机里，后来手机被摔坏了几次，基本未能保存下来。

相远方问："喜欢吗？"安碧凡高兴地点点头。"太珍贵了！"那份感激之情溢于言表。

"真心希望你过去的回忆里只有美好，只有阳光，没有黑暗。"相远方真诚地说，"过去给你造成的伤害，我这辈子都无法原谅自己！"他满是忏悔。

"别谈什么伤害，你何尝没有受到伤害？都过去了。谁还不都是在伤害中慢慢长大、成熟，然后慢慢老去。"她的语气显得很淡定。

从相远方的口中得知，他很快要当爸爸了。孩子的妈妈不是那晚安碧凡在他家见到的那个女人。他坦诚地说，他离了婚后相处了几个女人，可是一直没有勇气走进婚姻。花期一样的爱情，花期一过，谢了就谢了，再次开花已不是先前的那一朵。

"结婚就是找一个伴而已，能做到相安无事就好，别想得到太多就行。"相远方的语气依旧幽幽的，"我也辞职了。"

"好好的，干吗辞职？"安碧凡惊讶地问。她知道相远方在任教之余搞了课外培训机构，生源还不错。

"本来在职人员搞课外培训就是违规的。你要知道，我跟前妻离婚了，她能让我有好日子过吗？一封一封的举报信，搞得我头疼，干脆辞职不干了，一门心思搞培训。"相远方的语气里没有怨恨，像是说着别人的故事。

3

　　飞机在高空飞行，安碧凡透过舷窗看着眼前的蓝天、白云。人如尘埃、如水滴、如空气于茫茫宇宙之中，苍穹下只有单纯的白、单纯的蓝，一切都可以简单地存在着。

　　当安碧凡走出宝安机场时，一个年轻漂亮且时尚的女人，远远地向她招手。她身穿鲜艳的具有民族风的麻布长裙，鲜艳的嘴唇、浓密的睫毛，一串长长的紫色耳坠的流苏，在肩部摇晃，明艳的色彩在人群中异常显眼。她向安碧凡飞奔过来，送过来一个热情的拥抱。"亲爱的，盼星星、盼月亮，终于将你盼来了！"她就是安碧凡的同学乔亚萱。

　　"那年结婚，只收到你一个人的祝福，连我爸妈的都没有。现在想想，那时我也真的疯狂。"乔亚萱一边开车，一边和安碧凡聊着过去的事情。"女人有时真傻，就为了一个男人，竟然舍弃生我养我的父母，将一生赌在一个男人的身上。好在这么多年他对我还算忠诚，否则我真的会跳到大海里去。"

　　安碧凡对她说："婚姻有时如同一场赌博，我是个失败者，你才是一个成功女人的典范！"

　　乔亚萱哈哈大笑起来："什么成功不成功的，一把辛酸泪！"安碧凡听了这句话，一时间变得沉默。乔亚萱这句话本来是说的自己，随着安碧凡的沉默，她意识到这句话也触动了她的心。

　　安碧凡的住所就在"亚萱艺术培训中心"隔壁一座公寓。挑层设计，小客厅、简易厨房、局促的卫生间，虽小，但设施齐全。"以前是个仓库，后来改建成了几十间公寓。"乔亚萱领着安碧凡走上阁楼。阁楼上一张床、一个床头柜，空中吊着几个壁橱，墙壁上挂着一台电视机。"这里有无线网络。"乔亚萱将安碧凡的行李箱放在墙角，拉着安碧凡坐在床边，"你可是我们培训中心引进的人才！"安碧凡对好友这般周全的照顾表示感谢。"这一切都是培训中心老师们应有的待遇，别不好意思！"乔亚萱说话的语气显得有点公事公办，但是安碧凡知道，那是在宽慰她。这晚二人在一起吃了晚饭，聊着天儿。安碧凡话不多，她所经历的一切，乔亚萱都已知道，安碧凡不想多提。倒是乔亚萱滔滔不绝地讲述着她在深圳这些年打拼的经历。

乔亚萱也是新江县人，和安碧凡是师范同学。她没有像安碧凡那样毕业后在学校谋一个教师的职位，而是独立创办了一个幼儿培训班，教孩子唱歌、跳舞，培训费足够养活她自己，日子过得也特别滋润。可是一段网恋改变了她的生活轨迹。她在网上认识了一个男人，两人网恋一段时间后相约线下见面，便一见钟情。而她的父母却极力反对，他们认为在网上交的男朋友，定是不靠谱，她家就只有她一个独女，父母哪里舍得她嫁那么远，坚决反对这段恋情；而她却义无反顾，到深圳不久就与男朋友领了结婚证。

刚到深圳那几年，乔亚萱在别人的培训中心当舞蹈老师。"那几年租房子住，搬家就搬了六七回，老公家庭也不富裕，在一家公司打工，没钱买房。后来，爸妈看到他是个本分又勤奋的人，对他的态度也改变了。为了弥补我结婚时没有陪嫁的缺憾，我爸一次性汇给了我两百万。你知道吗？我收到家里汇款的那一刻，我哭成啥样？"乔亚萱说这段话时，眼睛已经红了。"两百万可是他们一生的积蓄，爸妈倾其所有。为了爱情，我却伤他们的心。刚结婚那几年我一次没回老家，现在想想，我他妈的真浑蛋！我怀孕了，我妈竟提前在单位办理了内退，

230

从老家特地赶到深圳来照顾我。"乔亚萱感慨地说，"我们可以怀疑一切的爱，唯独父母对我们的爱，可以坚信不疑。"

乔亚萱就用父母给她的陪嫁创办了现在这家培训中心。"一定要记得父母是这个世界最爱我们的人，没有之一！"这是乔亚萱这一晚和安碧凡聊天感慨最深的一句话，和易雨涵说的一样。

"在这个世界上，你能说出一个比父母更爱你的人吗？"易雨涵曾经这样问过她。

安碧凡当时开玩笑地回答："你呀！"

易雨涵当场否定。她说在这个世界上除了父母，没有更爱你的人，除了父母愿意为你舍去生命，再没有其他人。当时易雨涵还没有和凌冰谈恋爱，还是一个独身主义者。对易雨涵的观点安碧凡当时并没有赞同，那时安碧凡和阚子逸刚坠入爱河。当时在她看来，深爱她的男朋友、她未来的丈夫也许会更爱她，会为她舍命的。

自从到了深圳后，安碧凡是忙碌的，备课、上课、排练，每天的课程排得满满的。还时常组织学生参加各种演出。她是充实的、自信的。可是每当夜深人静的时候，她便想家，想爸爸和妈妈，想她的儿子。

人与人之间的关系有时很微妙，曾经十分讨厌的人一旦与切身利益有了关联，那些令人讨厌的方面却变得合情合理起来。安碧凡在深圳的这段日子，有一个人，一个曾经令她讨厌、搅乱她心绪的人，却成了她的"微友"，安碧凡只要收到这个人的微信，无论再忙都要点开来看一看。这个人就是张骏潇。

在安碧凡到深圳两个月后的一天，她收到张骏潇的微信。起初安碧凡看到他的消息并没有理会他，她不想再与阚家以及与阚家有关系的人有什么瓜葛，她不想再打探阚家的任何事务，唯一令安碧凡还想打听的，就是有关安安的一切动态。可是过了几天，张骏潇发了条极具诱惑力的信息给她，竟是一张安安的照片。

与张骏潇保持联络后，手机便开始"嘟、嘟、嘟"响个不停，安安的一张张照片和一条条视频，刷了屏。视频里的安安，有时站在家里的沙发前玩一只毛绒玩具，嘴里还自言自语；有时在家中院子里骑着儿童车，玩得很开心。那些可爱的照片或正脸，或背影，或大笑，或专注，各种表情和神态，安碧凡没放过任何一个细节。晚上躺在公寓里，她反复地看，孩子笑了，她也笑；孩子摔了跤，她欲扶他；孩子满头是汗，她恨不得帮他擦拭。

张骏潇和阚子妧竟然真的复婚了。难怪他会出现在阚家客厅里。他和阚子妧能够再走到一起，也许是感情复合，也许是利益驱动，安碧凡不再猜测和探究，这一切已与她无关。她只关注有关儿子的一切动态。

她很诚恳地向张骏潇表达了谢意。张骏潇承诺安碧凡，今后只要他到阚家，他会多拍一些安安的照片和视频给她。事实上他也是这么做的。从此，张骏潇便成了她在阚家的一个"线人"，成了安碧凡的好友，成了有些话题只限于他们二人之间可以交流的那种好友。安碧凡自然会从他那儿得到阚家的一些情况，尽管有些情况并不是她刻意想打听，几乎是张骏潇主动告诉她的。安碧凡很直接地问张骏潇，为何要帮她，她已经跟阚家毫无关系了。张骏潇也很坦诚地说，人与人之间交往并不一定都带着企图和目的。他说他们有"眼缘"，他还说他就是见不得善良的人被人欺负。安碧凡相信了张骏潇这句真诚的回复。

阚永明是在安碧凡到深圳后不久去世的，他在省城医院重症监护室昏迷了几十天后，终究撒手人寰。出殡那天，排场很大，送葬的车队排得很长。"我死后不可能有这样的排场。"张骏潇在微信里调侃地说，"谁说人进了坟墓就会平等？一个人生前的是与非、功与过暂且不去评论，活着的人为死去的人操办后事，单死后的场面，就会让生前的不平等在死后延续。"

"阿娇去吊唁了吗？"安碧凡问。

"'老佛爷'不同意。"张骏潇回道。"老佛爷"是他们给宗华起的绰号。"尽管不同意，但阿娇还是哭了灵。与其说是哭，不如说是闹，那场面你没看到，比电视里演得还精彩。"张骏潇调侃道。

"你就一点儿不悲伤？"安碧凡问。

"悲伤？这一种情绪太简单。我只有感慨，内心很复杂。"张骏潇回复，"一个男人的成功单单社会角色扮演得出色还是不够，家庭角色扮演得失败也不完美。"

"怎么才算完美？"安碧凡问。

"亲人对逝者的留恋胜于利益、权力的纷争，包括那天你和他的儿子没有在场送老爷子最后一程，也是不完美之一。"

"不是还有你们在吗？"安碧凡回复。

"我只是个小人物而已。"张骏潇回复，"六七那天也风光，仪式在寺庙举办的，'老佛爷'想起一出是一出，烧纸钱、冥币也就算了，还烧宝马车、别墅、办公楼、出国护照，她说老爷子生前有的，死后都要有，我当时话到嘴边就差说出口了，咋不多烧几个美女过去。老爷子也喜欢女人。"

安碧凡"嘿嘿"笑出了声。她立即又止住了笑，觉得他们这么不严肃地谈论长辈，实属有点大不敬。

张骏潇与阚子妧原配复合，成了一段佳话。安碧凡想，阚子妧之所以能够接纳张骏潇，也许是基于最初的爱情，也许是基于利益的需要。凭阚子妧一个女人要想担起永明公司的重任，未免势单力孤，她迫切需要有人支持她，需要有人和她一起同董事会里的几个老股东抗衡。而张骏潇就具备这样的条件和优势，他以前是永明公司的副总，在老股东面前能左右逢源，驾轻就熟，人际关系胜于阚子妧。对于她来说，制衡是手段，权利是目的。

张骏潇顺利地再次进入永明公司的高管层。宗华尽管对张骏潇还有意见，但阚家目前的境况，也由不得她在找女婿方面还凭着自己的喜好了，一切得从大局出发，谁能够在这关键的时刻鼎力支持阚子妧，谁就是同盟军。张骏潇是个聪明的人，他清醒地知道自己在公司以及阚家的地位，他必须遵从阚子妧，尤其在公司人的面前，他永远都称呼她为“妧总”，他也从来不当别人的面，对阚子妧提出任何反对意见。他习惯于屈于妻下。以前是这样，现在也是这样。

本不想打听的事，记在了心里；本不想思考的问题，又占据了安碧凡的脑海。总之，安碧凡知道张骏潇现在过得很潇洒自在，不再是那个落魄的张骏潇了。

对于永明公司现任当家人阚子妧的能力，安碧凡从来就没有怀疑过。她的能力，安碧凡在公司上班那段时日，就有所领教。阚子妧曾将她当作竞争对手，一直提防着安碧凡会成为公司未来的当家人。她对安碧凡的敌意不是没有理由，安碧凡当初决定到永明公司上班，不是一时心血来潮，她是想在永明公司大干一番事业的，只是她的想法很纯粹，就是为了儿子。她不希望自己和儿子的将来掌控在别人的手中，现在想来，这一切都付诸流水，一切都成了浮云。

对于阚子逸的近况，安碧凡绝口不问，当然张骏潇也从不提及。这是他们二人的默契。

没过几天，张骏潇却告诉安碧凡一个令她十分吃惊的消息，阚子逸将继续关在监狱里，一时还不能被释放。这一消息令安碧凡大为不解。张骏潇告诉安碧凡说阚子逸身上有案底，公安局现在正在调查他。具体情况张骏潇没有说明，只是说等以后情况查明了，再告知她。

得知这一消息后，安碧凡倍感蹊跷。阚子逸身上能有什么案底？债务、嫖娼、打架斗殴？她不知道那个魔兽还有什么不为人知的罪恶。他曾无数次对安碧凡发誓，他是这个世界上最爱她的人。她对他那热烈、执着、专注的爱曾深信不疑，可是这种热烈、执着、专注的爱却夹杂着自私、畸形、变态和暴力。

阚子逸如今还在高墙内，那座高墙对于安碧凡来说是一座"保护墙"。有关他的秘密，有关阚家那些不为人知的事情，在后来的日子，被一一揭晓。

第十五章

1

当安碧凡踏上回归故土的航班时，已是第二年的暑假了。

决定回家之前，安碧凡告知乔亚萱要回新江县一趟，乔亚萱以为安碧凡这次回新江将不再回深圳。安碧凡却肯定地对她说，她会回来的。她回去只是为张皓轩送行的，因为张皓轩要去援藏了，这一去将是三年。

张皓轩曾经试探过安碧凡，他说如果安碧凡决定回新江工作，他将放弃这次援藏的机会。安碧凡明白张皓轩的心思，她对他说，西藏是他梦想去的地方，而深圳是她梦重新开始的地方，谁都不要放弃吧！

"你为何不挽留他，你们是可以重新开始的。"乔亚萱为安碧凡表示惋惜。

安碧凡很淡定地说："不是所有事情都可以从头来过，尤其是感情。我现在过得很好，我很喜欢我现在的样子，很轻松也很自在。难道你不再欢迎我了吗？"

乔亚萱连忙摇头说："我巴不得你在我这儿，有你在，我会轻松许多，我只是为你着想，真心希望你有更好的归宿。"

"归宿？新江是我的家乡，有我的父母，那里是我永远的家。如果我想家了，假期我就可以回去住一阵子。深圳是我现在最好的归宿，这里有你，有学生，最重要的是有快乐、有追求。若我想我的儿子，可以通过视频看到他，知道他健康快乐地生活着，就知足了！"安碧凡的语气是满足和欣慰的。

安碧凡回到新江县城的第二天，便去了一个地方。

她驱车来到了新江县城东北郊。下了车，她步行向前方走去。"东郊墓园"四个墨绿色的字刻在高大的牌坊上，两边的柱子是墨绿色，一副楹联映入眼帘，"悲音难挽流云去；哭声相随仙鹤飞"。高大葱郁的松柏将通往墓地的路拉得很长，鸟雀成群地聚集在树丫上，叽叽喳喳地叫着，打破这里的宁静，它们是这里活着的主人，它们的存在赋予了这片土地生气，这里依旧有生灵，它们在觅食、恋爱、交媾、孵化，生生不息。

一阵微风吹来，树叶发出飒飒声响，静静细听好似女人在呜咽，安碧凡感到了一阵毛骨悚然。

她静默在一座黑色的墓碑前，望着墓碑上逝者的照片。黑色的西装、白色的衬衫、黑色的领带，还有永恒不变的笑容。那是逝者生前最永恒的笑，想必也是他留给活着的人的最美的笑容。

"你说，我们俩来祭奠他，是不是有点猫哭耗子？"声音从安碧凡的背后传来，还带着笑声，这笑声在这个阴暗的墓园里飘荡，同样令人感到不寒而栗。

安碧凡将手中菊花恭敬地献在墓碑前，深深地鞠躬。"祭奠一个人，其实不是做给死者看的，而是做给自己看的，求个心安而已。"安碧凡朝张骏潇冷冷地说。

"你这句话我很赞成。不过在他面前，你没有什么必要求得心安的，我也没有。你我都不欠他的。"张骏潇看着墓碑上的照片，推了推架在鼻梁上的墨镜，他的样子真的不像是祭奠一个长者，倒像是在审视一个他手下的败兵。

"又何必跟一个死人计较呢？他对你我而言，善大于恶。"安碧凡说得很平淡，自言自语的样子。

"安碧凡，你知道吗？你最大的优点是善良，最大的缺点其实也是善良。尽管你不想看到有关人性丑陋的一面，可偏偏那些丑陋的人性又让你这个善良的人看到了、听到了、体验到了。其实对你来说真是太残忍了！"张骏潇说。

"不能这么说，欠与不欠，是自我感受。于你而言也许没有，于我而言则不一样。每个人都需要救赎。天堂和地狱的边界是还没有机会见到上帝的人等待救赎的地方。我们都是在边界上等待救赎的人。"安碧凡透过墨镜，直直地看着张骏潇。

"有道理，很深刻。"张骏潇的墨镜已经架在头顶，他朝着黑白照片深深地鞠了躬。

张骏潇领着安碧凡离开了阚永明的墓地，他们向墓园的东北方向走去。

他们来到另一座墓前。从墓地的规格来看，比阚永明的墓地小许多。这里的风水好，坐北朝南，北面是一处高地，长着高大的松柏，浓密而深邃。高地是当初建园时开挖护园河而垒起来的，远远看去像座小山丘。

"不是一般人能葬在此，非富即贵。这里墓地价格比城市黄金地段活人居住的地价还要高。当初在墓园建设初期这个地方就被抢购一空。苏安死的时候，这地儿就已经很紧张了。"张骏潇风趣地说道，"老爷子生前那么有远见，算计这算计那，怎么就没为自己早点购一块风水宝地作归宿呢。现在有人炒阴地，生意好得很，很有赚头。那些有钱人，活着的时候就抢购风水宝地了，说墓地风水好，能够荫庇后人。"

张骏潇从口袋里掏出几张面纸，走到那个叫苏安的女孩遗像前，轻轻地擦拭上面的灰尘。"多好看的一个姑娘，就这样不明不白地死了！"他自言自语，"不过，她也没想到，因为她的死，却救了一个和她一样的如花似玉的女人。是她救了你，你认为呢？"张骏潇看着安碧凡，那目光怪怪的。

"你是说，我这张脸差一点儿也放在墓碑上吗？"安碧凡看着墓碑上的照片问。清秀、柔弱，长发披肩，脸色苍白，不知是生前就是这样苍白，还是被雨水风霜"斑驳"了容颜。这张脸曾经也有过恐惧、有过悲伤、有过无助吗？不知她倒在车轮下时，是血肉模糊的脸，还是眼前这样苍白的脸？安碧凡在心里发问。

安碧凡和张骏潇离开了墓地，走到停车场。安碧凡从自己的车内拿出一个毛绒玩具递给张骏潇，请他将玩具带给安安。张骏潇欣然同意。看着张骏潇那张笑盈盈的脸，穿着、打扮十分得体，一副成功男人的做派。可是安碧凡的内心却有说不出的滋味，准确地说安碧凡从一开始就不喜欢眼前这个精明的男人，可是这个男人却时常出现在她的生活里，而且还充当了一个十分重要的角色。而张骏潇对于安碧凡却一直保持着最初那份热情，正如现在，他愿意为安碧凡送玩具给她的儿子一样，愿意鞍前马后为她效劳。

安碧凡对张骏潇说得最多的一句是"谢谢"。

张骏潇厚着脸皮说："面对美女，任何男人都会产生要保护、要帮助她的欲望。"安碧凡对这句话嗤之以鼻。张骏潇又补充了一句："人善被人欺，但是我不会欺负已经被欺负的善人。"

张骏潇坐上了他的宝马车，摇下车窗，拿着手中的毛绒玩具朝安碧凡挥手道别，高声地说了一句："有事尽管找我！"

安碧凡戴着墨镜，手臂支着车窗，微笑着对张骏潇说："任何时候，如果我手中的那点股权还能帮助到你，我随叫随到！"

张骏潇同样的姿势，手臂支着车窗，对安碧凡说："这是我听到你说的最势利的一句话。应该说我们已是同一阵营的人了。"他微笑着摇上了车窗，绅士般等安碧凡的车子离去，才发动汽车加足马力向前方驶去。

2

安碧凡驱车前行。她脑海里再次浮现出苏安那张苍白的脸、柔弱的目光、浅浅的微笑。苏安，一个已命赴黄泉的女人。令安碧凡没有想到的是关于苏安、关于乐乐的身世却隐藏着一个血腥的秘密。安碧凡是从张骏潇口中得知这个秘密的，后来又从张皓轩那里得到证实。

苏安是外地人，出生在一个普通的家庭，父母离异，一直跟母亲单过。起初，阚家人并不赞成阚子逸和苏安谈恋爱。他们认为儿子在大学里无聊，谈女朋友仅仅是玩玩而已，不会当真，可是阚子逸对苏安却是穷追不舍，爱得不能自拔，他们交往没多久，就在校外租了房子同居。苏安怀孕后，那年暑假阚子逸领着苏安回家，打算做人流手术，但已经太迟，月份大了，被医院拒绝。阚家勉为其难，欲为他们办理婚事。可是阚子逸和苏安都不打算结婚，说还没有做好心理准备，他们只好将苏安送到乡下老家，在那个偏僻的乡村，苏安生下了一个男婴。

宗华一听说是个男孩，她心动了，心想阚子妫不能生育，何不将孩子留给她抚养，这孩子毕竟是阚家的血脉，岂不是两全其美的事。

但是，后来阚家托人打听苏安在校的情况，听说苏安曾经被一个有钱人包养过。从此，阚永明和宗华对苏安的态度发生了变化，他们明确提出不同意阚子逸和苏安来往，给了苏安一笔精神损失费，责令他们分手。

和苏安分手，从此一刀两断，一切都会相安无事。可是事情却在阚子逸的偏执与任性中变得不可挽回。当他得知苏安的情况后，十分生气，并且苏安在与他交往的过程中，还与那个男人藕断丝连，凭阚子逸的脾气和性情，怎么忍受得了这种侮辱和挑衅。他认为苏安脚踏两条船，欺骗他的感情，他气急败坏。

就在那一年暑假的一天，苏安在阚子逸的请求下见了最后一面。这个女孩坐了几个小时的高铁赶到新江县，在那个风雨交加的夜晚，苏安怎么会想到她会从此永远离开人世。她是不是不爱现任还爱着前任，这个问题已经无数次被阚子逸拷问过，她身心俱疲，她累了，不想和阚子逸再纠缠下去，她要和阚子逸作一次了结，从此他们各奔东西，毫无瓜葛。

可是她万万没有想到，从认识阚子逸开始就是一个错误，一个万劫不复的错误。

那一晚他们在一起吃饭、喝酒，两人后来发生了争吵。就在两个人分手之时，阚子逸气愤地坐进了他的车内，发动汽车向前方驶去。风雨交加中，苏安瞬间就倒在了车轮下，倒在雨水和血泊中。

无论苏安的母亲哭得如何死去活来，阚子逸的供词和警察勘查的结论都是一致的，苏安是自己撞向汽车导致身亡的。宽敝、豪华的墓地和隆重的葬礼能否缓解苏安母亲悲痛的心，旁人不得而知。只知道在安葬好苏安后，她的母亲带着苏安同母异父的弟弟，带着阚家给她的一笔丰厚的安抚费和机票离开了新江。

苏安不是自杀，而是他杀。这个天大的秘密，是在阚子逸即将释放之前，永明公司的员工小孙主动去公安局揭发的！

当张皓轩接到小孙的举报后，整个刑警队都炸开了锅。几年前，一个外地女人撞死在一辆豪华轿车上，当时刑警队的人还笑谈，说这个女人自杀还真会选车，撞了一个有钱人。虽说死得有点可怜，倒是为她母亲挣得一笔不菲的养老费。万万没想到时隔几年后，竟有人举报，那个女人不是自杀，而是谋杀。凶手不是别人，正是这个女人的男友阚子逸。

"是阚子逸开车撞向了他的女朋友，是我亲眼所见。"面对张皓轩犀利的目光，小孙在讲述那个雨夜他所看到的一切时，仍然心有余悸。

就在那个风雨交加的夜晚，小孙接到阚子逸的电话，说他喝了酒，车子不能开了，叫他到四季春会所将车子开走。小孙帮阚子逸当代驾是常事，当然这要在阚永明不用小孙开车的时候。那晚小孙先将阚永明送回家，又打的去了四季春会所，他没敢告诉阚永明帮阚子逸酒后当代驾的事，这是他和阚子逸的约定。

四季春会所在郊外，那晚小孙来到会所后，先拨打了阚子逸的电话，可电话却关机，他找到阚子逸用餐的包间，服务员告诉他，一男一女吃着吃着便大吵了起来，气呼呼地走了。小孙走到酒店前台，他以为阚子逸会将车钥匙留在前台，可前台服务员摇头说没人留下钥匙。

小孙走出了会所。外面狂风大作，暴雨如注，郊外的路上没有行人和车辆。小孙有点不知所措，他四处寻找，在会所前面的道路前方，小孙看到了灯光，那是车灯，一闪一闪。他撑着雨伞快速前往。可是风雨中，他却看见了一对男女站在车外激烈地争执、拉扯，都有点歇斯底里。小孙听出了声音，男人不是别人，正是阚子逸。小孙只好远远站在路边等待，他了解阚子逸，甚至有点怕发了疯的阚子逸，他不敢过去劝阻，倘若过去只能将事情搞得更糟。

不一会儿，那个女人挣脱了阚子逸，哭泣着奔跑在雨中。接下来的一幕却令小孙大惊失色。只见阚子逸气汹汹地跨进车内，车子启动了。小孙眼睁睁看着阚子逸发动车子，飞快地朝着前面那个奔跑的女人驶去。小孙叫喊"停下"，可是声音却被淹没在风雨中。

直到120救护车和110警车陆续赶到现场，小孙都没敢露面，他像只落汤鸡一样，溜回家中。再后来的事，小孙没有参与其中，他只听说事故鉴定的结果是，女孩是自杀的。

没有人问过小孙，谁也不知道小孙那天就在现场。随着苏安被厚葬，交通事故妥善处理后，一切都恢复了往日的平静。

3

这件事一直深埋在小孙的心里，他从来没有对任何人提起过。那一晚他就在现场，包括在阚永明面前他也不敢提及，他知道一旦他提及他亲眼所见的一幕，将会意味着什么，他也许会失去工作，也许还会遇到比失去工作更可怕的事。

就在第二年的一个夏日，小孙开着摩托车在回乡下老家的路途中，在岔道口撞死了一个老头。事故认定小孙负全责。死者家属得知小孙是永明地产公司老总的司机，便借机到永明公司闹事，但按公司规定，小孙是在节假日开着他的摩托车发生的交通事故，与公司无关，公司不可能满足死者家属的无理诉求，小孙将面临坐牢或者高额赔偿的选择。小孙走投无路，便去央求阚永明，阚永明说他个人愿意拿出十几万元帮助小孙解决一部分，其他赔偿得由他自己想办法解决，公司是不可能为他出那么多钱的。小孙犹豫了半天，最终当着阚永明的面，说出去年那个雨夜，他所看到的一切。

从此，小孙离开了永明公司。车祸赔偿费最终还是由阚永明出面帮助他妥善解决了。

"为什么你以前不举报，时隔这么多年才来举报？"张皓轩质问小孙。

小孙很无辜地说："我只是一个小喽啰而已，我怕丢掉饭碗，更怕丢掉性命，我只能明哲保身。阚家对我有恩，我不能忘恩负义。"

"那现在呢？"张皓轩对小孙的举报动机刨根问底。

小孙说："这么多年，我的良心一直受到谴责，我不能昧着良心，对一个无辜女人的生命不闻不问，更不能将一个祸害分子放出来，再祸害别人。"小孙一脸的正气，他说只有举报揭发，他良心才会好受些，从今往后，他才能睡得安稳些。看着小孙那勇士般的表情，张皓轩充满了疑虑。

动机，是任何一个案子必须要了解的根本，即便是当事人说得理由充分，作为侦查人员必须要分析那些看似合理的理由是否充分，这是张皓轩作为一个有经验的刑警的思维逻辑。

阚子逸永远蹲在监狱或者永远消失，谁是最大的受益者呢？张皓轩曾经问安碧凡。受益者绝对不是为了伸张正义，将罪犯绳之以法那是我们警察的职责，举报者以及幕后策划者真正的目的，就是要让阚子逸永远不要出来，最好消失。

听到张皓轩的分析，安碧凡陷入了沉思。受益者是谁？幕后指使小孙去举报的人又是谁？安碧凡不由得倒吸了一口凉气。

张皓轩将在这个月底去西藏，安碧凡等不了那么久，乔亚萱那边已催了她几次。她约了凌冰，提前在张姐酒家为张皓轩饯行。

张姐见到他们仨，笑意从眉眼间溢了出来。她穿了件绛红色的麻布连衣裙，头发依旧盘起，绛红色的串珠吊在发簪上，在肩颈处微微晃荡。略施粉黛的她浑身上下永远透着一股成熟的风韵。

阿辉神采奕奕，脚步轻盈地在包间和大堂之间穿梭。

就在安碧凡、张皓轩、凌冰谈兴正浓之时，包间的门打开了，张骏潇牵着一个小男孩的手走了进来。安碧凡一见小男孩，立即从座位上走了出来。“安安！”随着她一声叫唤，小男孩却没有立即向她奔过来。有一点儿不确信地，又有那么一点儿陌生感地站在那里，小小的身子倚靠在张骏潇的腿旁。“快过去呀！是你妈妈！”小安安这时才咧开嘴角，跑向了张开怀抱的妈妈。安碧凡紧紧地搂着儿子，幸福地脸贴着儿子的脸，过了一会儿，她将安安放在她旁边的座位上，爱怜地给安安夹菜，喂饭。张骏潇如释重负，轻吁了口气说：“我算是大功告成了，安安可以跟你待在一起，直到你去深圳前。我和子妧终于做通了‘老佛爷’的思想工作，她也想通了，只要你想安安了，知会一声，安安随时随地都可以跟你在一起的。”

“真的吗？这太好了！”安碧凡几乎不敢相信自己的耳朵。她狠狠地亲了亲儿子的脸蛋。

张骏潇解释道：“郑小萍已离开了阚家，新的保姆还没找到，我们帮'老佛爷'物色了几个，都被'老佛爷'否定掉了。能入她法眼的人，很难找的。也好，一时找不到人替换，她一个人带孙子有点吃不消，这才成全了你！"

"她怎么舍得让郑小萍走的？"安碧凡不解地问。

"是郑小萍自己坚持要走的。这个丫头，自你们离婚后，一直痴心妄想，想成为阚家的儿媳妇，你还别说，'老佛爷'竟然也有点心动了。可是她们没有想到阚子逸会继续待在牢里。她梦想落空，能留住她心的那个人不在了，她肯定是要走的。"张骏潇说完，将面前的酒杯满满地斟上，敬了大家，"我还有个饭局，不在这儿多留。"喝完便起身告辞。

张皓轩和凌冰都为安碧凡母子团聚感到高兴。

凌冰看到安安那可爱的脸庞，伸出食指挑逗他，小安安讨厌他这个举动，生气地让开。逗得安碧凡和张皓轩笑了。

"郭心怡怀孕了。"凌冰告诉二位，"只可惜，我妈妈没有等到这一天。"听到这消息，二人都沉默了片刻。还是张皓轩打破沉默，举起酒杯祝贺凌冰。

此时包间的门打开了，张姐双手捧着一盒生日蛋糕走了进来。在座的几位面面相觑。张姐笑盈盈地说："今天是阿辉二十三岁生日，给他个惊喜。"几个年轻人都兴奋了起来。

随着张姐高声地叫唤，阿辉忙不迭地从大厅走了进来。大家齐声祝贺他生日快乐，并一起唱起生日歌。阿辉愣在那里，他显然已经忘了今天是他的生日，他还以为张姐端着的蛋糕是为他们三个当中一位准备的。他激动得双手合十，许愿、吹蜡烛。

阿辉哭了。他说长这么大没人给他这么隆重地过过生日。妈妈在他很小的时候就去世了。爸爸娶了后妈，生了一个弟弟后，就将他送给一个姓陈的后爸家。少年阿辉，初中没毕业就离家出走，四处打工游荡。他夜晚钻过桥洞，睡过天桥，在建筑工地待的时间最长，他不知道思念亲人是什么滋味，他只知道睡觉前能不挨饿，就是最大的幸福。自从到了张姐酒家，他才知道什么是真正的幸福和快乐。

听完阿辉的讲述，大家一时安静了下来。只见张姐动情地握住阿辉的手，向大家宣布，从今天开始，阿辉是她的男朋友。阿辉听到这宣布就像听到胜利的号角吹响一般，张开他那有力的臂膀，紧紧地拥抱眼前这位如姐姐般的爱人，激动得再次热泪盈眶。

暖意、爱意在小小的包间内洋溢着，渗透在每个人的目光里，落在哪里，哪里都像是融化了一般。

那一晚，安碧凡搂着儿子躺在自己的床上，幸福无比。正当她困意来临，欲熄灯睡觉时，收到了张皓轩的一条信息，登时震惊得毫无睡意。

"乐乐不是阚子逸的孩子，这是阚子逸撞死苏安的真正原因。"

这是阚子逸在狱中亲口对张皓轩说的。阚子逸偷偷做了亲子鉴定，但是他没有将此结果告诉任何人。他说这是他的奇耻大辱。他也不想令他父母和姐姐为乐乐而进退两难。

张皓轩请求安碧凡为阚子逸保守秘密，这也是阚子逸对他的请求。"给他保留点做男人的尊严吧，他最在乎这一点。"张皓轩发了这条信息后，道了声"晚安"便没了消息。

那一晚，安碧凡久久没有入睡。

4

张皓轩用了一周的时间终于适应了高原气候，他以为自己当过兵，身体强壮，对于高原反应不会那么强烈，可是他错了。刚到阿里，他就水土不服，出现了呕吐、心悸、胸闷等症状，但是他并不紧张，他早就做足了思想准备。

西藏阿里的普兰县巴嘎乡是张皓轩工作的地方，当地政府给援藏人员安排的住宿条件比预想的要好得多，还为他们单独开设了小食堂。他和其他援藏人员住的地方是一排平房，每人一间，房间内有卫生间，生活设施虽简陋但是也齐全。他经常和当地派出所的同志一起到各地去看看，工作任务并不重，就是地广人稀，从一个地方到另一个地方开车往往需要很长时间。

张皓轩很快就融入了藏民的生活，他经常和藏民们聊天儿，他们不懂汉语，但是并不妨碍友善和热情的传递。这里温差大，一到晚上，气温陡降，他只好待在宿舍看看手机，有时手机信号不太好，他便看看书。书看累了，他便打开笔记本电脑，将他拍摄的照片进行修饰、存储，他会将拍到的那些美景分享给好友，这当中有凌冰、安碧凡和易雨涵。

凌冰只会发个赞过来，没有多少言语交流。这段日子他和他的团队忙于项目的营销，对于张皓轩发过去的信息，他常常过很长时间才回过来，发过来的图片不是在路上，就是在电脑边，自拍的照片拍摄水平很一般。

安碧凡依旧在深圳，有时也会自拍一张发过来，或在车上，或在大街上，更多是和她的学生们在一起。从那定格的笑容看，她很开心，也很放松。

几个好友当中，数易雨涵和他们不一样。易雨涵发过来的照片不仅数量多，而且十分专业，易雨涵还经常发一些图文过来，她经常在网上记日志，文字虽然不长，但是很美、很"扎"心，许多的感悟是发自内心，透彻开悟的那种。张皓轩已经养成一种习惯，就是喜爱看易雨涵的日志，有时候一连几天看不到，他便催促她更新。易雨涵笑话他，一个警察竟然爱看美文，张皓轩回复她六个字：侠骨也有柔情。从此"侠骨柔情"便成了张皓轩的网名。

　　听说易雨涵要到阿里来看他，张皓轩兴奋了几天。那是一个周日上午，一个打扮得十分帅气的女孩从一辆吉普车上走下来。她戴着一顶宽檐的遮阳帽，一件黑色的防风衣敞开着，里面是一件白色的T恤衫，一条深蓝色的牛仔裤，一双黑色马丁靴。远远地朝张皓轩这边看过来，她摘下了那副宽阔的墨镜，露出了灿烂的笑容。

　　"张皓轩！"一声清脆且高远的叫声。张皓轩笑哈哈地疾步向她走去，他情不自禁地张开双臂，等待这个女孩扑进他的怀里。

　　"你黑了，瘦了！"易雨涵捶打着张皓轩结实的胸肌。

　　张皓轩稳稳地站着。"一年多不见，变得这么野蛮！现在我可经不住你打，我营养不良。"张皓轩调侃道。他一边帮易雨涵提行李，一边招呼司机朋友。易雨涵说司机不是她的朋友，她是一个人搭便车过来的。

　　易雨涵热得将防风衣披在了肩上，她有点兴奋，快乐得像个孩子，她拿起手机，硬拉着张皓轩进入手机镜头自拍了一张合影，发给了安碧凡。"安碧凡本来是打算和我一起过来看你的。巧的是，她以前的那位婆婆生病了，她正好借机，将安安接到深圳去了。此时母子二人正难舍难分呢。"

张皓轩和易雨涵行走在这辽阔的高原上，无比兴奋，快乐得像是回到了少年。

　　这是一个阳光明媚的日子，蓝蓝的天空中几朵洁白的云低低地从他们的头顶飘过，远方有一大片草地，一群牦牛低着头吃着草，成片的格桑花在阳光下绽放着，灿烂得如彩霞一般。

2020 年 6 月 1 日完成初稿

2021 年 3 月 2 日完成第二稿

2021 年 9 月 9 日完成第三稿

2021 年 12 月 31 日完成第四稿

2022 年 2 月 14 日完成第五稿

2022 年 3 月 25 日定稿